Liés pour la vie

*

Le véritable amour de Bella

DEANNE ANDERS

Liés pour la vie

Traduction française de
MARIE-JOSÉ LAMORLETTE

BLANCHE

HARLEQUIN

Collection : Blanche

Ce roman a déjà été publié en 2020

Titre original :
THE SURGEON'S BABY BOMBSHELL

HARPERCOLLINS FRANCE
83-85, boulevard Vincent-Auriol, 75646 PARIS CEDEX 13
Service Clients — www.harlequin.fr
ISBN 978-2-2805-1627-3 — ISSN 0223-5056

Édité par HarperCollins France.
Composition et mise en pages Nord Compo.
Imprimé en février 2025 par CPI Black Print (Barcelone)
en utilisant 100% d'électricité renouvelable.
Dépôt légal : mars 2025.

FSC
www.fsc.org
MIXTE
Papier issu de sources responsables
FSC® C159065

Pour limiter l'empreinte environnementale de ses livres, HarperCollins France s'engage à n'utiliser que du papier fabriqué à partir de bois provenant de forêts gérées durablement et de manière responsable.

1

Frannie Wentworth vit toutes les têtes se tourner d'un coup dans le bureau des infirmières.

Toutes sauf la sienne. Elle n'en avait pas besoin pour savoir que le Dr Spencer venait d'arriver dans le service.

Comme toujours quand le superbe chirurgien entrait, ce groupe de femmes intelligentes devenait subitement débile. Elle avait observé ce phénomène durant les cinq derniers mois et ne le comprenait toujours pas. Certes, l'homme était agréable à voir si l'on avait un penchant pour les grands bruns ténébreux, mais cela n'expliquait pas l'adulation qui le suivait partout où il allait, presque comme s'il était un héros ! Pour sa part, elle ne le considérait certes pas comme tel. Il était une épine dans son pied depuis qu'elle avait convaincu le conseil d'administration de l'hôpital de financer son programme de thérapie – un travail avec les enfants gravement malades ou choqués de l'unité pédiatrique de traumatologie et de chirurgie. Ce programme avait cinq mois maintenant, et chaque fois qu'elle essayait de discuter avec Ian Spencer de leurs patients communs, il était trop occupé pour lui parler !

Aussi, même si elle devait reconnaître que, avec ses épais cheveux bruns et ses yeux bleu clair, il pourrait auditionner pour le rôle du médecin sexy dans une série télévisée, elle le trouvait très détaché des soins à donner à leurs patients en dehors de leurs besoins strictement médicaux. Cet homme était peut-être un génie en salle d'opération, mais, à son avis à elle, il devait vraiment faire des progrès en relations humaines pour collaborer efficacement avec le reste du personnel soignant.

Levant les yeux de ses notes, elle remarqua que même Emily, une bénévole aux cheveux gris, avait levé le nez pour manger des yeux le beau médecin qui traversait le vestibule. Quand celle-ci la regarda en haussant les sourcils et lui fit un clin d'œil, elle ne put s'empêcher de pouffer de rire.

— Excusez-moi, bougonna une voix grave derrière elle tandis que le Dr Spencer frôlait sa chaise pour atteindre l'étagère aux dossiers de prise en charge.

Un frisson lui parcourut le dos, et elle aurait juré que son cœur s'était arrêté un instant.

Et voilà, elle ressemblait maintenant à toutes les autres femmes de l'unité en extase !

Pour une raison quelconque, Ian Spencer lui mettait les nerfs à fleur de peau. Elle ignorait pourquoi, il la rendait nerveuse. Étaient-ce ses yeux bleu layette ou la façon dont ses larges épaules tendaient sa blouse blanche qui lui déréglaient le souffle ? *Non.* Elle ne succomberait pas au physique avantageux de cet homme ! Il existait une foule de choses plus importantes à considérer que l'aspect de quelqu'un. Elle avait appris cette leçon à l'internat, après avoir été courtisée par un beau collègue de travail. Elle ne recommencerait pas.

Passant les mains sur les côtés de sa blouse, elle afficha ce qu'elle espéra être un sourire sympathique et se tourna vers lui.

— Ian, je me demandais si vous auriez une minute pour discuter de...

En constatant qu'elle se retrouvait face à son dos, un flot brûlant de colère s'empara d'elle et lui embrasa le visage.

S'était-il éloigné d'elle au milieu d'une phrase ? Cet homme n'avait pas de manières !

Se retournant vers le bureau des infirmières, elle constata que plusieurs l'observaient, certaines avec un air de pitié.

Ce n'était pas un secret, le chef du service de chirurgie pédiatrique n'avait pas paru ravi que ce programme de thérapie soit appliqué à son étage. Pendant des mois, elle avait essayé d'obtenir qu'il s'asseye face à elle pour discuter des progrès qu'elle faisait avec les jeunes patients. Elle avait tout tenté, hormis l'enfermer dans un placard avec elle pour l'obliger à lui laisser une chance. Mais, quoi qu'elle fasse, il avait continué à l'éviter.

Certes, l'argent du programme provenait de son budget à lui, mais ne pouvait-il voir à quel point apporter un soutien psychologique à ses patients était utile ?

Bien sûr que non. Comment l'aurait-il pu, quand toute son attention était fixée sur leurs dossiers médicaux et qu'il ne se donnait pas la peine de considérer la façon dont leurs problèmes affectaient leur comportement et leur santé mentale ? Si seulement elle pouvait comprendre pourquoi il persistait à l'ignorer ! Cette attitude ne l'aidait pas et n'aidait pas les enfants qu'elle représentait. Ça suffisait comme ça ! Si, pour retenir son attention, elle devait parcourir les couloirs à moitié nue, juchée sur le char de Mardi gras de l'hôpital, elle le ferait…

L'idée de parader même partiellement vêtue sur le char en papier mâché violet et doré devant le chirurgien grincheux mit un terme brutal à ses plans, tandis que son visage s'enflammait.

D'accord, elle allait peut-être un peu trop loin, mais il fallait faire quelque chose. Elle avait besoin de savoir ce qu'il avait contre elle ou contre son programme.

Oh ! elle savait combien les chirurgiens avaient mauvais caractère ! Elle en avait côtoyé un presque toute sa vie. Mais cela n'excusait pas l'indifférence de cet homme envers le travail qu'elle effectuait avec ses patients.

Ian Spencer venait justement de s'arrêter devant la chambre de Danny Owens, un de leurs patients communs.

Elle avait travaillé dur les deux derniers jours pour obtenir de légers progrès chez ce jeune malade en traumatologie, Malgré le travail qu'elle avait effectué avec lui jusqu'ici, elle n'avait pas réussi à le faire parler ni manger, mais il l'avait écoutée. Elle n'allait pas courir le risque que le chirurgien annule ce progrès. Si Ian perturbait l'adolescent, on verrait ce que l'on verrait ! Elle se montrerait aimable, mais directe, et quand le chirurgien malcommode en aurait fini avec Danny, ils allaient parler, tous les deux.

Elle rendit le dossier qu'elle consultait à la coordinatrice et sauta sur ses pieds. Avant d'entrer dans la chambre, elle s'arrêta pour arranger sa blouse blanche, ajusta le badge indiquant « Dr Frannie Wentworth, psychiatre résident » et remonta ses lunettes sur son nez.

Ses amis se moquaient de ses grosses lunettes, mais elle trouvait qu'une apparence strictement professionnelle la servait. Elle ne désirait pas être jugée sur son physique.

Elle prit une grande inspiration et frappa d'un coup bref.

En entrant dans la chambre, elle nota que son patient paraissait tout aussi sombre que son médecin traitant. Debout devant la fenêtre, Danny Owens, dix-sept ans, fixait obstinément la route qui passait devant l'hôpital.

Elle avait été appelée aux urgences quand Danny et sa petite amie Ashley avaient été amenés après un accident de voiture. Quelqu'un leur avait coupé la route alors qu'ils rentraient du lycée. L'adolescent avait eu quelques côtes cassées, une déchirure au foie et une fracture du fémur. Ashley souffrait d'une commotion cérébrale, elle était sans réaction et branchée sur un appareil respiratoire depuis son arrivée à l'hôpital. Le neurologue qui s'occupait d'elle avait de l'espoir, mais plus Ashley restait inconsciente, plus Danny se renfermait. Frannie avait parlé à ses parents et les avait encouragés à se montrer patients, mais au bout de deux jours, ils étaient devenus anxieux, et elle ne pouvait les en blâmer. Leur fils gardait tout à l'intérieur de lui. À un moment donné, il allait exploser.

À le voir serrer et desserrer les poings sans arrêt, elle sut qu'il ne tarderait pas à atteindre le point d'ébullition. Bientôt, il allait soit craquer de chagrin, soit exprimer sa colère par la violence. Elle devait trouver un moyen de l'arrêter avant qu'il devienne impossible à contrôler. D'ici là, il fallait qu'elle le garde aussi calme que possible. Le pousser à bout en cet instant reviendrait à déclencher une bombe.

Mais d'après le regard irrité que Ian lançait au jeune homme, il était lui-même à bout de patience. Elle se tenait dans une pièce pleine de dynamite, et le Dr Spencer semblait prêt à allumer la mèche.

— Danny, je sais que tu es bouleversé, mais ne pas nous parler ne va pas t'aider, dit-il. Ton infirmière me signale que tu ne manges pas et que tu n'as pas dormi la nuit dernière. Si tu continues ainsi, tu vas simplement prolonger ton séjour à l'hôpital. C'est ce que tu veux ? Rester à l'hôpital ?

— Docteur Spencer, intervint Frannie. J'ai parlé avec Danny et lui ai dit que nous ne le forcerons pas à faire quelque chose qu'il ne veut pas faire – à moins que cela ne le mette médicalement en danger, bien sûr. J'ai aussi prescrit un calmant pour l'aider à dormir, s'il l'accepte…

— S'il ne se met pas bientôt à manger, moi, je vais prescrire une sonde d'alimentation, la coupa Ian. Il a besoin d'être nourri pour aider son corps à guérir.

Maudit soit-il ! Il avait frotté une allumette dans une pièce déjà prête à exploser. S'il avait lu n'importe laquelle de ses notes dans le dossier de Danny, il aurait su que forcer le garçon allait lui sauter à la figure. Une raison de plus pour laquelle il devait mettre fin à ce jeu idiot de faire comme si elle et son programme n'existaient pas. L'ignorer n'allait pas la faire disparaître !

Danny se tourna, les regarda, et son expression tourmentée lui serra le cœur.

Il était trop jeune pour avoir à affronter une expérience aussi traumatisante. Mais c'était le problème avec la plupart de leurs patients : ils étaient trop jeunes pour savoir faire face à ce qu'il leur arrivait. C'était pourquoi ils avaient besoin de son aide. Il leur fallait un soutien pour trouver les outils qui leur permettraient de traverser l'épreuve que la vie leur envoyait et s'en sortir aussi entiers que possible. Certes, ils en seraient changés – nul ne peut subir ce genre de choses sans en être affecté —, mais ils seraient plus forts et mieux à même ensuite d'assimiler les changements survenant dans leur existence.

— Danny, je suis sûre que le Dr Spencer ne compte pas te nourrir de force, sauf s'il devient évident que tu nuis à ta santé, dit-elle en décochant un regard à Ian, le mettant au défi de l'interrompre. Mais tu dois savoir que tes parents sont très inquiets pour toi, et je sais que tu ne veux pas les effrayer. Peux-tu accepter au moins *d'essayer* de manger quelque chose aujourd'hui ? Pour eux ?

Les épaules de Danny s'affaissèrent, et il regarda le sol avant de hocher la tête.

C'était un bon garçon, et elle savait qu'il adorait ses parents. Que ceux-ci soient impliqués l'aiderait à passer ce cap plus que tout ce qu'elle pourrait faire de son côté. Bien des patients ne bénéficiaient malheureusement pas de ce fort soutien familial.

Ian prit sur lui pour ne pas montrer son agacement.

— J'accepte d'oublier la sonde si tu me promets de manger au moins la moitié de tes repas aujourd'hui. Je dirai à l'infirmière de commander ce que tu souhaites, ou nous pouvons demander à tes parents de t'apporter quelque chose qui te plaît. D'accord ?

Il tendit la main et attendit que le jeune garçon la serre.

Quand Danny leva les yeux et les garda fixés sur sa main tendue sans réagir, il pensa qu'il allait refuser cette offre de trêve, mais l'adolescent finit par répondre.

Ian lui tint la main quelques secondes et fit remonter ses doigts sur son poignet pour trouver un pouls fort et régulier. Puis, relâchant son emprise, il sentit un tremblement dans la main de Danny.

Celui-ci était en mauvaise voie. Le Dr Wentworth pouvait le dorloter tant qu'elle voulait, mais lui était responsable de la santé de son patient, et il n'allait pas le laisser mourir de faim sous ses yeux.

Allait-il vraiment le nourrir de force ? Probablement pas,

mais ni lui ni la psychiatre n'avaient besoin de le savoir. Si sa menace amenait le jeune garçon à manger, elle aurait atteint son but, ce qui était beaucoup mieux que ce que tous les discours rassurants du Dr Wentworth obtenaient.

Il lâcha la main de l'adolescent et lui promit de revenir le voir le lendemain.

Il se doutait bien que cette psychiatre entêtée ne serait pas contente de lui, mais il ne s'en souciait pas. Il était chirurgien. Son métier était d'aider ses jeunes patients à se remettre de leurs blessures et à retourner à leur vie. Il n'avait pas le temps de s'arrêter pour leur demander ce qu'ils éprouvaient à ce sujet. Il devait aller voir le patient suivant pour l'aider à aller mieux. C'était son boulot. Il laissait le côté psy au Dr Wentworth. N'était-ce pas ce pourquoi elle était payée ?

Il entendit qu'on l'appelait dans son dos et feignit de ne pas entendre.

Cette femme ne renonçait *jamais.* Elle était déterminée à l'impliquer dans son programme de thérapie. Seulement, elle ne réussirait pas. Il savait par lui-même comment les thérapeutes fonctionnent. Ou ne fonctionnent pas. Cependant, il devenait évident qu'elle n'allait pas renoncer.

Soupirant intérieurement, il pivota et tendit le bras pour empêcher la jeune femme de lui rentrer dedans.

— Oh... Pardon, dit-elle en écartant ses cheveux de ses yeux.

Des yeux brun foncé qui étincelaient d'irritation derrière de trop grandes lunettes à monture noire.

Elle était de taille moyenne et, pour autant qu'il puisse voir, de corpulence moyenne – impossible de savoir ce qu'elle cachait sous les blouses trop larges qu'elle portait. La seule chose qui ressortait chez elle, c'était la cascade de cheveux auburn qui flottait dans son dos. Et ses yeux. Quelque chose dans leur sombre profondeur lui donnait l'impression qu'elle lisait dans son âme... Qu'elle voyait cette partie de lui qu'il tenait cachée de tout le monde.

Il avait mis son âme à nu une fois, quand son cœur avait été brisé. La personne à qui il avait confié ce qu'il en restait après la mort de leur fils l'avait mis en pièces jusqu'à ce qu'il n'y ait plus rien à sauver. Il ne laisserait jamais une autre femme lui faire ça, il ne permettrait jamais à une autre psy de pénétrer dans son cerveau.

— Ian, il faut que nous parlions, l'entendit-il dire.

Il chassa d'un geste de la tête les souvenirs qui menaçaient de le terrasser et s'aperçut qu'il tenait toujours le bras de sa collègue. Ôtant ses mains, il tourna les talons pour s'échapper.

— Je suis désolé, docteur Wentworth. Je suis en pleine tournée de mes malades, pour l'instant.

— Cette excuse ne va pas vous débarrasser de moi cette fois, *Ian*, répondit-elle, appuyant sur son prénom comme pour faire ressortir le fait qu'il refusait d'utiliser le sien – ce qui ne fit que lui donner encore plus envie de la larguer.

— Docteur Wentworth, je suis sûr que ce que vous avez à dire est important, déclara-t-il en essayant de ne pas paraître agacé, mais j'ai une opération dans une heure, et je dois finir mes visites avant.

— Nous devons discuter de ce qu'il vient de se passer, insista-t-elle.

— Vous voulez dire du fait que j'ai obtenu que mon patient se mette à manger ? Cela s'est très bien passé pour moi.

Il vit ses yeux bruns se plisser et faillit s'esclaffer.

Croyait-elle pouvoir l'intimider d'un regard ? Si elle voulait vraiment lui faire peur, elle devrait prendre des leçons de Lydia, son ex-femme. Celle-là avait bien réussi à l'effrayer – même avant l'échec de leur mariage.

— Je travaille depuis deux jours avec Danny. Comme vous le savez, sa petite amie est toujours dans un état critique. Il a beau savoir que l'accident n'a pas été sa faute, il éprouve quand même beaucoup de culpabilité et ressent aussi une grande colère. Il lui faut dépasser ces émotions, et je travaille quotidiennement dans ce but avec lui et ses parents. Le menacer d'une sonde d'alimentation ne lui a donné qu'une autre raison d'être furieux. Il a besoin de sentir qu'il contrôle quelque chose en ce moment, et lui ôter un peu plus de ce contrôle n'est pas la solution.

Ian toisa la psychiatre.

« Dépasser ces émotions. » C'était comme si elle devinait comme par magie sur quels boutons appuyer chez lui pour le mettre de mauvaise humeur. Oui, il avait entendu ce sabir psychologique de la part de sa conseillère conjugale. Il avait payé un bon prix pour les heures qu'il avait employées à « dépasser ses émotions » avec sa femme après la mort de leur fils – sans parler du chèque faramineux qu'il signait chaque mois. Et qu'est-ce que ça lui avait rapporté ? Un divorce douloureux et une réputation entamée.

— Bonjour, dit une voix d'homme derrière lui.

Se détournant, il vit le grand patron s'approcher d'eux.

À ce qu'il avait appris lorsqu'il s'était installé à La Nouvelle-Orléans, le Pr Richard Guidry faisait partie du personnel de l'hôpital depuis qu'il avait commencé à exercer. Ce médecin aux cheveux blancs et un peu enveloppé, menait ses équipes d'une main ferme et douce, son premier souci étant toujours l'intérêt du patient. Ian l'admirait et avait toujours trouvé facile de travailler avec lui.

En fait, il trouvait facile de travailler avec tout le personnel, la seule exception étant cette psychiatre qui le harcelait encore en cet instant. Il n'aurait su dire ce qui, chez elle, le faisait partir en courant chaque fois qu'elle arrivait, mais son instinct le poussait à l'éviter.

— Bonjour...

Le Dr Wentworth et lui répondirent en même temps puis se regardèrent.

Savait-elle à quel point son sourire paraissait forcé ?

— Est-ce que j'interromps quelque chose ? demanda leur patron en leur décochant un regard réprobateur – leur indiquant par là qu'il avait entendu au moins une partie de leur conversation.

Ian savait qu'une des règles les plus strictes qu'il intimait à son personnel était d'éviter toute confrontation publique entre médecins. L'exigence était élevée, mais ils s'efforçaient tous de la respecter.

Maintenant, après les ennuis que Lydia lui avait causés à Atlanta, il s'évertuait tout spécialement à éviter les problèmes, et depuis deux ans et demi qu'il était là, il n'en avait eu aucun avec Richard Guidry. Il fallait que ce soit cette maudite psychiatre qui lui en crée.

— Nous étions en train d'essayer de trouver un moment pour parler ensemble d'un patient commun, dit-il en regardant la jeune femme, et en tentant d'afficher un sourire moins crispé que le sien. N'est-ce pas, docteur Wentworth ?

Elle lui lança un regard qui commença par être caustique, puis se fit rusé tandis qu'elle lui souriait à son tour.

— C'est exact, professeur Guidry. Ian était d'accord avec moi sur le fait que nous devons nous rencontrer *aujourd'hui* pour discuter de ce patient. Dans votre bureau cet après-midi vers 17 heures, d'accord ? À plus tard ! lança-t-elle.

Elle s'en alla sans lui laisser l'occasion de répondre, et il dut constater qu'il s'était laissé manipuler.

— Je suis content de voir que vous travaillez si bien ensemble, dit le Pr Guidry en se tournant vers lui. Frannie est une excellente psychiatre, et elle se passionne pour le travail qu'elle fait dans le service pédiatrique. Je ne voudrais pas qu'il y ait des problèmes entre vous deux.

Le grand patron lui donna une tape dans le dos puis continua son chemin.

Ian n'avait aucun doute : leur numéro n'avait pas dupé Richard Guidry, il était trop perspicace pour cela. Il n'avait donc d'autre choix que de rencontrer la psychiatre comme convenu. Ce qui était bien la dernière chose dont il ait envie.

2

Ian finit de rédiger ses notes pour la réunion mensuelle des chefs de service prévue le lendemain. Il espérait installer un nouvel équipement robotique en salle d'opération d'ici au mois suivant, mais le coût du dernier modèle dépassait son budget, et il devait demander plus d'argent au conseil d'administration.

Il se passa la main dans les cheveux et se leva.

Il n'aurait pas dû être aussi difficile d'obtenir les outils dont son équipe avait besoin pour mieux s'occuper des patients. Comment était-il censé faire fonctionner son service dans ces conditions, les décisions dépendant d'une administration qui ne savait pas distinguer un scalpel d'une paire de forceps ?

Il ouvrit le tiroir de son bureau pour en sortir la brochure sur l'équipement en question. Sous la brochure, il vit la lettre qu'il avait reçue de son ex-femme des semaines auparavant et qu'il n'avait pas ouverte.

L'enveloppe blanche le narguait. Elle l'accusait, comme Lydia, d'être froid, sans cœur, indifférent. Il craignait qu'elle ne contienne d'autres mots blessants comme ceux que celle-ci lui avait crachés à la figure devant leur conseillère. Ces mots l'avaient atteint profondément et avaient descendu en flammes les sentiments qu'il avait eus pour elle. Lydia avait-elle toujours été aussi impitoyable ? Ils avaient eu des problèmes, certes – quel couple n'en a pas ? –, mais il n'aurait jamais imaginé que la femme qu'il avait aimée depuis le lycée se retournerait ainsi contre lui.

Après tout, ne l'avait-il pas mérité au moins en partie ? Comme elle le disait, s'il avait été à la maison ce soir fatal, peut-être aurait-il pu sauver leur fils...

Non, il ne se laisserait pas ramener dans l'enfer où il avait vécu après la perte de son bébé !

Il jeta un regard noir à l'enveloppe, referma brusquement le tiroir et consulta sa montre.

Il ne restait que quelques minutes avant son rendez-vous avec le Dr Wentworth, et il était déterminé à ne montrer aucune de ses faiblesses. La dernière chose dont il avait besoin, c'était que cette femme aux yeux inquisiteurs essaye de fouiller dans sa vie personnelle.

Refoulant la douleur au fond de sa poitrine, là où il la tenait cachée, il prit le téléphone et appela la société d'équipement robotique médical pour vérifier les nouveaux tarifs.

Frannie se trouvait devant la porte du bureau de Ian Spencer, combattant son instinct de partir en courant.

Cet entretien risquait d'être un désastre après la façon dont elle l'avait forcé à la rencontrer.

Elle savait qu'il était là. Elle l'entendait bouger et remuer des papiers. Elle frappa à la porte. Entendant un aboiement qui lui commandait d'entrer, elle ouvrit la porte.

— Ian, merci de me recevoir, dit-elle en s'avançant.

Elle n'avait jamais eu le cran auparavant de venir le trouver dans son bureau. Au moins, maintenant, il n'avait d'autre choix que de lui parler.

Assis derrière son bureau, il paraissait encore plus puissant et semblait écraser le mobilier hospitalier de sa haute taille. Lorsqu'il la regarda avec des yeux qui brillaient d'impatience, elle se surprit à faire un pas en arrière.

Non, il n'allait pas l'effrayer, cette fois. Il ne l'ignorerait pas de nouveau.

Carrant les épaules, elle se força à hausser le menton et tint pied.

— Je sais que nous avons été occupés tous les deux, mais j'aimerais vraiment vous parler des progrès que j'ai constatés chez nos patients cette semaine.

Ian s'adossa à son fauteuil et lui jeta son habituel regard indifférent. C'était comme s'il regardait à travers elle – comme s'il ne pouvait supporter de la regarder dans les yeux ou avait peur de le faire.

— Est-ce que Danny Owens mange ? demanda-t-il.

Elle était allée voir l'adolescent pendant ses rondes de l'après-midi et savait que Ian n'allait pas aimer sa réponse. Bien que, d'après son infirmière, il ait mangé quelques bouchées de son déjeuner, son appétit était encore loin de ce qu'il aurait dû être pour un garçon de son âge. Elle pensait franchement qu'ils ne verraient pas grand changement jusqu'à ce que sa petite amie commence à aller mieux. Toutefois, il s'était mis à lui parler et à parler à ses parents, ce qui était un progrès.

— Un peu, mais pas assez. Il ne mange pas comme il en aurait besoin.

Le regard éloquent qu'il lui décocha lui indiqua que la conversation était terminée, en ce qui le concernait. Mais s'il pensait qu'il allait être aussi facile de se débarrasser d'elle, il la sous-estimait. Il fallait qu'ils mettent les choses au clair entre eux. Maintenant.

— Qu'est-ce que vous n'aimez pas exactement chez moi, docteur Spencer ? Le fait que le conseil d'administration ait choisi de financer mon programme sans votre approbation ? Ou s'agit-il de quelque chose de plus personnel ?

Elle voulait la vérité. Si elle était capable de l'accepter.

— Il n'y a rien de « personnel » entre nous, docteur Wentworth. Et le fait que le conseil ait approuvé votre programme n'est pas surprenant, vu l'implication de votre famille dans l'hôpital.

Elle s'esclaffa, consciente que son rire était plus amer qu'amusé.

— Vous pensez que mon père m'a aidée ? Vous devriez

prendre le temps de parler avec lui. Il souhaite surtout que j'échoue, afin que je reprenne mes esprits et mes études pour devenir un « vrai » médecin.

Il avait dû entendre dire combien le Dr Wentworth Senior, chirurgien de renom, était déçu que sa fille unique n'ait pas suivi ses traces. Son père ne s'en était jamais caché.

— Néanmoins, comme je l'ai dit, ceci n'est pas personnel, déclara Ian. Je n'ai rien contre vous ou votre programme. Je suis sûr que vos services sont utiles dans certains cas. Mais avec le budget serré que nous avons actuellement, je ne pense pas que vos thérapies fassent suffisamment de différence chez ces enfants pour justifier leur coût. Ils ont surtout besoin pour se remettre de beaucoup de temps et de rééducation physique, laquelle est onéreuse.

— Vous soutenez donc que, du moment que l'on s'occupe des problèmes médicaux des patients, leurs problèmes psychologiques disparaissent ? Je peux vous dire, moi, que beaucoup de gens paraissent aller bien de l'extérieur, alors qu'ils cachent de profondes cicatrices psychologiques à l'intérieur. Si vous aviez lu les comptes rendus sur les expériences négatives de l'enfance que j'ai distribués quand j'ai commencé mon programme, vous sauriez que ces enfants souffrent souvent de séquelles mentales et physiques plus tard dans leur vie. Nombre d'entre eux ne seront plus jamais les mêmes, si bien que vous répariez les traumatismes de leur corps. Pour certains, les cicatrices qu'ils portent en eux ne guériront jamais s'ils ne sont pas aidés. Est-ce ce que vous voulez ? Est-ce ce que vous voudriez pour *votre* enfant ?

La mâchoire de Ian se crispa, et il écarta brusquement les yeux des siens. Elle vit ses mains blanchir tandis qu'il agrippait les accoudoirs de son fauteuil.

Cela montrait qu'elle l'avait atteint. Peut-être n'était-il pas aussi indifférent à sa cause qu'elle l'avait pensé. Peut-être avait-il un cœur, finalement ?

Elle vit que ses doigts relâchaient leur emprise, et il s'affala dans son fauteuil. Mais lorsqu'il ouvrit la bouche, il était redevenu l'homme distant qu'il était auparavant.

— Mon travail est de soigner les enfants blessés qui viennent dans cet hôpital. Je le fais en utilisant toutes mes compétences chirurgicales et le meilleur équipement technique que je peux me procurer. Mon but est de les guérir afin qu'ils puissent reprendre le cours de leur vie le plus tôt possible. Je comprends que vous vouliez les aider, mais...

Comme elle allait l'interrompre, il leva une main pour l'arrêter. Elle retint ses commentaires. Elle le laisserait terminer son discours omnipotent, mais ensuite elle aurait son mot à dire.

— Je suis chirurgien. Je me sers de résultats d'analyses, de constantes vitales et d'examens physiques pour voir comment un patient se remet. Tout ceci me fournit des informations tangibles qui m'aident à prendre des décisions pour les traitements à appliquer. Je suis sûr que vous voulez aider ces enfants, et que vous le faites à votre façon, mais *moi* je me concentre sur leur santé médicale. La chirurgie est mon métier, ce pour quoi je suis bon. Je serai heureux de laisser leur bien-être psychologique entre vos mains à partir du moment où cela n'interfère pas avec mon programme de soins.

— Et si cela interfère ? Je comprends votre besoin de contrôler les soins de vos patients. Mais ce que vous avez fait avec Danny aujourd'hui aurait pu le faire régresser. Imposer un ultimatum à un adolescent provoque souvent l'effet inverse. Je veux le meilleur pour vos patients, moi aussi. Tout ce que je demande, c'est que nous travaillions *ensemble*. Si vous avez un problème avec ma façon de m'y prendre, dites-le-moi. Mon ego peut le supporter, croyez-moi. Mais ce doit être valable dans les deux sens. Si je ne suis pas d'accord avec la manière dont vous traitez une situation, il faut que je puisse vous le dire aussi.

Elle resta immobile et attendit pendant que Ian la fixait.

Elle avait trop laissé traîner les choses entre eux. Il fallait qu'ils règlent leurs différends. Elle suspectait qu'il essayait de trouver un moyen d'éviter d'être d'accord avec elle, mais elle avait fait en sorte de ne lui laisser aucune échappatoire. Soit il accepterait de travailler avec elle, soit il passerait pour le plus grand rétrograde de l'hôpital.

— Je suis d'accord sur le principe du moment que j'ai le dernier mot pour ce qui a trait à la santé physique de mes patients, dit-il en se levant de son siège. Maintenant, si nous en avons fini, je dois aller voir deux ou trois de mes opérés.

Elle avait été près d'obtenir satisfaction, elle le savait, puis il avait fait marche arrière, enfouissant les émotions qu'elle était certaine d'avoir perçues et redevenant le chirurgien détaché à qui elle avait eu affaire les cinq derniers mois.

Elle avait envie de le combattre. De lui dire qu'elle avait vu cette faille dans son armure avant qu'il ne la referme. Mais elle doutait que cela serve à grand-chose. Elle avait passé des années à tenter de franchir les barrières que son père avait dressées autour de lui après la mort de sa mère, jusqu'à ce qu'elle comprenne qu'il était inutile de continuer.

Non pas qu'elle renonce dans le cas de Ian Spencer. Elle avait observé assez de réactions de sa part pour savoir que son cœur n'était pas complètement endurci – du moins, pas encore. Il n'y avait peut-être plus d'espoir pour son père, mais peut-être Ian admettrait-il un jour que les enfants qu'il traitait n'avaient pas seulement besoin de ses compétences chirurgicales. Il leur fallait aussi le soutien émotionnel qu'eux deux pouvaient leur apporter en travaillant ensemble.

Elle s'arrêta en arrivant à la porte et se tourna vers lui, prise de curiosité maintenant qu'elle avait établi une comparaison entre son père et lui.

— Ian, est-ce qu'il vous arrive de faire quelque chose en dehors de votre travail ? demanda-t-elle.

— Mon travail est primordial pour moi, répondit-il en prenant sa blouse blanche accrochée près de la porte.

— Mais est-ce que vous vous détendez parfois ? Est-ce que vous prenez le temps de profiter de la vie, de vous amuser ?

— Quoi ? Vous inquiéteriez-vous pour moi, docteur Wentworth ?

Lorsqu'il tendit la main vers la poignée, elle recula, et ce mouvement l'envoya presque dans ses bras l'espace d'un instant.

Elle sentit son souffle se couper. La chaleur de son corps viril taquina le sien, et ses jambes refusèrent de bouger. Une seconde passa, puis deux. Ni l'un ni l'autre ne s'écartait.

Bon sang, comment avait-elle pu ne pas remarquer ce qu'il lui arrivait ? Elle passait trop de temps à étudier les émotions et les réactions des gens pour ne pas l'avoir noté. Son cœur qui s'accélérait quand il était à proximité, l'attirance magnétique entre eux chaque fois qu'ils étaient ensemble... Autant de signes qu'elle avait ignorés.

— Certains d'entre nous n'ont pas le temps de s'amuser, reprit-il, rompant le silence. Et je ne « m'amuse » jamais avec mes collègues.

Elle fit à peine attention à ce qu'il disait.

Sentait-il tout cela, lui aussi ? Était-ce la raison pour laquelle il trouvait toujours le moyen de l'éviter ?

Elle resta là, entre la porte et lui, guettant un signe susceptible d'indiquer qu'il éprouvait également cette attirance. Une attirance qui, chez elle, faisait grimper toutes ses constantes vitales.

Il voulait des résultats tangibles ? Elle allait lui en donner.

Elle recula encore un peu, si bien que leurs corps ne furent plus qu'à quelques centimètres l'un de l'autre. Elle vit ses yeux bleus s'abaisser sur ses lèvres, avec une expression si brûlante qu'elle passa sa langue dessus pour les humecter.

Il s'écarta brusquement d'elle.

Oh oui, il sentait bel et bien quelque chose ! Et il n'en était pas content du tout. L'instant était passé, mais elle avait le renseignement qu'il lui fallait. Est-ce que *ceci* expliquait qu'ils aient tant de mal à travailler ensemble ? Cette connexion physique qu'il semblait vouloir ignorer ?

Elle se retourna de nouveau vers lui en sortant dans le couloir. Elle essaya de garder un visage impassible, mais sa voix était un tout petit peu rauque.

— Vraiment, Ian ? Alors, avec qui vous amusez-vous exactement ?

Sa mine, avant qu'elle pivote pour le laisser, fut impayable.

Cela faisait une semaine que Ian avait reçu le Dr Wentworth dans son bureau – ou le Dr Frannie, comme ses patients l'appelaient. Une semaine pendant laquelle il s'était débattu avec le souvenir de la conversation qu'ils avaient eue et de sa propre réaction vis-à-vis d'elle.

Il s'en était sorti avec l'air d'un bouffon qui ne se soucie pas vraiment de ses patients, il le savait. Mais il s'en souciait totalement, parce qu'il savait qu'il leur prodiguait tout ce qui était dans ses moyens pour les aider à guérir. Son habileté de chirurgien et ses connaissances pour établir des diagnostics, c'était tout ce dont il disposait à présent – tout ce qu'il pouvait se permettre de donner.

Autrefois, il avait été comme la jeune psychiatre, il se laissait prendre par les émotions et les besoins intimes des enfants qu'il soignait. Mais maintenant, il n'en était plus capable.

Et puis, il y avait cette autre réaction. Celle où, pendant une seconde, il l'avait presque prise dans ses bras et où son corps l'avait dominé, ne lui laissant aucun doute sur ce qu'il avait envie de faire...

Un gloussement de petite fille le sortit de ses pensées – un son si suave dans un couloir d'hôpital —, et le rire qui y répondit le fit se retourner.

Il connaissait la chambre qu'il venait de dépasser. Il avait été consulté sur le cas de l'enfant par son cancérologue et savait qu'elle était à la fin de sa troisième série de chimio, ce qui l'épuisait. Ses parents envisageaient de lui faire poser chirurgicalement une sonde d'alimentation, mais il n'avait rien entendu dire concernant leur décision.

En regardant par la porte entrebâillée, il vit la petite malade passer une brosse dans les cheveux de la femme à laquelle il venait de penser. Assise en tailleur sur le lit, sa chevelure sombre flottant dans son dos, le Dr Frannie paraissait parfaitement à l'aise.

Était-ce ainsi qu'elle travaillait ?

— Tu sais que tes parents ne veulent que ce qu'il y a de mieux pour toi, Sarah. Tu as peur de l'opération, c'est ça ?

Ian vit la bouche de l'enfant se pincer et le plaisir quitter son visage.

— Amy a eu un de ces tubes. Elle m'a montré. Elle m'a dit que c'était dégoûtant et que ça faisait mal.

— Il t'a paru dégoûtant, à toi ?

— C'est un tuyau qui sort de son ventre. C'est affreux. Elle a dit qu'ils s'en servaient pour sa nutrition – je ne sais pas trop ce que c'est.

— C'est ce dont tu as besoin pour retrouver tes forces. Si j'apportais une de mes poupées pour te montrer comment ça marche ? Tu te sentirais mieux ?

L'enfant plissa les paupières comme si elle se concentrait très fort, puis elle passa de nouveau la brosse dans les épais cheveux châtains aux reflets roux.

— Peut-être, mais ça paraît quand même dégoûtant. Et Amy m'a dit qu'elle avait eu mal quand ils ont mis le tuyau dans son ventre. Elle n'a pas aimé, et je n'aimerai pas non plus.

— C'est pour ça que tu as dit à ta maman et à ton papa que tu ne voulais pas laisser le Dr Spencer placer le tube à l'intérieur de toi ? demanda Frannie.

— Ben, oui, répondit la fillette d'une petite voix.

Luttant contre les larmes, Frannie pivota pour regarder la jolie petite fille coiffée d'un bandana rose fleuri qui tenait toujours la brosse à la main.

Cette enfant avait tant enduré ces deux dernières années ! Elle avait été en rémission un an avant que le cancer frappe de nouveau son petit corps, et il semblait que cette fois il pourrait bien gagner.

— Le Dr Spencer est un chirurgien vraiment bon. Je ne peux pas te promettre que ça ne fera pas mal, mais je sais qu'il te donnera un médicament pour t'aider.

— Est-ce que ce sera ce médicament au goût de chewing-gum ? Je l'aime bien.

— Je parlerai au Dr Spencer, et je verrai ce que je peux faire, d'accord ?

Sarah mordilla sa lèvre inférieure.

— Docteur Frannie, je sais que je suis vraiment malade. J'ai entendu maman et papa en parler, et ils pleuraient.

Frannie enlaça la petite fille, prenant garde à ne pas déplacer le tube de transfusion fixé sur sa poitrine.

— Oui, Sarah, tu es vraiment malade. C'est pour ça que les docteurs te donnent ce médicament qui te fait te sentir si mal. Ils essaient de te guérir.

Puis elle la lâcha et prit sa petite main dans la sienne.

— Les docteurs font tout ce qu'ils peuvent pour t'aider à aller mieux, mais tes parents t'aiment tant que ça les fait souffrir de te voir malade.

— Et moi, je n'aime pas les voir si tristes. Je ne veux pas les rendre tristes. Je vais essayer plus fort de ne pas pleurer quand ça fait mal. Est-ce qu'ils seront plus contents ?

Frannie déglutit en arrangeant le bandana aux couleurs vives autour de sa tête, s'efforçant de retenir ses larmes.

— Je pense que tes parents seraient plus tristes encore si tu essayais de leur cacher ce que tu ressens, mais je parie qu'un tas de câlins et de bisous les fera se sentir beaucoup mieux.

Sarah sourit et reprit la poupée qu'elle coiffait avant l'arrivée de Frannie.

— Ça, je peux le faire, dit-elle.

Frannie tint bon pendant qu'elle lui disait au revoir et lui promettait de revenir le lendemain avec sa propre poupée.

Les parents de Sarah lui avaient demandé de parler à leur fille quand celle-ci s'était inquiétée d'avoir un tuyau enfoncé dans son ventre. Maintenant qu'elle était courant de la conversation avec Amy, elle comprenait pourquoi.

Elle sortit dans le couloir et faillit rentrer dans Ian Spencer.

— Oh ! pardon, dit-elle en rencontrant des yeux aussi troublés que les siens. Vous avez entendu ?

— Oui, répondit-il, en s'écartant d'un pas.

— Sarah en a déjà tellement supporté. Je ne sais pas comment ses parents tiennent le coup.

— Tiennent le coup pour quoi ? Pour regarder les médecins essayer de sauver la vie de leur fille ?

Elle perçut de la colère dans la voix de Ian. Qu'avait-elle encore dit ? Elle voulait juste faire remarquer qu'il devait être difficile pour les parents de Sarah d'être confrontés chaque jour à des décisions qui impactaient leur enfant.

— Je sais, mais...

— Non, docteur Wentworth, vous ne *savez* pas ! Vous ne savez rien de la souffrance qu'un parent éprouve quand il perd un enfant. Et quoi que fasse votre programme, il ne ramènera pas un enfant à des parents en deuil. Il ne les rapprochera pas. Il ne sauvera pas leur mariage. Ils passeront le reste de leur vie à se poser des questions, à se demander s'ils ont fait tout ce qu'ils pouvaient, s'ils ont ignoré un signal qui aurait pu faire une différence, si les choses auraient pu être autres s'ils avaient été davantage présents pour leur fille. Vous ne savez *rien* de ce que c'est que de perdre un enfant, répéta-t-il.

Il tourna les talons et commença à s'éloigner.

— Eh bien, bonjour à vous, dit le Pr Guidry. Je dois dire qu'il est un peu surprenant de vous voir avoir une autre discussion dans le couloir.

Frannie eut l'impression d'avoir de nouveau quatorze ans,

et d'être prise à fumer dans les toilettes des filles par la sœur Agnes. Ils avaient de gros ennuis.

— Nous étions juste en train...

Elle regarda Ian, attendant de voir s'il allait l'aider, mais il haussa un sourcil, le regard noir.

— C'était un simple malentendu, continua-t-elle avec un petit sourire fautif. Nous aurions dû être plus discrets.

Elle s'obligea à sourire à Ian.

— Cela ne se reproduira pas. N'est-ce pas, Ian ?

Ce dernier parla enfin.

— Je vous fais mes excuses, professeur Guidry. Le Dr Wentworth a raison, nous n'aurions pas dû rester dans le couloir.

Le grand patron les examina tous les deux d'un regard sévère qui donna envie à Frannie de partir en courant.

— Nous avons là un problème de communication, apparemment, et je pense que vous auriez besoin d'aide, tous les deux. Alors je vais vous dire ce que nous allons faire à ce sujet.

Il se tourna vers elle puis vers Ian.

— Ma femme est inquiète de ne pas avoir assez de volontaires pour préparer le char de l'hôpital pour le défilé de Mardi gras cette année. Je pense que ce serait une idée formidable que vous deux participiez un peu – afin de construire cet esprit d'équipe dont on me rebat sans arrêt les oreilles. Est-ce que ça ne paraît pas amusant ?

L'expression de Ian – dont le visage était d'habitude indéchiffrable – montrait des signes de choc et même d'horreur.

L'idée de travailler avec elle le révulsait-elle à ce point ? Ou alors, il était l'un de ces hommes qui n'aiment pas se coltiner à un travail physique. Pourtant, à en juger par sa silhouette musclée, il devait faire autre chose qu'opérer pour entretenir sa forme. Il était probablement un adepte des salles de gym, transpirant sur une machine au milieu d'autres gens. Peut-être craignait-il aussi d'endommager ses précieuses mains de chirurgien. Son père avait toujours refusé de faire quelque chose de susceptible de les abîmer.

— Je ne pense pas que ce soit nécessaire, professeur... euh, Richard, dit Ian. Vous savez, j'en suis sûr, combien nous sommes occupés à l'hôpital en ce moment.

— L'hôpital est toujours surchargé. Et regardez les choses sous cet angle : vous allez aider un vieil homme. Une épouse heureuse, une vie conjugale épanouie, etc. En outre, ne vous inquiétez pas, je serai là avec vous. Comme je l'ai dit, ce sera amusant.

Tous deux suivirent des yeux le vieux médecin qui s'éloignait dans le couloir, saluant d'autres membres du personnel.

— Peut-être que si vous lui parliez, vous pourriez le faire changer d'avis, suggéra Ian en se tournant vers elle.

— Moi ? C'est votre faute. Parlez-lui, *vous*, si vous voulez. Mais je peux vous dire que vous perdrez votre temps.

— Rien de ceci n'est ma faute, rétorqua-t-il en consultant sa montre, avant de relever les yeux vers elle. Et maintenant je suis en retard. Parlez-lui, faites-lui entendre raison. Dites-lui que nous allons nous entendre.

Elle ne put s'empêcher de sourire.

— Vous croyez que c'est possible ?

Il lui décocha un regard acéré, mais il en fallait plus pour l'intimider.

— Une nouvelle fois, je n'y suis pour rien, reprit-elle. Si vous voulez prendre le risque de lui parler, faites-le. Le Pr Guidry est la plupart du temps un ours en peluche, mais si vous brisez une de ses règles, il se change en grizzly, et à la tête dure par-dessus le marché. Si j'étais vous, j'accepterais simplement cette sentence et je ferais avec. Ce que j'ai exactement l'intention de faire.

Elle regarda Ian Spencer s'éloigner, grommelant contre les grands patrons qui jouent la mouche du coche et les psychiatres qui se mêlent de tout.

Elle repensa à la façon dont il s'était emporté quand elle avait parlé des parents de Sarah.

Croyait-il vraiment qu'elle les jugeait ? Elle ne prétendait pas comprendre ce qu'ils traversaient, mais Ian avait montré assez de douleur pour qu'elle puisse affirmer qu'il se sentait *en lien* avec ce père et cette mère. C'était la première fois depuis qu'ils travaillaient ensemble qu'elle avait vu une émotion aussi vive chez lui. Pourquoi ? Avait-il perdu un patient dont la mort le hantait encore ? Ou quelqu'un de proche ? Un frère ou une sœur ? Elle avait entendu dire qu'il était divorcé, mais pas qu'il avait des enfants.

Quelle que soit la cause de la souffrance qu'elle avait entendue dans sa voix, celle-ci avait été traumatique, et il en souffrait encore. Et malgré la façon dont il s'était comporté avec elle, elle ne pouvait s'empêcher de se sentir inquiète pour lui. Il avait mal et nécessitait à l'évidence une aide. Il n'en demanderait jamais, mais peut-être qu'il s'ouvrirait à elle si elle pouvait l'amener à lui faire confiance ?

Maintenant, l'idée de travailler avec lui sur le char de l'hôpital lui paraissait excellente. C'était exactement ce qu'il leur fallait pour pouvoir commencer à collaborer. Et si, ce faisant, elle trouvait un moyen de l'aider, ce serait encore mieux.

3

Ian s'arrêta à l'entrée du vaste entrepôt.

Partout où il regardait, il voyait de bizarres créations en papier mâché. Sur sa gauche se trouvait une grande déesse grecque tenant à la main une fausse torche rouge qui faisait au moins quatre mètres de haut. S'agissait-il d'Hestia, la déesse du foyer qui donnait son nom à la fondation sponsorisant les festivités du Mardi gras ? Près de la déesse, des fleurs de dix pieds de long, aux couleurs vives, étaient couchées par terre à côté d'un grand alligator aux crocs peints en jaune. Il y avait aussi des bouffons violets et dorés, d'autres fleurs avec de larges corolles roses et bleues et un grand footballeur vêtu de noir et or, les couleurs de la célèbre équipe de la ville.

S'avançant dans le bâtiment, il aperçut plusieurs chars visiblement en construction, dont un était entouré d'ouvriers. En parcourant des yeux le groupe de volontaires, il ne vit pas Frannie. Ferait-elle faux bond ? Il ne le pensait pas. Cette femme était la « bonne âme » incarnée. Elle ne se permettrait pas de se défiler, mais il pouvait toujours l'espérer.

La dernière chose qu'il souhaitait, c'était de passer plus de temps avec la psychiatre. Il s'était conduit comme un idiot en s'emportant à propos de son commentaire sur les parents de Sarah, et il savait qu'elle ne laisserait pas passer ce faux pas.

Il alla jusqu'au groupe qui entourait une femme élégante au sourire rayonnant et aux cheveux gris tenant des plans à la main.

Il n'avait rencontré Mme Guidry qu'une fois, dans un dîner

de bienfaisance, mais il se souvenait du sourire chaleureux qu'elle lui avait adressé pour l'accueillir. Elle patronnait visiblement cette œuvre caritative destinée à combler les besoins des employés et des patients de l'hôpital.

— Merci à vous tous d'être venus. Nous avons beaucoup à faire, mais nous aurons largement le temps si nous travaillons bien, et ce chantier n'empiétera pas sur la saison des fêtes. Toutefois, la période du carnaval sera vite là, alors mettons-nous à la besogne sans tarder.

Mme Guidry accrocha le grand croquis à un panneau.

— Cette année, le thème de la parade est les héros de notre ville. Nous avons pensé faire quelque chose sur nos héros médicaux et nous amuser à déguiser le personnel en super-héros protégeant l'hôpital.

— Si nous avions quelques patients sur le char ? demanda une jeune femme à l'arrière. Je sais que les enfants adoreraient l'excitation de participer à la parade – en particulier s'ils sont costumés.

— C'est une excellente idée, dit Mme Guidry. Il faudra vérifier les règles de sécurité, mais quelle manière plaisante de montrer à la ville combien l'hôpital se soucie de nos enfants !

— Je m'occuperai de la sécurité, déclara l'une des volontaires.

Il la reconnut : elle faisait partie du service de management des risques de l'hôpital.

— Merci, Ruby, dit Mme Guidry. Cela nous aidera beaucoup.

Tandis qu'une discussion animée s'engageait parmi les volontaires sur les super-héros à inclure dans le char, Ian continuait de chercher des yeux...

Comment était-il censé appeler cette femme ? Il ne pouvait pas continuer à l'appeler Dr Wentworth, ça lui donnait l'air d'être un vieux bougre guindé. Les autres membres du personnel l'appelaient Frannie, mais c'était un surnom. Elle signait ses rapports Dr Frances Wentworth.

— Mme Guidry nous a répartis en groupes de travail. Nous

sommes dans le groupe de démolition, dit une voix féminine derrière lui.

Il pivota et se trouva face à de grands yeux bruns pleins d'humour qui, pour une fois, n'étaient pas cachés derrière des lunettes à grosse monture. Frannie tenait à deux mains un gros marteau. Un T-shirt ajusté moulait ses courbes dissimulées d'ordinaire sous l'affreuse blouse blanche qu'elle affectionnait. Elle portait un jean usé, et à la place des petits talons pratiques qu'elle utilisait d'habitude, des tennis rose fluo.

Il la fixa, essayant de faire coïncider la collègue qu'il côtoyait depuis quelques mois et la femme qu'il voyait maintenant, sans y parvenir. Elles étaient trop dissemblables. Et, hélas pour lui, la nouvelle Frannie était encore plus difficile à ignorer que l'autre.

— De... De démolition ? bégaya-t-il.

Elle lui décocha un regard interrogateur et lui désigna un char couvert de fleurs en papier mâché et d'un incroyable assortiment de chiens.

Il y avait des chiens à pois, à rayures, à carreaux, le tout peint de couleurs fluo. Il frémit quand un bénévole grimpa sur le char et arracha la tête du grand caniche violet. Le chaos s'installa : d'autres volontaires, à cet exemple, se mirent à décapiter les chiens géants, puis s'attaquèrent à leur corps. D'autres, restés au sol, arrachèrent les fausses fleurs qui couvraient l'extérieur et la base du char.

— Bienvenue dans la folie du carnaval ! s'écria Frannie en se retournant vers lui. Est-ce que vous n'adorez pas ça ?

Il fut frappé par son aspect enjoué, le son de son rire. Elle était vibrante, pleine de vie, si différente du sérieux docteur auquel il était habitué ! En cet instant, elle aurait pu porter son horrible blouse informe et ses lunettes trop grandes, cela n'aurait rien changé. Vu la joie dont elle rayonnait, elle lui paraissait magnifique et pas redoutable du tout.

Quelque chose en lui s'allégea, comme si un poids qu'il portait à son insu lui était soudain ôté. Ses épaules se dénouèrent, et la tension quitta son corps tandis qu'il la suivait vers le char.

Il la vit grimper à l'échelle fixée à la plate-forme et suivit son exemple. Il aurait fallu être aveugle pour ne pas remarquer la façon dont son jean élimé moulait son joli postérieur – et il ne l'était pas.

— J'adore cette partie du travail, dit-elle en se penchant et en commençant à ôter un par un les pétales d'une fleur orange et jaune. Il m'aime, il ne m'aime pas...

— Quoi ? fit-il en s'écartant d'un pas.

Elle leva les yeux vers lui et rit.

— Relaxez-vous, docteur ! Vous n'avez jamais effeuillé les pétales d'une marguerite quand vous étiez petit en demandant si la mignonne blondinette de votre classe d'anglais était amoureuse de vous ?

— Non. Je peux dire catégoriquement que je n'ai jamais fait ça. Pourquoi penser qu'une fleur quelconque pourrait vous dire si quelqu'un tient à vous ? Mais vous, vous l'avez fait, je suppose ?

Elle le prit par le bras et l'attira par terre à côté d'elle.

— Mon père est membre de la fondation. Vous ne le verrez jamais travailler à un char et encore moins monter dessus, mais moi, quand j'ai été assez grande, j'ai commencé à aider aux préparatifs de Mardi gras. Et, bien sûr, j'ai dû jouer à la débutante.

— Je peux très bien vous imaginer en débutante, dit-il. Vêtue d'une belle robe à volants.

— C'était amusant – l'habillement, en tout cas. Mais je préfère la fabrication des chars. La saison du carnaval m'a manqué, ces dernières années.

— Tout ceci s'en va, c'est ça ? demanda-t-il en saisissant le marteau qu'elle avait posé.

— Oui, nous devons tout enlever jusqu'à la plate-forme.

Il se mit à détruire une grande caisse en bois qui avait été recouverte par les fleurs. Il arracha une planche qui avait dû être une marche pour un des figurants et la lui tendit.

— Vous êtes joliment bon avec un marteau, observa-t-elle.

— Je ferais mieux avec une barre de fer.

Il regarda le groupe à côté d'eux qui avait démoli une des marches et s'attaquait à une autre.

— Désolée, je n'ai qu'un marteau.

Ils se mirent à travailler ensemble - lui, tendant chaque planche qu'il enlevait et elle, les empilant sur le côté.

— Si votre père ne participe pas aux activités du Mardi gras, pourquoi reste-t-il membre de la fondation ? s'enquit-il.

Il perçut aussitôt le changement qui se produisit en elle à cette question. Elle devint moins animée, et la joie de la tâche qu'elle accomplissait sembla s'évaporer.

— J'ai entendu dire que ma mère et lui étaient très impliqués quand ils étaient jeunes... Avant qu'elle ne meure. Elle a même été couronnée reine, une fois.

— Je parie que votre mère était une très belle femme.

Il avait vu le père de Frannie quelquefois, et celle-ci ne lui ressemblait absolument pas.

— Oui, répondit-elle.

Il lui tendit une autre planche, mais elle n'essaya pas de la prendre. Elle fixait un point de l'entrepôt comme si elle pouvait voir sa mère pendant qu'on plaçait la couronne sur sa tête. Enfin, elle cligna des paupières, se tourna vers lui et se saisit de la planche.

— Et vous ? demanda-t-elle. Pouvez-vous imaginer vos parents déguisés et paradant sur un char à travers la ville ?

— Mes parents ? Ils ont été choqués quand je leur ai dit que je m'installais à La Nouvelle-Orléans. Les seules choses pour lesquelles cette ville est connue dans ma région, en Géorgie, c'est Bourbon Street et les gens ivres.

— J'espère que vous leur avez parlé de tous les autres atouts que nous avons à offrir. Sont-ils venus vous voir ? Je suis sûre qu'ils adoreraient cet endroit.

— Ils sont venus deux ou trois fois. La dernière fois, j'ai accompagné mon père à un match de foot, et ma mère a forcé un des chefs de l'hôtel où ils résidaient à lui donner sa recette de pain perdu, alors je suppose qu'ils ont été contents.

— Vous avez des frères et sœurs ? Je suis fille unique, moi-même.

Il lui passa la dernière planche.

— J'ai un frère. On se voit quand on peut.

Remarquant que les autres bénévoles commençaient à ranger leurs outils, il consulta sa montre et fut surpris de voir combien le temps avait passé vite.

Il avait redouté cette séance depuis le jour où le Pr Guidry l'avait condamné à travailler sur le projet de char. Finalement, il avait pris goût à détruire l'ancien char et attendait avec impatience d'aider à construire le nouveau. Plus surprenant encore, il avait apprécié la compagnie de Frannie. Il n'y avait pas eu de désaccords au sujet du traitement d'un patient, pas de dispute sur la voie à suivre pour aider un malade. En fait, ils avaient été capables de soutenir une conversation agréable.

Mais à présent, elle commençait à poser trop de questions. Elle n'avait pas besoin de savoir quoi que ce soit à propos de ses parents ou de sa famille. Cela ne ferait que conduire à d'autres questions auxquelles il ne voulait pas répondre. Il était temps de la quitter.

Comme elle faisait passer les planches usagées à quelqu'un qui était en bas, il alla les aider, et le tas de planches fut vite liquidé.

— Pas si mal pour votre première fois, dit Frannie en considérant la portion de la remorque qu'ils avaient mise à nu.

Il pivota et contempla avec satisfaction la plate-forme du char maintenant débarrassée de ses chiens colorés et de ses fleurs géantes.

Ils avaient fait beaucoup en un soir.

Ils allèrent rejoindre Mme Guidry qui se tenait à l'entrée pour remercier tout le monde d'être venu. Ils s'arrêtèrent, lui dirent au revoir et sortirent.

— Alors, vous revenez la semaine prochaine ? demanda Frannie.

— Ai-je le choix ? répliqua-t-il assez sèchement.

Il le regretta lorsqu'il vit disparaître son sourire.

Cette « punition » n'était pas sa faute, se rappela-t-il, du moins pas seulement. Il avait contribué autant qu'elle à attirer l'attention du Pr Guidry.

— Oui, je reviendrai, reprit-il. Et merci pour votre aide.

— Je n'ai pas fait grand-chose à part empiler les planches.

— Je n'aurais pas eu la moindre idée de ce qu'il se passait si vous n'aviez pas été là pour m'expliquer. La seule facette de Mardi gras que j'avais vue jusqu'ici, c'est l'afflux aux urgences d'adolescents intrépides tombés de l'arbre où ils ont grimpé pour mieux voir le défilé. C'est intéressant de découvrir ce qu'il se passe dans les coulisses. Cela représente plus de travail qu'on ne pense.

— Oui. Bon, je vous verrai sans doute à l'hôpital d'ici là, mais sinon, je vous retrouverai ici la semaine prochaine, dit Frannie pour prendre congé.

Et elle s'éloigna vers le parking situé en face de celui où il était garé.

En se dirigeant dans le crépuscule vers sa voiture, Frannie leva le nez vers le ciel, appréciant l'air chaud de septembre.

D'autres se plaignaient de la chaleur, mais elle, elle l'adorait. Les années qu'elle avait passées à Boston pendant son internat avaient été terribles. Elle avait vite découvert qu'elle n'était pas fan des températures glaciales. Et même si elle avait aimé regarder tomber la neige par les fenêtres de son petit appartement, conduire par ce temps était un cauchemar. Elle avait été enchantée de laisser les hivers froids derrière elle et retrouver les douces températures automnales de sa ville natale.

La Nouvelle-Orléans était une ville comme nulle autre, avec son histoire du Sud profond et une hospitalité qui n'avait pas son égale dans le monde. Elle s'était juré de ne plus jamais en repartir.

Sa clientèle privée augmentait lentement à mesure qu'elle se forgeait une réputation dans la communauté, mais elle mettait toujours tout son cœur à aider les enfants qui avaient besoin de traitements de pointe à l'hôpital. Elle avait réussi à conjuguer les deux, et pouvoir suivre ses jeunes patients en consultation externe une fois qu'ils étaient sortis de l'hôpital donnait une continuité appréciable à ses soins. Elle prévoyait à long terme de travailler avec des enfants qui entraient à l'hôpital à la suite de certains traumatismes, et pour cela, une bonne entente avec Ian et les autres médecins du service de pédiatrie était nécessaire afin qu'elle puisse fournir à ces patients le meilleur soutien possible.

Elle reconnaissait la logique de l'insistance du Pr Guidry pour qu'ils collaborent à un projet extérieur. Il fallait qu'ils fonctionnent mieux en équipe, et cette première soirée était un bon départ. Elle n'avait pas réussi à faire beaucoup parler Ian de lui-même, mais c'était un début...

Soudain, elle trébucha sur une aspérité et tomba. Le bitume lui mordit les mains, et une vive douleur lui traversa le genou, lui mettant les larmes aux yeux.

Une paire de phares l'éclaira, et un pick-up qu'elle avait déjà vu sur le parking des médecins s'arrêta à côté d'elle.

— Ça va ? l'interpella une voix grave qu'elle ne reconnut que trop.

— Oui, répondit-elle tout en s'efforçant de se relever, s'obligeant à faire porter son poids sur sa bonne jambe.

Elle sentait l'humidité poisseuse du sang traverser son jean, et pendant une minute elle pensa qu'elle allait être malade.

Non ! Elle ne ferait pas quelque chose d'aussi embarrassant que de vomir devant Ian Spencer.

— Laissez-moi voir, ordonna-t-il.

Il prit son téléphone, alluma la lampe et promena le faisceau lumineux sur elle.

Un trou grand comme une grosse pièce de monnaie déchirait le genou de son jean, et une tache sombre s'étendait à partir de là.

Ian se courba et se mit à relever la jambe de son pantalon.

— Ouille, fit-elle tandis qu'il détachait le tissu de sa peau entamée.

— Il va falloir nettoyer ça. J'ai besoin d'y voir mieux, mais il faudra probablement des points.

La pensée d'une aiguille et de fil chirurgical traversant sa chair lui affaiblit encore plus les genoux. Son père aurait eu honte d'elle s'il l'avait vue en cet instant.

— Venez, dit Ian. J'ai le nécessaire chez moi.

— *Chez vous ?* Pourquoi irais-je chez vous ?

— Avez-vous ce qu'il faut, vous, pour refermer cette blessure ?

Il pointait la lumière de son portable sur son genou.

— Non.

Évidemment qu'elle n'avait rien pour suturer une entaille ! Cela l'aurait obligée à voir le sang qui en coulait.

— Vous pouvez aussi attendre toute la nuit aux urgences, ou demander à votre père de vous recoudre, observa Ian.

Et laisser ce dernier lui faire remarquer que, si elle était devenue chirurgienne, elle aurait pu se soigner elle-même ?

— Non. Si cela ne vous ennuie pas de vous en occuper, j'apprécierai. Je peux vous suivre jusque chez vous.

Elle essaya de s'appuyer sur son genou et siffla entre ses dents sous la douleur lorsqu'elle tenta de faire un pas.

Il fallait qu'elle se ressaisisse !

Elle se redressa et commença à avancer en boitant vers sa voiture.

— Vous allez devoir monter avec moi, dit Ian en désignant son pick-up. Il faut recoudre cette plaie avant que vous n'essayiez de conduire.

Puis, sans prévenir, il la souleva dans ses bras tandis qu'elle tenait son genou raide.

— Reposez-moi. C'est juste une coupure. Je peux marcher, protesta-t-elle.

— Vous ne vous en êtes pas si bien sortie que ça, à l'instant. Vous devez être recousue et bandée avant de pouvoir vous appuyer sur votre jambe, ou ça saignera davantage.

La pensée du sang coulant le long de sa jambe la calma, mais c'était tellement embarrassant d'être portée comme si elle était infirme ! N'ayant jamais été portée par quelqu'un auparavant, elle ne savait pas quoi faire de ses bras. Les placer sur ses côtés ? Les lever pour les ôter du milieu ?

Bien sûr, dans un film, elle les aurait noués autour du cou de Ian, mais on n'était absolument pas au cinéma, et il n'était pas question que ses bras s'approchent de son cou. Même si c'était un cou musclé, attaché à des épaules encore plus musclées, en haut d'un torse dur contre lequel elle avait envie d'appuyer sa tête qui tournait.

Elle s'obligea à se concentrer sur la douleur de son genou, ce qui était beaucoup plus sûr que de penser au corps de Ian, mais pas aussi excitant, et de loin.

Il la porta du côté du siège du passager, la posa par terre, ouvrit la portière et l'aida à grimper à l'intérieur avant de contourner le pick-up pour rejoindre sa place au volant.

4

Le trajet jusqu'à la maison de Ian fut silencieux et bref, la plupart des gens étaient maintenant rentrés chez eux. Il régnait entre eux une gêne qui n'avait pas été présente pendant qu'ils travaillaient ensemble dans l'entrepôt.

Lorsque Ian s'arrêta devant une maison mitoyenne à un étage à la limite du secteur des jardins, Frannie ouvrit la portière, se laissa glisser du pick-up et clopina sur le trottoir avant qu'il n'ait pu la rejoindre.

Il faisait trop sombre pour bien voir l'extérieur de la maison, mais quand il ouvrit la porte d'entrée, l'intérieur fut pour elle une surprise totale.

Des piles de plaques de Placoplâtre et de bois de construction étaient alignées le long des murs, et un chevalet de sciage était installé au milieu de ce qui devait être la salle de séjour. Les murs étaient éventrés, et une couche de poussière recouvrait le vieux plancher.

Un glapissement aigu provint de l'escalier, où un chat était assis parmi des pots de peinture. Noir et blanc, avec des plaques sans poils par endroits sur le corps, il dardait sur eux son œil unique.

— Je ne veux pas être impolie, mais c'est le chat le plus laid que j'aie jamais vu, dit-elle.

— Je l'ai eu avec la maison, expliqua Ian en se penchant pour gratter le pitoyable animal derrière les oreilles.

— Il a vraiment l'air en colère, observa-t-elle.

— Je l'ai calmé, grommela-t-il.

Elle ne put s'empêcher de rire en regardant l'homme devant elle et le chat de mauvais poil.

Ils étaient faits pour aller ensemble, à l'évidence.

— Comment s'appelle-t-il ? demanda-t-elle en boitant à travers le sol poussiéreux.

— Church.

Ian disparut à l'étage et revint avec une chemise en jean.

Il la lui tendit, puis désigna une petite porte au bas de l'escalier.

— Il faut que vous quittiez ce pantalon. Vous pouvez vous changer là.

Il voulait qu'elle *ôte son jean ?*

— Mais pourquoi... ?

— Réfléchissez. Je ne peux pas suturer cette blessure si vous le gardez.

Tenant la chemise, elle entra en boitillant dans ce qui s'avéra être une petite salle de bains et referma la porte.

Même si la chemise qu'il lui avait donnée lui couvrait à peine les cuisses, elle devait reconnaître que ce serait mieux que son T-shirt ajusté, qui lui arrivait tout juste aux hanches.

Elle aurait peut-être dû aller aux urgences. Un des médecins présents se serait sûrement occupé d'elle sans la faire attendre, et au moins elle aurait pu enfiler une chemise d'hôpital...

Puis elle baissa les yeux sur son jean pour la première fois depuis qu'ils étaient entrés et grogna.

Une tache sombre couvrait son genou droit. Heureusement, la blessure semblait avoir cessé de saigner.

Elle quitta ses tennis sur le carrelage blanc et noir et tira avec précaution sur le jean, s'arrangeant pour éviter de regarder. Elle constata alors que son T-shirt était taché aussi.

Comment était-ce arrivé ?

Elle le tira par-dessus sa tête et le jeta sur son jean. Ensuite, elle enfila la chemise et se contempla dans le miroir doré qui surmontait le petit lavabo.

Elle avait des robes qui la couvraient moins que ce qu'elle

portait maintenant, mais elle se sentait tout de même gênée de se tenir dans la salle de bains de Ian, revêtue d'une de ses chemises.

— Vous sortez ?

Elle avait espéré qu'il l'aurait oubliée, mais il l'appelait de l'autre côté de la porte.

— Avez-vous besoin d'aide ?

Elle sortit dans la salle de séjour et regarda ses orteils.

— Se promener pieds nus sur un chantier, ce n'est pas très malin, dit-il.

Elle retourna dans la salle de bains enfiler ses tennis.

— Venez, dit-il en lui faisant franchir une porte arrondie protégée par une bâche en plastique.

Si la salle de séjour avait été un choc, la pièce voisine fut une agréable surprise. La bâche cachait la cuisine la plus impressionnante qu'elle ait jamais vue. Des éléments en acajou foncé garnissaient les murs crème, et du marbre blanc recouvrait les plans de travail. Le tout était équipé de matériel en acier inoxydable, et des carreaux clairs de style métro formaient le fond du décor. Un grand îlot blanc occupait le centre. La pièce était d'une propreté immaculée, chose étonnante avec la poussière et la sciure accumulées à côté.

Avant qu'elle se remette de sa stupéfaction, Ian la souleva de terre et la percha sur l'îlot central.

— Je ne suis pas une de vos patientes, Ian. Vous n'avez pas à me manipuler ainsi.

Non pas que cela ait semblé lui coûter un effort. L'effort avait été de son côté à elle, pour empêcher son cœur de bondir hors de sa poitrine quand elle avait senti ses mains sur sa taille et son grand corps viril proche du sien. Il l'avait soulevée comme si elle ne pesait presque rien, ce que sa balance contredisait chaque matin.

Peut-être que s'ils pouvaient parler comme lorsqu'ils travaillaient sur le char, elle parviendrait à se détendre ?

— C'est une belle maison, dit-elle.

— Elle le sera quand j'aurai fini.

Il lui tendit la jambe pour examiner son genou, le pliant et le dépliant. Elle feignit d'être fascinée par sa cuisine, regardant tout sauf la tête brune penchée sur elle.

— Vous faites les travaux vous-même ?

Elle n'avait entendu dire que du bien des qualités de chirurgien de Ian, et elle savait qu'elle pouvait se fier à lui pour soigner une petite entaille. Toutefois, cette entaille était susceptible de saigner, ce qui signifiait qu'elle risquait de se ridiculiser – comme si tomber et s'ouvrir le genou n'avait pas suffi.

— Oui… Restez comme ça, je reviens tout de suite.

Il alla au fond de la cuisine et ouvrit une grande porte.

Elle parcourut de nouveau la pièce du regard, puis baissa les yeux sur le carrelage blanc et noir, classique, qui allait parfaitement avec la restauration. Elle se demanda s'il était d'origine. Ensuite elle jeta un coup d'œil à son genou, où la plaie béante était recouverte de sang séché.

Le damier du sol se mit à tourner.

Non… Pas maintenant. Pas devant Ian. Elle ne pouvait pas flancher devant lui. Ce n'était qu'un peu de sang, elle n'allait pas s'évanouir à la vue d'un peu de sang…

Peut-être que si elle ignorait à la fois le sang et Ian, ils disparaîtraient tous les deux ?

Elle mit sa tête dans ses mains et crispa les paupières.

— Qu'est-ce qui ne va pas ? demanda Ian.

Elle sursauta et vit qu'il avait de nouveau la tête penchée sur son genou pour l'examiner.

— J'ai regardé, répondit-elle d'une voix étouffée, en cachant encore son visage dans ses mains.

— Quoi ?

Elle désigna son genou, les yeux fermés.

— Ce n'est pas si grave, dit-il. Je peux faire quelques points. J'ai du fil de suture et des aiguilles stériles.

— Des points ? Des aiguilles ? balbutia-t-elle en relevant les yeux vers lui.

Elle se sentit blêmir et posa la main sur son estomac.

Il la considéra et, prévoyant, prit une cuvette métallique et la posa près d'elle.

— Ou bien je pourrais coller les bords avec des sutures adhésives.

— Je préférerais. Je veux dire, ce serait plus facile pour vous, non ? demanda-t-elle en se forçant à se redresser.

Elle se comportait plus mal qu'un de leurs jeunes patients. Il devait la prendre pour une folle.

— Enfin, faites comme vous voulez, mais il me semble que des sutures adhésives, ce serait mieux.

Elle avait parlé du ton le plus ferme possible, mais elle ne put s'empêcher de chercher des yeux la cuvette et vit Ian la rapprocher.

Il n'était pas dupe.

— Va pour des sutures adhésives, accorda-t-il.

Elle le regarda ouvrir des paquets et des flacons.

— Alors, comment la fille d'un des pontes nationaux de la chirurgie cardio-vasculaire a-t-elle atterri en psychiatrie ? demanda-t-il d'un ton léger. J'aurais pensé que vous suivriez les traces de votre père.

Il essayait visiblement de la distraire.

— Est-ce censé être une plaisanterie ? J'aurais fait la pire chirurgienne du monde ! Je n'aime pas le sang, les aiguilles, tout ça... Non, attendez, ce n'est pas exact.

Il pouvait aussi bien apprendre le pire.

— Je déteste absolument la *vue* de ces choses-là. Je suis sûre que vous avez entendu parler de la fois où mon père m'a fait entrer en salle d'opération au début de mes études ?

— Non.

Elle le regarda prendre un flacon de solution saline, sentit couler le liquide frais sur son genou, et se prépara à affronter le moment où il nettoierait la blessure avec une compresse stérile.

— C'est surprenant. On en a parlé pendant des mois, à l'hôpital. Ça a été affreux. Je n'ai pas tenu un quart d'heure avant d'être malade. Mon père a essayé d'étouffer l'affaire, mais vous savez comment les nouvelles se répandent dans les services...

Son genou tressauta sous la piqûre de l'antiseptique, mais elle refusa de se rétracter.

Ce fut le contact chaud des mains de Ian qui l'aida à calmer ses nerfs. En les sentant sur sa peau, elle se mit à fantasmer, imaginant ce qu'il se passerait si elles montaient un peu plus haut sur sa cuisse...

La température de la pièce avait grimpé en flèche.

Elle se mordit la lèvre et se força à revenir au présent.

Les mains de Ian étaient rêches et calleuses contrairement à celles de son père, ce qui était étonnant.

— Mon père dit que les mains d'un chirurgien sont ses instruments les plus importants.

Or, apparemment, cet homme-là ne craignait pas de s'en servir en dehors de la salle d'opération.

— Elles sont importantes, oui, mais je dois dire que les connaissances sont l'outil capital. Avec l'intuition.

— J'appelle ça l'instinct. Vous voulez parler de ce sentiment que quelque chose ne va pas chez un patient mais sans pouvoir mettre un diagnostic dessus, n'est-ce pas ?

— Oui. En y ajoutant le savoir acquis par l'expérience, on obtient un moyen d'action vraiment puissant. Avec la technologie la plus récente en plus, cela peut presque tout régler.

Elle lui retira sa jambe sous le choc et le picotement de la suture adhésive qu'il appliquait.

— C'est bon, j'ai presque fini. Vous ne m'avez toujours pas dit comment vous avez atterri en psychiatrie. Il y a de nombreuses spécialités que vous auriez pu choisir en dehors de la chirurgie.

Elle savait que Ian essayait de détourner son esprit de son genou, mais en réalité ce n'était pas nécessaire. Elle n'avait plus pensé au sang depuis que sa main s'était posée sur sa peau. Son corps bourdonnait de plaisir anticipé en attendant de voir ce qu'il allait faire ensuite.

Mais il lui offrait là une chance d'expliquer à quel point son métier était important pour elle et pourquoi. Elle ne pouvait pas la laisser passer.

— Je crois que mon père avait des plans pour que je sois chirurgienne depuis ma naissance. Même quand il est devenu évident que je n'avais pas le cran nécessaire, il a insisté, disant que dès que j'aurais un scalpel dans la main, les choses seraient différentes.

— Je suppose que ça n'a pas été le cas ?

La question ne paraissait pas indiscrète ni porteuse d'un jugement. Il semblait vraiment intéressé. Pouvait-elle être honnête avec lui ? Si peu de gens connaissaient la vraie raison pour laquelle elle avait choisi la psychiatrie ! Et encore moins savaient pourquoi elle avait un tel problème avec la vue du sang.

— Je ne suis jamais allée jusque-là, répondit-elle. J'ai opté tout de suite pour la médecine psychiatrique.

— Vous auriez pu choisir d'autres domaines médicaux où vous n'aviez pas affaire au sang, observa-t-il en levant les yeux.

— En effet. Et croyez-moi, quand j'ai dit à mon père que je voulais être psychiatre, il a essayé de me vendre toutes les autres spécialités, de la dermatologie à la podologie.

— Mais vous n'avez pas cédé.

— Non. Je pense que j'ai toujours su que je n'allais pas embrasser une carrière médicale proprement dite.

— Qu'est-ce qui vous a attirée dans le monde de la psychiatrie ?

Elle le regarda nettoyer le plan de travail, hésitante.

Elle avouait rarement pour quelle raison elle avait choisi cette branche. Elle avait essayé de discuter de ses mobiles avec son père, mais comme pour tout ce qui touchait à la mort de sa mère, il avait refusé de l'écouter. Or, pour une raison quelconque, elle sentait qu'elle pouvait en parler à Ian.

— J'avais sept ans quand ma mère s'est suicidée. Elle avait souffert de dépression toute sa vie, et d'après ce que je sais maintenant, je suspecte qu'elle avait un trouble bipolaire qui a empiré après ma naissance. Je voulais en savoir plus sur ce qui l'avait poussée à m'abandonner comme elle l'a fait. Quand j'ai fait de la psycho à l'université, j'ai découvert que j'avais envie de creuser la question.

Ian avait fini de ranger. Il s'assit et la regarda. Sans la juger, sans la censurer comme son père – en l'étudiant simplement.

— C'est pour cela que vous travaillez avec des enfants ? Vous voulez aider ceux qui ont été traumatisés comme vous quand votre mère est morte ?

Comment savait-il que c'était ce qui l'avait motivée ? Elle s'était attendue à ce qu'il lui exprime juste la sympathie habituelle pour la perte de sa mère, comme la plupart des gens. Les gens qui connaissaient les circonstances de la mort de sa mère avaient pensé qu'elle se dirigerait vers la psychiatrie des adultes, ils avaient été surpris qu'elle choisisse la pédiatrie, mais Ian comprenait pourquoi elle était attirée par les enfants qui avaient été blessés comme elle. Agréablement surprise, elle sentit un léger frémissement dans sa poitrine.

— Vous pouvez regarder, maintenant, dit-il.

Elle pencha la tête et regarda le petit bourrelet de peau ; il avait parfaitement aligné les bords de la plaie. Ce n'était pas joli, mais au moins ce n'était plus une vilaine blessure ensanglantée. Elle leva les yeux vers Ian, assis entre ses jambes, et se figea.

Son visage était tout près du sien, leurs lèvres toutes proches. La pièce était soudain devenue trop petite, et trop chaude.

Elle croisa son regard, et son expression choquée fut le reflet de la sienne.

Le magnétisme qui les amenait à ce point de tension chaque fois qu'ils étaient ensemble était de nouveau là.

– Oh..., laissa-t-elle échapper.

La palpitation dans sa poitrine s'était accrue, elle avait le souffle court.

Leurs regards restèrent joints, chacun d'eux attendant de voir ce que l'autre allait faire. Le désir entre eux était palpable – une chose vivante qui lui parcourait le corps, enflammant chaque pouce d'elle d'un besoin si vif qu'elle dut se forcer à prendre une inspiration. Elle n'avait jamais rien ressenti de pareil.

Ses lèvres s'entrouvrirent tandis que celles de Ian se rapprochaient. Quelques centimètres de plus, et elle connaîtrait enfin leur goût.

Des lèvres chaudes rencontrèrent les siennes, fermes mais douces, puis plus exigeantes.

Elle leva les mains vers sa tête, voulant passer les doigts dans ses boucles. Il se leva pendant qu'ils s'embrassaient, l'attira au bord du comptoir et la prit dans ses bras. Elle écarta instinctivement les genoux et noua les jambes autour de lui.

C'était comme si son corps avait pris tout le contrôle de sa personne.

Le baiser changea, devenant plein de fougue et d'ardeur. Elle y ajouta une touche de désespoir en essayant de se rapprocher encore de lui, son corps frétillant contre le sien, tendu par le besoin d'aller plus loin.

Si l'un d'eux n'arrêtait pas bientôt, ce soir, elle rayerait de sa liste de choses à expérimenter « copuler sur un comptoir de cuisine ».

Ian mit fin au baiser et s'écarta un peu d'elle. Elle voulut détacher ses jambes de lui, mais elles refusèrent d'obéir.

Elle vit diminuer un peu la chaleur intense de son regard, mais elle pouvait discerner au fond les braises allumées par leur baiser, et elle sentait toujours son sexe durci là où leurs corps restaient joints. Il avait été complètement avec elle pendant qu'ils s'embrassaient, mais il commençait à regretter leur emballement.

La question était : est-ce qu'elle regrettait, elle ?

L'état d'excitation de son corps donnait la réponse : elle n'en regrettait pas un instant. Le seul regret qu'elle avait, c'était qu'il se soit éloigné d'elle. Ils tournaient depuis des jours autour de *ça*, ce désir brûlant qui existait entre eux. Il fallait qu'ils s'en guérissent une fois pour toutes, et rapidement. Le moment ne lui semblait pas mal choisi.

Elle n'avait jamais envisagé de faire l'amour avec un homme avec qui elle n'avait pas une relation suivie, mais elle n'avait jamais non plus éprouvé auparavant quelque chose de semblable à ce qu'elle éprouvait pour Ian Spencer. Serait-ce si mal qu'ils aient une histoire ensemble ? Juste pour voir où ça les mènerait ?

L'attirance était là, ni l'un ni l'autre ne pouvaient le nier, et ils étaient tous les deux adultes.

Ian se rendait compte que sa respiration était saccadée, il s'efforça de la ralentir. Il avait besoin de réfléchir.

Il n'aurait pas dû être surpris par l'intensité de la flamme qui avait jailli entre Frannie Wentworth et lui. Il l'avait appris des années plus tôt dans un cours de soudure : une fois que des étincelles se mettaient à crépiter, c'était seulement une question de temps avant qu'un feu se déclare, et c'était sage d'avoir toujours un extincteur sous la main. Frannie l'avait embrasé d'un désir si fort qu'il avait oublié la nécessité de cet extincteur. Il aurait dû être plus prudent et se tenir éloigné d'elle. Il l'avait laissée s'approcher de trop près, et s'il ne faisait pas attention, il lui ferait du mal.

— Je suis désolé. Je n'aurais pas dû...

— Pourquoi ? demanda-t-elle. Pourquoi n'auriez-vous pas dû ? Pourquoi ne devrions-nous pas ?

— Frannie, vous savez qu'il ne serait pas raisonnable pour nous deux de continuer sur cette lancée.

— Vous en revenez à votre principe de ne pas vous amuser avec vos collègues ?

Elle devait savoir qu'avoir une histoire ensemble compliquerait leur vie professionnelle, mais elle ne semblait pas s'en soucier. Bien sûr, elle n'avait jamais fait l'objet des ragots de l'hôpital, jusque-là – pas comme lui, en tout cas. Elle n'était jamais entrée dans un bureau d'infirmières pour voir les conversations s'arrêter, elle n'avait jamais entendu les gens chuchoter dans son dos pendant qu'elle traversait le vestibule. Lui, il avait fait des erreurs dans sa vie. Il avait dû vivre avec les potins qui l'avaient poursuivi après sa rupture avec Lydia.

Il n'avait aucune envie de repasser par là et ne voulait pas non plus que Frannie en fasse l'expérience.

Il aurait dû s'écarter complètement d'elle, mais il était fasciné par ses yeux brun foncé, aussi profonds et traîtres à ce moment-là que le Mississippi lorsqu'il se jette dans le golfe du Mexique.

Il sentait cette chaleur intense là où ses jambes les liaient encore ensemble. Où était passée la femme réservée drapée dans sa blouse trop grande et cachée derrière ses lunettes ? Il aurait pu raisonner avec cette femme-là. Mais il lui semblait impossible de traiter avec celle-ci, assise les fesses presque nues sur l'îlot central de sa cuisine.

Pourquoi choisissait-il cet instant pour se rappeler que les seules choses qui les séparaient étaient sa vieille chemise et un sous-vêtement ? Portait-elle un minuscule string ou une confortable culotte en coton blanc ? Une semaine plus tôt, il aurait parié pour cette dernière, mais à présent…

Pourquoi, en outre, se tenait-il là à se demander quel genre de dessous portait Frannie ? Il avait l'impression d'être revenu au temps du lycée.

Il prit une profonde inspiration et força ses membres à bouger. Il leva les mains pour se repousser loin du comptoir – sauf qu'il les posa sur la taille de Frannie, et qu'elle en profita, le ciel le protège, pour se rapprocher du bord en se tortillant.

— Vous savez que ceci n'est pas à faire, dit-il en promenant les mains sur des courbes qui s'ajustaient si bien à ses paumes.

Elle était si douce à toucher, si belle, assise là avec ses lèvres rouges de ses baisers et ses yeux brûlants de désir.

— Peut-être. Ou peut-être que c'est la meilleure chose que nous puissions faire, répondit-elle en baissant la tête pour la nicher au creux de son cou.

— Et comment voyez-vous ça, exactement ?

Il était curieux d'entendre quelle explication rationnelle elle allait employer pour justifier ce qu'ils envisageaient de faire.

Son corps se contracta lorsqu'elle caressa son cou de ses

lèvres. Il avait mal du désir de la prendre, et chaque effleurement augmentait son besoin d'elle.

— Ignorer cette attirance qui nous lie pourrait accroître le stress entre nous, déclara-t-elle en s'écartant de lui. Écoutez, c'est peut-être fou, mais vous et moi ensemble, ça semble juste bien. Non ?

Il aurait voulu le nier, mais il n'en était pas capable.

Il n'avait pas eu de relation avec une femme depuis son divorce – il n'en avait pas eu envie. Mais avec Frannie, le désir l'avait repris. Il la voulait, même si une part de lui savait qu'il ne le devrait pas pour maintes raisons.

Elle passa les doigts sur le devant de sa chemise, et il la laissa la déboutonner, regardant son souffle s'accélérer tandis que le tissu s'entrouvrait. Il l'arrêta une minute, tentant de se rappeler les motifs pour lesquels coucher avec elle n'était pas une bonne idée, mais son esprit était embrumé par le désir qui le consumait. Seule une pensée angoissante parvenait à traverser sa conscience : la nécessité de trouver un préservatif.

Son cerveau s'empara du problème, et soudain il se remémora la petite pochette en papier métallisé qu'il avait trouvée dans sa chambre d'amis, où son frère avait dormi quelques semaines auparavant.

Frannie laissa échapper un petit glapissement quand il la fit descendre de l'îlot puis glousa de joie lorsqu'il l'entraîna dans l'escalier – elle toujours enroulée autour de lui, se taquinant et se léchant à bouche que veux-tu.

Quand il se pencha sur le lit de la chambre d'amis pour la déposer dessus, elle se tortilla contre lui, et il tomba presque sur elle. Essayant de réprimer le tremblement qui s'emparait de lui, il déboutonna la chemise qu'il lui avait prêtée, lui ôta son soutien-gorge et passa une main sur un sein rond puis sur l'autre, n'en croyant pas sa chance.

Son corps était superbe, avec des pleins et des déliés là où il fallait.

Il se défit en hâte de son pantalon et de ses chaussures. Quant à sa chemise, il avait dû la perdre quelque part dans l'escalier.

Il couvrit son corps du sien et l'aida à enlever sa culotte.

Non, ce n'était pas une culotte de grand-mère, nota-t-il en déchirant la pochette du préservatif.

Elle tendit la main pour l'aider, puis le ramena à elle. Tandis qu'elle couvrait ses épaules et son torse de baisers affamés, il glissa les mains sous elle et se saisit de ses fesses.

Elle se pressa contre lui, ses jambes de nouveau nouées autour de lui, et il la prit d'assaut. Ils accordèrent aisément leurs rythmes, atteignirent l'orgasme et basculèrent ensemble dans la volupté.

Frannie fixa le visage de Ian au-dessus d'elle, son cerveau confus refusant de se concentrer. Comment l'aurait-il pu, alors que tout le sang de son corps avait reflué vers le bas, dans des parties d'elle bien trop longtemps ignorées ? Elle se sentait ivre encore du contact et du goût de son amant qui avaient inondé ses sens.

Elle avait eu deux amants avant lui. L'un avait été une brève amourette de fac. L'autre, un beau jeune chirurgien qu'elle avait rencontré pendant sa première année d'internat, lui avait tourné la tête. Elle avait cru avoir le cœur brisé quand elle avait compris qu'il s'était juste servi d'elle pour être présenté à son père. En fait, quelques boîtes de mouchoirs en papier plus tard, elle s'était rendu compte que ce qu'elle avait éprouvé pour lui avait eu plus à voir avec la solitude qui était la sienne durant cette année d'internat qu'avec l'homme lui-même.

Mais ce qu'elle venait de vivre avec Ian ne pouvait pas être mis dans la même catégorie. Elle avait senti avec lui une connexion qui avait été absente de ses autres relations.

Allongée dans ses bras, elle se sentait enveloppée d'un sentiment d'appartenance qui lui donnait l'impression d'être en sécurité, chérie. Une sensation qu'elle n'avait pas éprouvée depuis des années… Depuis la mort de sa mère, quand son univers de petite fille avait été chamboulé.

Elle aurait pu pleurer lorsque Ian roula à côté d'elle, la laissant de nouveau seule. Il se crispa, lâcha un juron, puis quitta le lit pour se rendre à la salle de bains.

Si le mot qu'il avait prononcé reflétait ce qu'il éprouvait à propos de ce qu'ils venaient de vivre ensemble, alors leur étreinte n'avait pas signifié la même chose pour lui… Sauf qu'elle aurait juré qu'il avait bien été avec elle, savourant chaque instant qui les avait unis jusqu'à ce qu'ils implosent ensemble. Son expérience se limitait peut-être à deux amants, mais elle savait que ce qu'ils avaient partagé avait été spécial.

Quand Ian ressortit de la salle de bains, au lieu de la rejoindre dans le lit, il prit son pantalon sans dire un mot, ses mouvements saccadés et la ligne dure de sa bouche indiquant sa contrariété.

Que s'était-il passé entre le moment où il l'avait tenue dans ses bras et celui où il était revenu de la salle de bains ? Elle ne parvenait pas à l'imaginer. Avait-elle fait quelque chose de travers ? Était-il déçu par le sexe entre eux ? Non, elle refusait de le croire. Elle avait vu le désir dans ses yeux et senti le besoin dans ses mains tandis qu'il la caressait.

Elle se leva et se mit à s'habiller.

— Veux-tu en parler ? demanda-t-elle enfin en le regardant dans les yeux.

— Je ne sais pas…, commença-t-il.

Il prit une grande inspiration et ferma les paupières. Quand il les rouvrit et la regarda de nouveau, toute émotion s'était dissipée. La passion qu'ils avaient partagée s'était éteinte, tout ce qu'il s'était passé entre eux avait disparu aussi, et il était redevenu l'intouchable Dr Spencer.

— Nous n'aurions pas dû, laissa-t-il tomber.

Elle avait boutonné sa chemise, mais elle avait froid et se sentait nue.

Comment avait-elle pu penser qu'il pourrait y avoir quelque chose entre eux ? Ils parvenaient à peine à avoir une conversation sans être en désaccord. Avait-elle réellement cru que l'attirance qui les liait serait suffisante pour qu'ils forgent une relation ? Avait-elle pensé tout court ? Ou avait-elle simplement laissé ses émotions l'aveugler, lui faisant ignorer la vérité ?

Elle lui tourna le dos, incapable d'accepter la façon dont il reprenait ses distances avec elle.

— Il faut que je me change, dit-elle.

Elle le laissa dans la chambre et retourna dans la petite salle de bains du rez-de-chaussée où se trouvait son jean déchiré. Elle s'arrangea pour ignorer le sang séché sur son jean quand elle l'enfila, mais elle garda la chemise de Ian.

Quand elle sortit, il attendait devant la porte, le visage encore plus dur.

— Ceci ne *peut pas* se produire, dit-il en agitant un doigt entre eux deux.

Il utilisait la voix intimidante qu'il prenait avec elle au travail, lorsqu'il essayait d'imposer sa position sur un cas. Mais il se trompait, « ceci » s'était déjà produit.

Elle sentit sa gorge se serrer mais se força à répondre. Elle ne le laisserait pas voir combien ses mots la blessaient.

— « Ceci » ? répéta-t-elle en imitant son geste avec son propre doigt. « Ceci » quoi ? Il n'y a pas de « ceci ». C'était juste du sexe, Ian. Rien de plus. Maintenant, si tu pouvais me reconduire jusqu'à ma voiture, je t'en serais reconnaissante. — Frannie, attends, dit-il. Ce n'est pas...

Elle pivota vers lui.

— S'il te plaît, non.

— Il y a des choses..., reprit-il, avant de s'arrêter et de détourner son regard d'elle. Je ne suis pas doué pour ce... ces relations.

Elle l'observa. Il y avait chez cet homme de la souffrance et une insécurité à laquelle elle ne s'attendait pas.

— En tout cas, tu t'es bien débrouillé pendant un moment, Doc, remarqua-t-elle.

— J'ai eu une mauvaise expérience. Mon mariage ne s'est pas bien fini, dit-il en s'avançant dans la salle de séjour.

Il s'arrêta devant l'étagère en face de l'entrée, et elle y aperçut alors quelque chose qu'elle n'avait pas remarqué – la seule chose dans la pièce qui ne soit pas recouverte de poussière : la photo d'un bébé dans un cadre en argent.

Elle avait voulu savoir ce qui lui avait causé tant de douleur, maintenant elle le savait.

— C'est ton enfant ? demanda-t-elle.

Une part d'elle souhaitait se tromper, mais le regard torturé que lui lança Ian en se retournant lui indiqua qu'elle avait deviné juste.

— Oui, mon fils.

— Que lui est-il arrivé, Ian ?

— La mort subite du nourrisson. Il n'avait que dix mois.

— Je suis désolée.

— Moi aussi. J'aimerais que les choses soient différentes. Que *je* puisse être différent.

Elle eut envie de lui dire qu'il n'avait pas besoin d'être différent, qu'il pouvait simplement être qui il était et que ce serait suffisant, mais elle savait qu'il ne la croirait pas. Il avait des démons à combattre, et de toute évidence il préférait les combattre seul.

— Il est tard. Je pense qu'il vaudrait mieux que tu me ramènes à ma voiture maintenant, dit-elle en se dirigeant vers la porte.

Elle avait ses propres blessures à soigner ce soir-là, et elle ne voulait pas que Ian voie qu'elle souffrait aussi.

Quand Ian rentra chez lui après avoir laissé Frannie à l'entrepôt, il fut immédiatement sensible au gouffre de solitude qui l'accueillit. Il s'était senti vivant ce soir-là avec elle dans ses bras, et son sentiment de solitude l'avait quitté. Mais à présent, la réalité resurgissait.

Il avait su que faire l'amour avec elle serait une erreur, mais il n'avait pas pu s'en empêcher. Alors qu'il avait réussi à éviter les femmes depuis son divorce, elle avait abattu tous les obstacles qu'il avait dressés autour de lui. Le seul fait de penser à la tenir une fois encore dans ses bras lui emballait le sang. Ce n'était pas bien, il devait rester à l'écart d'elle avant de la blesser.

N'avait-elle pas vu à quel point il était brisé ? Comment pouvait-elle vouloir un homme qui déplorait la perte de sa famille depuis près de trois ans et était toujours incapable d'aller de l'avant ?

Il y avait encore des jours où il pouvait à peine se traîner, même si ces jours-là devenaient plus rares au fil des années. Il avait réussi à se créer une vie, ici. Ce n'était peut-être pas la vie qu'il avait prévue, mais elle était stable, et il se sentait à l'aise avec. Il avait un métier qu'il aimait et une maison avec un chat borgne qui tolérait qu'il rentre en retard à cause d'un cas difficile ou d'une urgence à l'hôpital. Pour le moment, cela lui suffisait. Peut-être un jour serait-il prêt à avancer dans sa vie, mais actuellement c'était toute l'existence qu'il demandait.

Et le lendemain il devrait se rendre au travail et affronter les retombées de sa nuit avec Frannie, quelles qu'elles soient. Dire que, après tout le temps qu'il avait passé à garder ses distances vis-à-vis d'elle, il avait fini par coucher avec elle et s'était lamentablement répandu sur sa vie !

Il monta l'escalier et prit le chat en passant pour se rendre dans sa chambre. Sur son chemin, il jeta un coup d'œil dans la chambre d'amis, vit les draps froissés et ferma la porte.

Si seulement c'était aussi facile d'écarter le souvenir de la belle psychiatre...

5

Frannie était assise dans la salle des rapports des médecins, en train de parcourir le dossier d'une petite patiente qui avait failli se noyer. Le nouveau neurologue, le Dr Wilson, lui avait demandé d'étudier son cas.

Apparemment, la petite Katie, cinq ans, jouait dans un parc pendant un pique-nique familial et était tombée dans une mare où elle donnait à manger aux canards. Ses parents avaient réagi promptement, et bien qu'elle ait été encore en détresse respiratoire quand elle avait été amenée aux urgences, elle s'était rapidement rétablie.

Elle avait été transférée de l'unité de soins intensifs dans le service de pédiatrie où elle se remettait sans problème – mis à part le fait qu'elle avait perdu certains souvenirs du moment de la noyade. Cette perte de mémoire faisait craindre à ses parents qu'elle ait pu subir des dommages au cerveau à cause du manque d'oxygène.

Frannie étudia les scans demandés par le Dr Wilson. Ceux-ci ne montraient aucune trace d'atteinte cérébrale, ce qui aiderait à écarter les craintes des parents.

Elle se levait pour quitter la pièce quand elle entendit deux voix d'hommes résonner dans le couloir.

Le Dr Wilson et Ian entrèrent, en pleine conversation.

Ne souhaitant pas les déranger, elle s'apprêta à sortir pour se rendre dans la chambre de Katie.

Elle ne fuyait pas, elle voulait juste ne pas les interrompre.

Mais elle n'était pas dupe d'elle-même. Elle avait réussi à éviter Ian Spencer les deux derniers jours et avait espéré ne pas le rencontrer ce jour-là encore.

Si elle croisait son regard, y verrait-elle de la pitié ?

Elle ne voulait pas que Ian se sente désolé pour elle. Elle était une grande fille. Ils avaient fait l'amour. Apparemment, il ne pouvait pas ou ne voulait pas poursuivre la relation, et elle était capable de s'en arranger. Elle ne le laisserait pas voir qu'il l'avait blessée d'une manière ou d'une autre.

— Docteur Wentworth ? appela le Dr Wilson derrière elle.

Elle s'obligea à se tourner vers les deux hommes et son regard se heurta à celui de Ian avant de s'arrêter sur l'autre médecin.

— Frannie, dit-elle en tendant la main.

Le jeune neurologue était en train de se faire un nom dans son nouveau poste à l'hôpital. Elle avait entendu dire qu'il était facile de travailler avec lui et qu'il avait déjà beaucoup apporté à son service. Le fait qu'il ait un physique de star de cinéma avec ses cheveux blonds et son sourire prompt ne gâchait rien. Et d'après Chloe, l'une des coordinatrices qui travaillait avec lui, il était aussi gentil qu'il était beau.

C'était bien que les rapports de travail soient aisés avec lui, car elle savait qu'ils collaboreraient étroitement sur certains de ses patients victimes de traumatisme crânien.

— Je vous en prie, appelez-moi Conner, dit-il. Avez-vous vu Katie ?

Sans avoir à se tourner vers Ian, elle sentait qu'il la fixait. D'une façon si intense qu'elle se demanda s'il n'était pas en train de lui perforer l'esprit à l'aide d'un superpouvoir quelconque dont elle n'avait pas connaissance.

Cherchait-il un signe de faiblesse ? S'attendait-il à ce qu'elle se change en un tas pitoyable et reniflant parce qu'il ne voulait pas avoir de relation avec elle ?

Elle avait espéré que, après cette soirée ensemble, elle ne réagirait plus aussi vivement à sa présence, ne ressentirait plus ce bourdonnement déconcertant lorsqu'il était à proximité. Mais ses rêves étaient hantés par des images de lui la tenant, l'embrassant et la possédant, et son corps ne pouvait rien faire d'autre que le désirer.

« Juste du sexe », lui avait-elle dit. *Oui, bien sûr.* Comme Katrina était juste un ouragan.

Elle redressa le dos, élargit son sourire et l'ignora.

— J'y vais maintenant. Y a-t-il quelque chose de nouveau que je doive savoir ?

— Pas que je sache, répondit Conner. D'un point de vue neurologique, je ne vois pas d'inconvénients à ce qu'elle rentre chez elle avec ses parents. Bien sûr, la décision finale sera prise par le service de pneumologie. Elle me semble être une enfant parfaitement normale, mais j'ai pensé qu'il serait bon que vous la voyiez quand même. J'ai beaucoup lu sur les expériences négatives dans l'enfance et les traumatismes qu'elles peuvent causer, et je me dis que vous pourriez peut-être conseiller ses parents. Les réactions des enfants aux accidents qui leur arrivent peuvent être très individualisées.

Elle avait entendu dire que le nouveau neurologue élevait seul ses jumeaux après la mort de sa femme, aussi n'était-il pas surprenant qu'il ait fait des recherches sur les effets que la disparition de leur mère pouvait avoir sur eux. C'était bon de rencontrer quelqu'un qui s'intéressait à son domaine.

— Je m'assurerai de leur parler et de leur procurer quelques-unes de nos brochures d'information. Elles donnent une liste fournie de sites et d'articles disponibles en ligne.

— Merci. J'aimerais beaucoup en avoir moi-même.

— Je vous en ferai parvenir. J'apprécie votre intérêt. Tous mes collègues ne se sont pas montrés aussi ouverts que vous jusqu'ici.

Elle afficha un sourire, prenant soin d'inclure Ian, puis elle s'engagea dans le couloir pour mettre le plus de distance possible entre elle et lui.

Ian regarda Frannie s'éloigner d'eux, tout son corps vibrant du désir de la suivre. Depuis le soir où elle était venue chez lui, son esprit était empli de sa pensée. Il entrait dans sa cuisine et la voyait assise sur l'îlot central, il se penchait pour caresser Church et entendait son rire. Il ne pouvait même pas conduire sa voiture sans être hanté par son parfum suave.

Il avait su qu'elle allait signifier des ennuis pour lui dès la première fois qu'il l'avait aperçue. Bien sûr, à ce moment-là, il s'était surtout inquiété que son regard acéré derrière ses lunettes ne voie clair dans son jeu : la posture qu'il adoptait afin que personne ne discerne le père et le mari ratés qu'il avait été, ainsi que tous les défauts et manquements que sa femme avait été trop heureuse de faire ressortir durant leur tentative de thérapie conjugale. Maintenant, il savait que ses grands yeux bruns représentaient un danger plus grand encore. Il les avait vus noyés de désir, avait senti sur sa peau ses lèvres brûlantes de ses baisers, et cette vision d'elle suscitait en lui des émotions qu'il ne souhaitait pas éprouver.

À présent, par exemple, il avait une furieuse envie, complètement folle, de planter son poing dans la figure de Conner simplement parce que la neurologue lui avait souri. Et en même temps, pendant qu'il combattait ces pulsions qu'il n'avait pas lieu de ressentir, il savait que la meilleure chose qui pourrait arriver à Frannie serait de trouver un homme bien tel que son collègue.

— Je dois dire que j'ai été très impressionné par le programme de Frannie Wentworth, disait précisément Conner. Le fait que le conseil d'administration voie le besoin de faire intervenir une psychiatre dans le traitement des patients est une idée très novatrice. En fait, c'est une des raisons pour lesquelles j'ai choisi cet hôpital. L'étude qu'elle mène sur les patients traumatisés en pédiatrie et leur évolution au cours de leur vie ultérieure pourrait en faire une référence dans ce domaine.

Tandis que le jeune médecin passait devant lui pour prendre un dossier, Ian fixa de nouveau le couloir dans lequel Frannie avait disparu. Il tentait de se dire qu'il était contrarié par le fait qu'il n'avait pas été informé que celle-ci menait une étude portant sur ses patients – et pas irrité parce que le médecin le plus fraîchement arrivé à l'hôpital en savait plus sur elle que lui-même.

Il devait admettre que, en gardant ses distances avec la psychiatre, il s'était mis hors circuit. Mais il fallait qu'elle sache que si son propre service était concerné, il aurait dû être consulté à propos de toute étude portant sur *ses* patients.

Il faillit lui courir après pour la questionner sur ladite étude, mais il y renonça au bout d'une seconde.

Non, il ne pouvait pas faire cela. Il devait se tenir loin de Frannie – au moins jusqu'à ce que cette chose entre eux, cette espèce de lien bizarre, se dissipe. Peut-être que dans quelques semaines la situation redeviendrait normale… Mais il ignorait si ce serait possible maintenant qu'elle connaissait ses secrets.

Vu ce qu'il savait d'elle, à un moment ou un autre elle essaierait de lui parler. Vouloir aider les autres était inhérent à sa construction.

Et si vraiment elle pouvait lui apporter un soulagement ? S'il existait pour lui un avenir qui n'incluait pas toute la culpabilité et la douleur qu'il traînait avec lui ? Elle savait déjà qu'il bataillait avec son passé. Et puisqu'elle était au courant désormais, en parler avec elle ne serait peut-être pas pire, finalement ?

Frannie avait toujours aimé participer à des projets artistiques – en particulier ceux qui avaient trait à Mardi gras. Mais ce soir, elle aurait encore préféré aller chez le dentiste que se rendre à l'entrepôt : elle ne pouvait s'empêcher d'appréhender d'avoir à parler à Ian.

Elle l'avait vu à l'hôpital en faisant ses visites et avait juste échangé quelques mots avec lui au sujet de Danny, qui devait quitter l'hôpital dans quelques jours. Il avait paru heureux des progrès du garçon,

L'état de ce dernier s'était amélioré à partir du moment où Ashley s'était réveillée et où on lui avait enlevé le respirateur artificiel. La jeune fille aurait besoin de kiné pendant un certain temps, mais son pronostic était bon. Danny avait été autorisé à aller la voir, et il avait été facile de constater quelle différence cette visite avait faite, mais on pouvait toujours lire de la culpabilité dans les yeux de l'adolescent lorsqu'il parlait de sa petite amie. Frannie avait proposé à ses parents de continuer à le suivre en consultation externe, et ils avaient admis que ce serait bon pour lui. Ian n'avait pas vraiment fait de commentaires sur son plan de suivi psychologique, mais il n'avait pas non plus laissé entendre qu'il n'était pas d'accord avec ses objectifs thérapeutiques. Peut-être avaient-ils fini par atteindre un palier où ils pouvaient collaborer ?

Il fallait qu'ils dépassent l'embarras de travailler ensemble. Ils n'étaient pas les premiers adultes à avoir fait l'amour et à avoir découvert que c'était tout ce qu'il y avait entre eux.

En entrant, elle aperçut Ian qui s'affairait avec l'équipe. Elle alla directement à l'endroit où les bénévoles aidaient à construire une plate-forme sur laquelle les membres du personnel se tiendraient autour d'un modèle réduit de l'hôpital. Sans un mot, elle prit sa place à côté de lui et lui tendit les outils dont il avait besoin.

— J'ai l'impression d'être une infirmière en salle d'op, dit-elle en lui faisant passer la perceuse qu'il avait demandée.

— Je pense que les rénovations ressemblent beaucoup à la chirurgie. On ouvre une paroi, on répare, on fixe, puis on referme.

— Est-ce pour cela que tu as décidé de rénover ta maison toi-même ?

Ils avaient une conversation normale ensemble. C'était un peu forcé, mais au moins ils essayaient.

— Je suppose. J'ai toujours aimé travailler de mes mains. Mon père avait un atelier où il me laissait construire des objets. J'aimais utiliser des outils – surtout ceux pour travailler le bois.

C'est génial de prendre un morceau de vieux bois usé et d'en faire quelque chose de neuf.

— Bon. Est-ce que je devrais dire le nom de l'outil que je te tends et le plaquer dans ta paume ?

Les yeux de Ian brillèrent, et ses lèvres frémirent.

— Je ne pense pas que ce soit nécessaire. En outre, avec ton aversion pour le sang, je ne te vois pas travailler comme infirmière de salle d'op.

Il n'avait pas le droit d'être si séduisant ! Elle sentit dans sa poitrine un picotement d'excitation qui s'étendit à son ventre. Le même picotement que celui qu'elle avait éprouvé quand il l'avait regardée dans les yeux juste avant de l'embrasser, l'autre soir chez lui. Elle ne pouvait penser qu'à cette nuit et à cette sensation de chaleur qu'il avait fait naître en elle jusqu'à ce qu'elle soit en feu pour lui.

— Je suppose que je n'en aurai pas plus, alors je ferais aussi bien d'apprécier ce que j'ai, dit-elle sans réfléchir.

Elle s'arrêta et le fixa, choquée. Avait-elle vraiment prononcé ces mots à voix haute ?

— Je pense que ce serait pour le mieux, non ? répondit-il. On ne pourrait pas tolérer que tu t'évanouisses en salle d'op à ma première incision.

Elle remercia le ciel qu'il n'ait pas lu dans ses pensées.

— Tu as probablement raison.

— Tu ne m'as pas dit pourquoi tu as un tel problème avec le sang. As-tu toujours été comme ça ?

Elle songea à le laisser sur sa faim en prétendant qu'elle ignorait pourquoi elle réagissait ainsi à la vue du sang. Mais elle ne pouvait pas. Il avait partagé tant de lui-même avec elle. Et peut-être serait-il bon pour lui de savoir qu'il n'était pas le seul à avoir été blessé.

Ce n'était pas un sujet dont elle avait vraiment parlé avec quiconque. Il y avait eu beaucoup de bruit autour de la mort de sa mère à l'époque, mais elle était trop jeune pour savoir ce qu'il se passait. En outre, elle était certaine que son père avait dû faire de son mieux pour garder le plus de discrétion possible sur le drame. Maintenant, plus de vingt ans après ce suicide, le personnel avait changé plusieurs fois, et ceux qui s'en souvenaient n'étaient probablement pas nombreux.

Elle jeta un regard circulaire dans l'entrepôt, passant en revue les différentes mascottes de couleurs vives utilisées au fil des années, puis elle tourna les yeux vers le fond, là où cinq autres chars appartenant à d'autres groupes de la fondation Hestia étaient à différents stades d'achèvement.

Ian avait cessé de travailler, il était assis sur ses talons pour l'écouter. On leur avait donné un pan de la base du char à construire, et grâce à leur collaboration efficace, ils avaient fini avant ceux qui travaillaient de l'autre côté.

— Peut-être pourrions-nous en parler plus tard ailleurs ? suggéra-t-elle.

— Bien sûr.

On annonça une pause, et ils descendirent tous des chars pour déguster les pizzas que Mme Guidry avait fait livrer.

Frannie vit Ian se retourner pour regarder la structure qu'ils construisaient et sourire.

Il avait peut-être été furieux d'être obligé par le Pr Guidry à aider à construire le char de l'hôpital, mais elle savait que, à présent, cette mission lui plaisait. Elle avait aussi remarqué qu'il parlait davantage aux autres bénévoles.

Auparavant, il avait toujours été un peu à l'écart du personnel. Il n'avait jamais fait vraiment partie du groupe de pédiatrie, prompt à célébrer des anniversaires, des fiançailles et tout événement prétexte à une fête. Maintenant, elle l'entendait s'entretenir avec le mari d'une employée, un entrepreneur en maçonnerie, des travaux qu'il faisait dans sa maison. Le Pr Guidry était arrivé pendant qu'ils travaillaient. Il avait rejoint le groupe auquel ils appartenaient.

Alors qu'ils s'apprêtaient à reprendre leur tâche, Mme Guidry s'approcha de Frannie, et son mari et Ian les rejoignirent.

— Si vous commenciez à poser la moquette, tous les deux ?

demanda-t-elle en brandissant une grosse agrafeuse. Ian, vous pouvez attraper un des rouleaux de gazon artificiel et l'apporter ici. Frannie va se servir de l'agrafeuse pour le fixer.

— Si je peux me permettre, madame, intervint Ian, à quoi passerons-nous une fois que la base sera construite et les parois latérales dressées ?

— Nous devrions être prêts pour la partie distrayante la semaine prochaine, répondit-elle. Nous utiliserons des blocs de mousse pour édifier la réplique de l'hôpital. Mais pour l'extérieur du char, nous resterons de la vieille école : nous prendrons du grillage à poules pour façonner les personnages. Nous commencerons vraiment à nous amuser quand nous ajouterons le papier mâché et la peinture. Venez voir !

Tous trois suivirent Mme Guidry jusqu'au panneau d'information où elle avait affiché les croquis.

— Je suis si content de vous voir vous intéresser autant à ce projet, Ian ! dit le grand patron quand sa femme leur eut exposé les différents procédés et montré à quoi le char ressemblerait lorsqu'il serait terminé.

— Il devrait vraiment venir au bal, Richard, dit Mme Guidry. Et vous aussi, Frannie. Depuis quand n'avez-vous pas participé à un bal de Mardi gras ?

— Je ne sais pas très bien. Probablement depuis le lycée.

À la fac, Mardi gras tombait toujours au milieu du semestre, et elle était trop loin pour rentrer seulement un week-end. Elle ne revenait chez elle que pour les grandes fêtes, afin que son père ne soit pas seul, mais il était toujours si occupé que, à son avis, il ne se serait pas rendu compte de son absence.

— Alors, c'est arrangé ! J'ai deux billets en trop que je peux vous donner.

Le plaisir de Mme Guidry s'exprima dans le grand sourire qu'elle leur adressa.

— Ce sera tellement amusant ! Je suis sûre que vous voudrez rejoindre la fondation l'année prochaine, Ian.

Ce dernier, sans mot dire, alla chercher un gros rouleau vert de gazon en plastique, le jeta sur son épaule et gravit l'échelle jusqu'à la plate-forme du char.

Frannie remarqua son expression stupéfaite mais ne fit pas de commentaire.

Mme Guidry était très douée pour recruter des volontaires et des membres actifs pour ses différents projets caritatifs. Une fois le char terminé, elle aurait certainement une nouvelle recrue pour la fondation Hestia.

Ils travaillèrent en silence pendant que Ian déroulait le tapis et qu'elle le fixait. Au moment de s'arrêter, ils avaient recouvert la moitié de la plate-forme.

Ian lui tendit la main pour l'aider à se redresser, et elle fut étonnée de constater qu'elle avait le dos endolori à force d'être restée courbée. Elle prit sa main mais la lâcha dès qu'elle le put. Ils se tinrent l'un à côté de l'autre, regardant l'entrepôt.

— Ma voiture ou la tienne ? demanda-t-il.

Surprise, elle s'écarta de lui.

— Pardon ?

— Tu as dit que tu voulais aller parler ailleurs, rappela-t-il en descendant l'échelle avant elle. Nous pourrions aller prendre un café quelque part ?

Elle comprit seulement alors qu'il se référait à leur précédente conversation.

Elle n'avait pas vraiment voulu dire ce soir-là. Elle aurait pensé que la dernière chose qu'il souhaiterait serait de passer encore du temps avec elle après plusieurs heures en sa compagnie. Mais à moins d'inventer une bonne excuse sur-le-champ, ce dont elle était incapable, elle ne voyait pas comment repousser cette invitation…

— Frannie ?

Elle se rendit compte qu'ils avaient marché jusqu'à la sortie de l'entrepôt.

— Quoi ? demanda-t-elle enfin.

— Je te dois des excuses, dit Ian, et je pense qu'il serait bien que nous parlions.

— Qui parle comme un psychiatre, maintenant ? fit-elle un peu sèchement, en fouillant dans son sac pour trouver ses clés.

Ian accusa le coup.

— Je pense que je m'exprime simplement en adulte. Quelquefois je n'agis pas comme tel, mais ce soir j'essaie.

Elle s'était montrée acerbe, et déjà elle le regrettait. Si surprenant que ce soit, Ian voulait lui parler ce soir. En tant qu'amie, que psychiatre, qu'ancienne amante ?

Qui pouvait le dire ? Mais c'était la première fois qu'il faisait un geste vers elle. Et même si elle était toujours blessée par la façon dont ils avaient laissé les choses figées entre eux, elle l'aiderait autant qu'elle le pourrait.

— Pourquoi ne conduirions-nous pas tous les deux ? proposa-t-elle. Connais-tu Gussy's ?

— Non, répondit-il en sortant ses propres clés.

Elle lui donna les indications et monta dans sa voiture.

6

Ian pénétra dans le petit restaurant qui, partout ailleurs qu'à La Nouvelle-Orléans, aurait été qualifié de tripot.

Il avait appris très vite à son arrivée que dans les endroits comme Gussy's, avec son lino éculé, ses murs en bois à la peinture écaillée et son comptoir éraflé, la nourriture pouvait rivaliser avec n'importe quelle table cinq étoiles d'Atlanta ou de toute autre ville du pays.

Le restaurant n'était qu'à moitié plein, et il suivit Frannie jusqu'à une table du fond.

Il avait employé le trajet à travers la ville à se remémorer toutes les raisons pour lesquelles passer du temps avec Frannie Wentworth n'était pas une bonne idée. Qu'est-ce qui l'avait poussé à l'inviter à prendre un café ? Était-ce le fait que l'idée de rentrer une fois de plus seul chez lui lui avait paru insupportable ?

Depuis que Frannie avait quitté sa maison cette nuit-là, celle-ci lui semblait vide. C'était comme si elle y avait apporté de la vie pendant quelques heures puis l'avait remportée avec elle.

— Si tu as faim, l'estouffade de Gussy's est la meilleure qui soit. Elle te fait danser la langue dans la bouche, déclara-t-elle.

— Peut-être une autre fois. Ce soir, je suis trop fatigué pour qu'une partie quelconque de moi ait envie de danser. Je pense que je vais m'en tenir à un café.

Leur commande une fois prise, ils restèrent assis en silence.

Il y avait tant de choses auxquelles il avait pensé dernièrement et qu'il voulait demander à Frannie. Certaines étaient professionnelles : comment son étude avançait-elle, comment y décrivait-elle ses patients. Mais d'autres étaient personnelles. Par exemple, pourquoi la vue du sang la rendait-elle si malade.

— Le Dr Wilson me parlait de l'étude que tu réalises sur nos patients traumatisés. Il est très impressionné par ton travail.

Il vit le sourire de Frannie s'épanouir, comme chaque fois qu'on faisait allusion à son activité.

— J'en suis contente, car nous allons beaucoup travailler ensemble sur ses patients, dit-elle. Les traumatismes à la tête chez les enfants changent toute leur vie. Nous avons besoin d'en apprendre davantage là-dessus.

— Inclure ses patients victimes de traumatismes est donc important pour ton étude ?

— Oui, parce que nos connaissances sur les effets des traumatismes cérébraux évoluent encore. Plus nous accumulons de données, mieux nous pouvons travailler à diminuer ces effets. J'ai aussi inclus plusieurs de tes patients dans mon étude. Des études précédentes ont montré que ces enfants voient s'accroître leurs problèmes de comportement et de développement par la suite, et que des soucis médicaux dans la vie peuvent être reliés au stress qu'on a subi dans le passé…

Elle s'interrompit, l'air confus.

— Je suis désolée. Je me laisse emporter, parfois. C'est juste que je *sais* que nous pourrions faire davantage dans le domaine médical pour aider ces enfants.

— Pas de problème. Je suis comme toi quand nous recevons un nouvel équipement en salle d'op. J'aimerais jeter un coup d'œil à ta façon de procéder, un jour.

Il vit un sourire illuminer son visage.

Se massant la nuque, il inspira lentement.

Ce qui allait suivre serait pénible, mais cela devait être dit.

— Tu avais raison et je te dois des excuses. Si mes patients doivent figurer dans ton étude, il est nécessaire que je m'implique, en effet. J'ai tendance à me laisser tellement absorber par mon propre travail que je n'accorde pas assez d'attention au reste.

Il tiqua une fois ces mots sortis de sa bouche.

N'était-ce pas là une des nombreuses choses dont son ex-femme s'était plainte auprès de leur conseillère ?

Non. Il ne laisserait pas interférer ces souvenirs maintenant. Il n'y avait pas lieu de revenir à ces jours funestes.

Le sourire de Frannie s'élargit encore. Elle se pencha en avant, posant les coudes sur la table, et approcha sa bouche de son oreille.

— Je promets de ne le révéler à personne, assura-t-elle, son souffle suave parfumé par le thé qu'elle buvait lui effleurant l'oreille. Que le farouche et sombre Dr Spencer s'est excusé, je veux dire.

Le désir l'envahit, chassant toute réminiscence de Lydia et de ses accusations.

— Merci. J'ai une... Une réputation à soutenir, après tout, bégaya-t-il.

Il s'écarta, incapable de supporter le stress d'être aussi près d'elle en sachant qu'il ne pouvait pas tendre la main pour la toucher, ni la prendre comme son corps le réclamait.

Le percevait-elle ? Ou croyait-elle vraiment que leur nuit ensemble avait pu éradiquer le désir entre eux ?

— J'adorerais partager mon étude avec toi. Comme je l'ai dit plus tôt, ta contribution relativement à tes patients sera très importante.

— J'ai une question, dit-il. Je t'ai vue aux urgences quand nous recevons des blessés. Comment fais-tu pour supporter la vue du sang, là ? N'est-ce pas difficile pour toi ?

Il s'interrogeait à ce sujet depuis qu'il avait appris son aversion.

Son sourire pâlit un instant, et il le regretta. Elle était magnifique lorsqu'elle souriait - ce qui l'amena à poser une autre question.

— Et pourquoi la blouse informe et les lunettes ? Ne te méprends pas sur ma remarque, tu es une très belle femme quoi que tu portes, mais cet aspect ne correspond pas vraiment à ta personnalité.

Il fut heureux de voir revenir son sourire.

Frannie se détendit et secoua la tête.

— Merci... Mais je ne me qualifierais pas de belle. Mes amis appellent ce look « mes restes d'internat ». Je préfère le définir comme ma tenue professionnelle. Certaines personnes ne considèrent pas les psychiatres comme de vrais médecins, mon père le premier. Quand je grandissais, je le voyais toujours en costume et lunettes comme portant son uniforme de médecin. Quand j'enfile ma blouse et remplace mes verres de contact par mes lunettes, je me sens un « docteur », et je m'attends à ce que les autres me respectent comme tel.

— C'est donc la raison ! Il m'a toujours semblé que tu cherchais à te cacher derrière ces lunettes et cette blouse, sans comprendre pourquoi. Comme je l'ai dit, tu es belle des deux façons. J'ai simplement l'impression que tu essaies de dissimuler cette beauté quand tu es au travail.

Elle haussa les épaules, hésitante.

Elle avait la chance de ressembler à sa mère, elle le savait, mais elle ne serait jamais aussi belle qu'elle, avec ces traits si fins et délicats. Elle gardait d'elle une bribe de souvenir qu'elle s'était passée et repassée dans sa mémoire depuis son enfance : sa mère, vêtue d'une jolie robe rose à volants qui tombait jusqu'aux chevilles, en train de danser dans le salon, si gracieuse, si pleine de vie. Mais de telles images étaient rares, comme si sa mort les avait effacées. Quelquefois, elle avait l'impression d'avoir perdu une partie de son enfance, car son esprit recouvrait chaque image de sa mère par la dernière qu'elle avait d'elle – celui où elle gisait dans une mare de sang.

Elle sentit un changement se produire entre elle et Ian. Comme s'il devinait ce qu'elle avait en tête, comme s'il savait que ses pensées étaient douloureuses et qu'il lui laissait l'espace nécessaire pour s'en accommoder.

Cela lui rappela qu'il avait été bouleversé quand elle avait remarqué combien ce devait être dur pour les parents de Sarah de prendre des décisions pour leur enfant. Il s'était mis en colère, et elle avait perçu sa souffrance. Maintenant, elle savait pourquoi. Il avait perdu quelqu'un de très proche, lui aussi, et elle savait d'instinct qu'il comprendrait ce que cela avait été pour une petite fille de perdre sa mère de la manière la plus traumatisante possible.

— Je ne me souviens pas d'avoir eu des problèmes avec le sang jusqu'à ce que j'aie sept ans. Je me suis souvent éraflé les coudes et les genoux. Je me suis cassé le bras à l'école maternelle. Tu ne l'as peut-être pas remarqué, mais j'ai une certaine propension aux accidents...

Elle vit les lèvres de Ian se relever légèrement.

— Quand j'ai eu sept ans, mes parents m'ont laissée prendre le bus scolaire. Un vendredi soir, je suis descendue du bus et me suis précipitée à la maison. J'avais été choisie comme élève de la semaine, et j'étais impatiente de le dire à ma maman. Mais quand je suis arrivée, elle n'était pas là. Ni à la porte, ni dans la cuisine où je la trouvais d'habitude. Je suis allée voir au garage. Comme sa voiture y était, je suis montée au premier. Parfois, elle avait ce que mon père appelait « une de ses crises », et elle s'enfermait à clé dans sa chambre pour qu'on ne la dérange pas. Mais ce jour-là, elle n'avait pas fermé sa porte. Elle avait peut-être cru le faire. Je veux le penser. J'espère qu'elle n'avait pas projeté que je la trouve ainsi, les veines tranchées...

Entourée par ce qui semblait être des rivières de sang, ses yeux fixant le plafond, désormais incapable de voir la petite fille au-dessus d'elle qui la regardait, lui criant en pleurant de se réveiller.

Frannie battit des cils, essayant de chasser ses larmes.

Elle ne pleurait pas pour elle-même. Elle pleurait pour la petite fille qui ne comprendrait jamais comment sa mère avait pu la laisser de cette manière.

— Il m'a semblé rester pendant des heures sur le seuil de cette porte, mais cela n'a pas dû durer plus de quelques minutes. J'ai couru chez nos voisins, puis mon père est arrivé et m'a emmenée. Quelques semaines plus tard, je me suis coupé le doigt, et j'ai eu ma première crise de panique à la vue du sang. Le reste, comme on dit, fait partie de l'histoire – y compris « l'incident » de la salle d'opération.

Elle baissa les yeux et fut surprise de voir que sa serviette en papier avait été mise en pièces.

— Je suis désolé, dit Ian.

Trois simples mots qui lui indiquèrent qu'il avait été attentif. Et qu'il savait que tous les mots du monde ne suffiraient jamais à alléger la peine qu'elle avait eue de devoir grandir sans sa mère.

— Pourquoi sommes-nous vraiment ici ce soir, Ian ? demanda-t-elle alors, avant de retenir son souffle en observant la bataille intérieure qu'il se livrait.

Allait-il lui dire la vérité, ou éluder sa question comme il tendait à le faire dès qu'elle lui demandait quelque chose de personnel ?

— J'ai fait foirer les choses entre nous, et je le regrette, avoua-t-il.

— Ian, c'est moi qui devrais m'excuser, répliqua-t-elle, les yeux baissés sur la table et sentant son visage s'enflammer d'humiliation.

Ce n'était pas une conversation agréable, mais elle savait qu'ils devaient l'avoir. Et si Ian pouvait être adulte à propos de ce qu'il s'était passé entre eux, elle pouvait l'être aussi. Elle.

— Je n'aurais pas dû te pousser ainsi. Te provoquer. Tu avais des inquiétudes légitimes sur le fait que nous établissions une relation, euh... de ce type. Et tu avais raison.

— Je ne m'excuse pas pour le sexe, Frannie.

Elle leva les yeux vers lui, interloquée. Que voulait-il dire ?

— C'était quelque chose que nous voulions tous les deux, expliqua-t-il, mais j'aurais pu mieux gérer ce qu'il s'est passé après...

Elle le regarda prendre une grande inspiration avant de continuer.

— Je n'ai eu de relation avec personne depuis mon divorce. Tu as été la première, et je suppose que je ne sais plus m'y prendre. Comme tu as pu le voir, j'ai encore du mal avec ce qu'il est arrivé à ma famille.

Il la regarda, alors, d'un sourire gentil mais triste.

— Si je dis que cela ne vient pas de toi mais de moi, est-ce que tu vas m'injurier ?

— Non, mais je le devrais, répondit-elle avec un humour un peu amer. Je suis navrée que tu aies perdu ton fils, Ian. J'ignore ce qu'il s'est passé entre toi et ta femme, mais si un jour tu as envie d'en parler, je serai là.

Ils se levèrent pour partir sans rien ajouter.

Qu'y avait-il à ajouter ? Ils avaient éclairci la situation et, ce faisant, laissé les choses ouvertes pour la suite, quelle qu'elle soit. Ils avaient commencé à nouer une amitié.

Elle savait que c'était tout ce que Ian avait à lui donner pour le moment, et il faudrait que ça lui suffise.

7

En s'éveillant le lendemain matin, Frannie se sentit fatiguée, vidée. Peut-être simplement le manque de sommeil.

Se tirant avec peine de son lit, elle se força à prendre une douche.

Cela ne lui ressemblait pas. Elle était quelqu'un de matinal, d'habitude.

Lorsqu'elle éprouva une nausée à la vue des œufs de son petit déjeuner, elle se précipita vers le calendrier affiché sur le frigo et recompta les jours trois fois, espérant se tromper.

Cela ne tenait pas debout ! Ils s'étaient protégés. Il devait y avoir une erreur. Une autre raison pour laquelle elle avait du retard ce mois-ci...

Elle se gara devant une pharmacie en se rendant au travail et resta assise un instant dans la voiture, réfléchissant à ce qu'elle allait faire.

Une fois qu'elle aurait acheté un test de grossesse, elle ne pourrait plus revenir en arrière. Elle ne pourrait plus nier ce dont elle se doutait ces derniers jours mais qu'elle avait voulu ignorer – choisissant d'expliquer son absence de règles par le stress.

Si le test était positif, que se passerait-il ?

Elle n'aurait d'autre choix que de le dire à Ian. De toute façon, elle ne pourrait pas lui cacher longtemps son état. En outre, c'était son droit d'être au courant.

Elle le savait, mais ne pouvait s'empêcher de se demander

quelle serait sa réaction. Souhaiterait-il faire partie de la vie du bébé ?

Ayant repoussé le moment fatidique aussi longtemps qu'elle le pouvait, elle ouvrit la portière et entra dans la pharmacie. Elle se promena dans le magasin, prenant son temps pour inspecter le rayon des dentifrices, puis se rendit d'une allure détachée dans celui des tests de grossesse.

Juste au-dessus était exposée une large gamme de préservatifs. Ils auraient dû être surmontés d'un grand panneau d'avertissement… Mais les tests de grossesse offerts dessous devaient suffire comme mise en garde.

Elle paya ses achats, envisagea d'aller aux toilettes sur place et y renonça, passant en revue dans sa tête plusieurs scénarios. Ou le test virerait au rose, et elle verserait des larmes de bonheur… Et aussi de peur de ce que cela signifierait pour le reste de sa vie. Ou il virerait au bleu, et elle pleurerait un bébé qui n'avait jamais existé.

Incapable de vivre un instant de plus les montagnes russes émotionnelles qui l'avaient secouée toute la matinée, elle s'enfila dans les premières toilettes qu'elle trouva en entrant à l'hôpital.

Quand le test prit une jolie nuance de rose, elle fut surprise de découvrir qu'elle ne pleurait pas. À la place, elle rit, d'une manière peut-être un peu hystérique, mais ce n'étaient pas des larmes.

Elle posa une main sur son ventre devant le miroir des toilettes – une vieille glace chromée surmontée de pâles ampoules jaunes.

Elle allait avoir un bébé ! Son bébé et celui de Ian !

Elle avait toujours projeté d'avoir des enfants un jour, et même si ce bébé n'avait pas été prévu, elle s'assurerait qu'il se sente toujours désiré.

Elle avait envie d'aller trouver Ian et de lui en parler tout de suite, mais elle savait que ce n'était pas la chose à faire. On jaserait assez à l'hôpital à propos de sa grossesse lorsque celle-ci commencerait à se voir. Pour l'instant, elle voulait garder la nouvelle entre Ian et elle. En outre, la façon dont il avait pris ses distances avec elle la nuit où ils avaient fait l'amour la tracassait encore, même si elle en comprenait en partie la raison.

Il avait été honnête avec elle sur le fait qu'il bataillait toujours avec la perte de son fils et la ruine de son mariage. Serait-il capable d'accepter la venue d'un autre enfant ? Le voudrait-il ? Il avait établi clairement qu'il n'était pas intéressé par une relation. Elle pouvait s'en accommoder, mais il faudrait qu'ils trouvent un moyen de collaborer s'il décidait d'être partie prenante dans la vie de cet enfant.

Elle sortit des toilettes et se prépara à faire sa ronde.

Sarah avait été opérée la veille et elle avait choisi pour elle un petit cadeau au drugstore. Il fallait qu'elle demande l'aide d'une infirmière du service pédiatrie avant de le lui porter.

— Qu'est-ce que c'est que ça ? demanda Ian en entrant dans la chambre de Sarah.

Son opération s'était bien passée, et il était content de voir qu'elle était assise et jouait, mais il ne comprenait pas ce que tout ce monde, y compris Frannie, faisait dans sa chambre. Puis il aperçut la poupée dans ses mains.

Il sortait du ventre de celle-ci un petit tube qui ressemblait beaucoup aux tubes de perfusion qu'ils utilisaient pour administrer des médicaments et des fluides.

— Comment s'appelle ta poupée ? demanda-t-il.

— Melissa. C'est le Dr Frannie qui me l'a donnée. C'est la copine de Melinda, répondit la petite fille en levant la poupée pour la lui montrer.

Il ne voyait qu'une poupée dans la chambre.

— Et qui est Melinda ?

— C'est la poupée du Dr Frannie. Elle l'amènera demain, pour qu'elles puissent jouer ensemble. Melissa a un tuyau.

Elle regarda sa mère, assise dans le fauteuil à côté d'elle.

— Un tuyau d'alimentation comme le mien. Vous voyez ?

Ian regarda la petite poupée en plastique, qui ne portait qu'une couche. Il voyait l'endroit où quelqu'un avait soigneusement fait un trou et inséré la sonde.

— Melissa et moi, on va recevoir de la nourriture dans notre ventre, aujourd'hui. Mais elle n'a pas peur. Je lui ai dit que ça irait.

— Dis au Dr Spencer ce que fait Melissa une fois qu'elle a reçu la nourriture dans son ventre, intervint Frannie, qui était venue se placer à côté de lui.

Il remarqua qu'elle portait toujours sa blouse, même si celle-ci paraissait lui aller un peu mieux.

Non pas que cela importe. Il savait ce qu'elle dissimulait sous ces blouses. Elle pourrait se couvrir des plus vilaines possibles, il la verrait toujours assise sur le comptoir de sa cuisine, avec entre eux seulement sa chemise et un petit morceau de soie.

— Elle fait pipi dans sa couche ! s'exclama Sarah avant d'éclater de rire.

Il nota qu'elle tressaillait en riant, ce qui lui indiqua que l'endroit de l'opération était encore sensible. Il vit l'infirmière parler à la mère de Sarah et quitter la chambre, sans doute pour aller chercher un supplément de l'antalgique qu'il avait prescrit.

— Elle réagit tellement mieux que ce que j'appréhendais, dit Frannie alors que Sarah se tournait pour parler à sa mère. Après cette première conversation à propos de la sonde d'alimentation, je me demandais comment elle allait se comporter en la voyant posée.

— En fais-tu autant avec tes autres patients ?

— J'essaie. Les enfants sont très visuels, et je me suis rendu compte qu'ils réagissent bien à ce genre de stimulation.

— Cela a certainement marché avec Sarah.

Il se pencha vers la petite fille.

— Sarah ? Est-ce que ta maman peut tenir Melissa un instant ? Je veux vérifier ton ventre.

Il vit Frannie prendre l'une des mains de l'enfant, pendant que sa mère s'emparait de l'autre. Il nota qu'il n'y avait aucun signe d'infection autour du point d'insertion de la sonde. Il posa une main sur son petit ventre et le trouva souple, comme il fallait. Puis il prit son stéthoscope, écouta son abdomen, et fit quelque chose à quoi il ne pensait pas d'habitude. Il tendit les écouteurs à Sarah.

— Tu veux écouter ? demanda-t-il.

Elle enfonça les écouteurs dans ses oreilles.

— Ceci s'appelle un stéthoscope. Il m'aide à entendre ce qu'il se passe à l'intérieur de toi.

Les yeux de Sarah s'élargirent, et elle gloussa.

— Tu entends ça ? C'est ton ventre qui gargouille pour dire qu'il veut manger, alors l'infirmière va mettre de la nourriture liquide là-dedans. C'est bon, Sarah ?

Elle hocha la tête, puis lui rendit le stéthoscope et se retourna vers sa mère.

— J'ai besoin d'un stéthoscope, maman. Melissa est trop petite pour parler, et je ne saurai pas si elle a faim si je n'en ai pas un pour écouter comme le docteur.

Sa mère regarda sa fille avec un grand sourire.

Frannie et lui prirent congé en promettant de revenir le lendemain pour voir Sarah *et* Melissa.

— Eh bien, ça s'est passé mieux que je ne le pensais, dit-il en consultant sa montre. J'ai des opérations programmées pour le reste de la journée, mais je reviendrai la voir ce soir avant de partir pour m'assurer qu'il n'y a pas de problème.

Frannie s'arrêta à côté de lui dans le couloir et posa une main sur son bras. Elle paraissait fatiguée. Ils étaient restés dehors beaucoup trop tard, la veille.

— Il faut que je te parle. Peut-être pourrions-nous nous retrouver plus tard, après tes opérations ?

— Ma dernière opération est à 16 heures. Je devrais être sorti vers 18 heures.

— J'ai une réunion jusqu'à 17 h 30. Pourrai-je passer à ton bureau quand elle sera finie ?

Son sourire vacilla, mais tout de suite après, comme s'il avait imaginé cette brève éclipse, il redevint éclatant.

— Est-ce que tout va bien ? demanda-t-il.

— Je te vois à 18 heures, répondit-elle avant de tourner les talons et de partir précipitamment dans l'autre sens.

Il entendit son portable sonner : Une infirmière en salle d'op l'informait qu'ils étaient prêts et l'attendaient.

Il avait pensé que la conversation de la veille avait purgé l'atmosphère entre Frannie et lui, mais peut-être s'était-il trompé. En tout cas, quoi qu'elle veuille de lui, cela devrait attendre, pour le moment.

Frannie frappa à la porte du bureau de Ian et fut surprise de le voir ouvrir au lieu de lui crier d'entrer. Ils se tinrent un instant sur le seuil, ne bougeant ni l'un ni l'autre. Elle scruta ses yeux, cherchant un indice qui lui dirait comment il allait prendre la nouvelle de sa grossesse. Il avait été de bonne humeur plus tôt dans la journée, mais voir une amante d'une nuit venir lui dire qu'elle attendait un enfant de lui pouvait changer catégoriquement les choses.

Elle prit un fauteuil devant son bureau – celui dans lequel elle s'était assise pas si longtemps auparavant pour essayer de lui faire comprendre en quoi consistait son travail avec ses patients.

Et maintenant, elle devait dire à ce même homme qu'elle était enceinte de son bébé.

Elle devait reconnaître qu'il avait fait du chemin par rapport à l'homme qu'elle avait vu ce jour-là, mais il restait encore tant de choses qu'elle ignorait de lui. Tant de choses qu'ils ne savaient pas l'un sur l'autre.

Elle attendit pendant qu'il s'asseyait, laissant entre eux la largeur de son bureau.

Comment annonçait-on une nouvelle pareille ?

— Ian, je suis enceinte, dit-elle sans détour.

Elle s'apprêtait à ajouter qu'elle était désolée, mais elle s'arrêta.

Elle ne lui devait pas d'excuses. Ce bébé était la conséquence de leur nuit ensemble, et ils régleraient la question tous les deux.

Le sang parut se retirer du visage de Ian. Elle pensa un instant lui dire de baisser la tête entre ses jambes avant de s'évanouir.

Incapable de rester assise à attendre sa réaction, elle se leva, et elle fut surprise de le voir se lever aussi.

— Je ne regrette pas cette nuit, Ian – et je ne regrette pas non plus le bébé, dit-elle.

— Un bébé ne doit jamais être regretté, déclara-t-il. Quelles que soient les circonstances.

Son fils. Il pleurait encore son fils. Et maintenant, il avait un autre enfant qui arrivait – non programmé et peut-être non voulu. Pourrait-il accepter cet enfant alors qu'il faisait encore le deuil de l'autre ? Elle souhaitait l'aider avec son chagrin, mais elle savait que ce serait un combat.

— Quand l'as-tu su ?

— Ce matin. Quand je me suis réveillée, je n'étais pas en forme, et j'ai vérifié le calendrier. J'ai acheté un test en allant travailler et je l'ai fait.

— Comme je te l'ai dit, je ne suis pas doué pour les relations – pour ce type de relation, en tout cas.

— Quel type de relation est-ce ? Une relation avec la mère de ton bébé ? demanda-t-elle avant de lui sourire. C'est une première pour moi, aussi.

Il contourna le bureau pour la rejoindre et s'y adossa. Elle resta immobile pendant qu'il l'étudiait.

— J'ai été marié et divorcé une fois, alors je n'ai pas le meilleur des dossiers, mais nous pourrions…

— Je ne recherche pas une demande en mariage, le coupa-t-elle. Ce n'est pas pour cela que je suis ici.

— Alors, tu projettes d'élever le bébé toute seule ? demanda-t-il en se rapprochant d'elle. Est-ce que je serai impliqué, ou pas du tout ?

— Bien sûr que oui, mais cela ne signifie pas que nous devions nous marier, ni même vivre ensemble. Nous sommes au XXIe siècle. Les temps ont changé. Des femmes célibataires élèvent des enfants et font participer le père.

Elle sentait son cœur battre très vite. Elle n'aurait jamais imaginé qu'il parle de l'épouser parce qu'elle était enceinte. Oui, ce serait difficile au début. Il y aurait des ragots, puis il faudrait qu'elle le dise à son père – chose à quoi elle ne voulait même pas penser maintenant —, mais elle s'en sortirait. Ou plutôt, ils s'en sortiraient ensemble.

— Je ne songerais jamais à ne pas t'impliquer, Ian. Je ne suis pas naïve au point de croire que je n'aurai pas besoin de ton aide, mais cela ne veut pas dire que nous devions officialiser les choses. Pour le moment, j'aimerais que ceci reste entre nous.

— Frannie, un bébé représente beaucoup de travail, même pour deux personnes. Tu ne peux pas espérer y arriver toute seule.

— Je ne serai pas seule. Nous pouvons le faire ensemble, sans être mariés pour autant. C'est ce que je veux, Ian.

— D'accord, pour l'instant nous allons faire comme tu veux. Mais tu dois me promettre que si tu as besoin de quoi que ce soit, tu viendras me trouver.

Il consulta sa montre.

— Il se fait tard. As-tu dîné ?

— J'achèterai quelque chose en rentrant chez moi.

Les émotions de la journée l'avaient épuisée et elle était impatiente de se retrouver chez elle.

Ils se rendirent ensemble au parking puis se séparèrent.

Ils auraient pu discuter de beaucoup de choses, mais cela devrait attendre un autre jour.

Ian, debout sur le seuil de la chambre du petit Micah, se figea. Frannie se tenait au milieu de la pièce, portant avec précaution son minuscule patient.

Dans quelques mois, c'était leur bébé qu'elle aurait dans les bras.

Après avoir perdu son fils Brian, puis traversé l'épreuve de son divorce, il n’avait pas envisagé d’avoir un autre enfant. Si quelque chose arrivait à ce bébé ? S’il naissait avec une malformation comme Micah ?

Voir l’expression de pure joie qui se lisait sur le visage de Frannie lui fit l’effet d’un coup de pied à l’estomac. Elle paraissait si parfaite, serrant le bébé sur sa poitrine ! Il ne pouvait pas partager ses craintes avec elle. Ce serait injuste de l’inquiéter pour rien.

Puis il s’aperçut que les deux parents de Micah étaient dans la chambre, et il connut un instant de panique.

Micah était né avec une hernie du diaphragme. Lorsqu’il avait rencontré ses parents, il avait été surpris de découvrir que le père du bébé, Jeff, était un infirmier qu’il avait côtoyé à Emory pendant son internat et qui s’était fait muter récemment.

Le fait que Jeff ait travaillé aussi avec Lydia le mettait mal à l’aise. Après la mort de leur enfant, et ensuite le divorce, celle-ci avait clamé haut et fort ses griefs contre lui, et il était sûr que Jeff avait eu vent de tous ces ragots. Il avait pris grand soin de garder avec les parents de Micah des relations strictement professionnelles, en évitant de parler du temps où ils avaient été collègues. Mais à présent que Frannie était en rapport avec eux, qui sait ce qu’ils lui avaient dit.

— Bonjour, dit-il en entrant et en serrant la main de Jeff. Je pense que mon patient est peut-être un peu jeune pour vos services, docteur Wentworth.

— Il est magnifique – et je suis ici en tant qu’amie, répondit Frannie en rendant le bébé à sa mère, Mia. Maintenant, je vais retourner travailler.

Mia posa le nourrisson dans son berceau et se mit à déboutonner son petit T-shirt qui recouvrait une belle incision bien nette.

Micah était un bébé chanceux. Il avait traversé l’opération sans complications, et avec son père et sa mère qui veillaient sur lui, Ian ne doutait pas qu’il s’en sortirait bien à l’avenir.

— Il a l’air en superforme, non ? demanda Mia.

— Oui, il l'est. J'ai étudié ses derniers scans et examens de laboratoire, et il va très bien. Nous allons le garder encore quelques semaines, mais s'il continue à bien manger, nous commencerons à faire des plans pour qu'il rentre à la maison. Tenez bon. Nous sommes dans la descente, maintenant. Nous vous laisserons rentrer dès que possible.

— Je me demandais si je pourrais voir ces résultats avec vous avant de retourner aux urgences, dit Jeff.

Ian hocha la tête, il comprenait le besoin de ce jeune père d'être rassuré en voyant par lui-même les résultats des examens.

Il avait prévu de suivre Frannie afin de vérifier comment elle allait. Depuis qu'il était au courant de sa grossesse, il s'assurait de sa santé chaque jour, et la semaine précédente ils avaient passé beaucoup de temps ensemble à l'hôpital, et à l'entrepôt, pour préparer le char. La dernière fois qu'ils s'étaient parlé, elle lui avait dit qu'elle avait quelques nausées, mais que, en dehors de ça, elle se sentait bien. Elle avait également mentionné qu'elle avait pris rendez-vous avec un obstétricien. Il était déçu qu'elle ne l'ait pas invité à venir avec elle, mais il savait qu'il n'avait aucun droit de se plaindre. S'il lui avait demandé de l'accompagner, il était sûr qu'elle aurait accepté. Seulement, il ne l'avait pas fait.

Frannie avait établi clairement que c'était à lui de décider s'il voulait ou non faire partie de la vie du bébé. Il espérait simplement qu'il prendrait la bonne décision dans l'intérêt de l'enfant et de Frannie. Il ne voulait pas, une nouvelle fois, faillir envers quelqu'un qui comptait sur lui.

8

La salle avait été décorée de voilages en tissu doré, et des centaines de ballons violets et verts flottaient au plafond. Des hommes et des femmes vêtus de leur plus belle parure de Mardi gras faisaient le tour de la salle, d'autres dansaient.

Frannie s'était efforcée de préparer Ian au bal de la fondation auquel le Pr Guidry et sa femme les avaient invités, mais elle se rendait compte qu'il avait du mal à s'y faire.

Il se pencha vers elle, essayant de parler par-dessus la musique jouée par l'orchestre.

— Et tu prétends qu'il ne s'agit pas d'un « grand » bal ? Il doit y avoir plus de trois cents personnes, ici !

— Ce n'est qu'un petit bal. Ils en donnent plusieurs afin de lever de l'argent pour différents projets. Les grands bals ne commencent qu'au moment du carnaval. Si nous étions à l'époque de Mardi gras proprement dit, tu devrais porter une queue-de-pie. Ce soir sert juste à nouer des contacts et à tisser des réseaux, un simple smoking est autorisé.

Elle avait envie de lui dire combien il avait fière allure, en tenue habillée, mais elle ne pouvait pas le crier à travers la salle.

Ils reculèrent pour éviter l'afflux des gens qui entraient, et Ian mit son bras sous le sien alors qu'elle commençait à chercher la table indiquée sur leurs billets.

— Frannie chérie, vous êtes magnifique ! s'exclama Mme Guidry en les rejoignant, sanglée dans une robe longue parsemée de petits brillants violets et dorés qui rappelait les toilettes des star de cinéma des années 1930.

Elle-même avait choisi un fourreau de soie bleu nuit qui moulait sa silhouette. Elle savait que, d'ici à Mardi gras, elle ne pourrait plus le porter. Elle supposait qu'il existait des robes de grossesse habillées, mais elle ne savait pas trop où les trouver.

— Et, docteur Spencer, c'est un tel plaisir de vous voir ! Je voulais vous remercier pour toute l'aide que vous avez apportée au char, cette année. Il est bon de savoir qu'il existe des chirurgiens qui savent manier des outils en dehors des instruments qu'ils utilisent en salle d'opération.

— Ah, te voilà, dit le Pr Guidry en arrivant derrière sa femme. Frannie et Ian, je suis enchanté que vous soyez ici. C'est toujours formidable de voir nos médecins participer à la vie de la communauté.

— Certainement, répondit Ian.

Il attendit que le couple se soit éloigné et ajouta :

— Pensez-vous qu'il se souvient que notre bénévolat n'a pas été un choix ?

— J'en suis sûre. Il nous accorde simplement une chance d'en tirer du crédit.

Elle vit son père s'approcher.

Sans être sûre qu'il viendrait, elle avait espéré pouvoir le saluer s'il faisait une apparition.

— Bonsoir, papa, dit-elle en lui adressant un signe de tête.

La distance de leurs relations maintenant, comparée à la proximité qu'ils avaient partagée pendant qu'elle grandissait, lui brisait le cœur. Son père d'autrefois lui manquait. Les choses avaient changé entre eux après la mort de sa mère, puis, quand elle l'avait informé qu'elle ne marcherait pas dans ses traces. Si elle avait eu un frère ou une sœur, peut-être aurait-il accepté qu'elle suive sa propre voie. À la place, il avait essayé de faire pression sur elle pour qu'elle embrasse une carrière qui ne lui convenait pas. Elle avait conscience de l'avoir déçu et serait heureuse que leurs rapports s'améliorent, mais ils en seraient incapables tant qu'il ne lui accorderait pas la reconnaissance et le respect que méritait son métier. Et si elle l'avait déçu, il l'avait blessée. Après tout, elle avait été en tête de classe durant toute sa scolarité et ses études supérieures !

Il fallait espérer qu'ils parviennent un jour à s'entendre. Pour l'instant, elle s'inquiétait simplement de savoir comment il allait prendre la nouvelle de sa grossesse.

— Tu es magnifique, ce soir, dit son père.

— Oui, fit Ian en recouvrant de la sienne sa main posée sur son bras. Vous êtes un homme chanceux d'avoir une fille aussi belle et intelligente.

Elle se sentit rougir à ces compliments auxquels elle ne s'attendait pas.

— Son programme avec nos patients traumatisés se déroule très bien, et les parents chantent ses louanges pour l'aide qu'elle leur apporte, ainsi qu'à leurs enfants, continua Ian.

Elle le regarda, n'en croyant pas ses oreilles.

— Ce sont de grands compliments venant de vous, docteur Spencer, constata le Dr Wentworth. Il faudrait que nous nous rencontrions tous les trois. Frannie ne me dit pas grand-chose de ce qu'elle fait à l'hôpital. Peut-être pourriez-vous vous joindre à nous pour notre dîner de Thanksgiving ? Frannie prépare toujours un excellent repas de fête.

Là-dessus, il s'excusa pour parler à un autre collègue qui passait.

— Je ne lui dis rien de ce que je fais parce que je sais que ça ne l'intéresse pas, déclara-t-elle quand son père fut parti. Mais merci pour ce que tu as dit. Cela signifie beaucoup pour moi, même si tu en as rajouté une couche.

— Il y a aussi une autre petite nouvelle dont tu ne lui as pas parlé. Ce serait peut-être une bonne idée que nous passions Thanksgiving avec lui. Tu pourras lui apprendre qu'il va être grand-père.

— Et que diras-tu lorsqu'il te demandera si tu vas faire une honnête femme de moi ?

Elle ne voudrait certainement pas manquer cette conversation !

— La vérité. Qu'il a élevé une fille têtue qui a refusé mon offre de mariage.

— Mis à part le fait que tu ne m'as pas effectivement demandé en mariage ce soir-là, je ne suis pas têtue. Je suis indépendante, et il n'est pas question que mon père et toi vous liguiez contre moi. Même si je pense que je peux vous affronter tous les deux sans problème !

Ian vit un sourire illuminer les lèvres de Frannie.

Elle portait un rouge à lèvres incarnat et brillant, plus vif qu'au travail, et il ne put s'empêcher de se rappeler combien sa bouche avait été douce et pleine le soir où il l'avait embrassée.

Ce souvenir lui fit bouillir le sang.

— Trouvons nos sièges afin que tu puisses te reposer, dit-il.

Ils prirent place à la table indiquée et commandèrent des boissons. Frannie refusa le champagne et prit de l'eau à la place.

Elle était vraiment très belle dans cette robe moulante, tout juste décente avec son profond décolleté devant et derrière et ses cheveux qui cascadaient en somptueuses boucles acajou, mais c'étaient ses yeux brillants d'excitation qui le captivaient. Elle était si différente de ce qu'il avait cru ! Il avait supposé, à la voir, qu'elle était une de ces psys insupportables qui veulent toujours parler de sentiments et disséquer ce que vous faites, mais elle n'était pas ainsi. Elle ne l'avait jamais questionné sur le chagrin qu'il éprouvait pour la perte de son fils, et elle n'avait jamais non plus essayé de lui soutirer des informations sur son divorce.

La voir rougir sous ses compliments l'avait fasciné. C'était une réaction à laquelle il ne s'était absolument pas attendu. Il pensait que toutes les femmes adoraient recevoir des compliments sans s'en sentir gênées. En tout cas, c'était le cas de Lydia…

Non. Il ne penserait pas à son ex-femme. Pas ici. Pas maintenant.

— Ça va ? demanda Frannie.

— Oui... Désolé, c'est juste que j'ai pas mal de choses à l'esprit, ce soir.

— Je comprends. Nous avons été très bousculés à l'hôpital, et maintenant la période des fêtes commence. Ensuite, au début de la nouvelle année, il y aura mardi gras et toute cette folie du carnaval.

— Tu n'aimes pas les fêtes ?

— Si, je les adore, mais il y a beaucoup d'enfants qui ne vont pas en profiter. Tout le monde n'a pas une famille avec qui les passer.

Il pensait aux fêtes de l'année précédente.

Il venait d'emménager et n'avait mis aucune décoration dans sa maison. Bien sûr, c'était à cause des travaux de rénovation en cours, mais surtout, il n'avait personne pour qui la décorer. Il s'était porté volontaire pour travailler pendant les fêtes afin que les autres médecins du service puissent passer du temps avec leur famille, mais ce n'était pas non plus l'entière vérité. Il n'avait pas voulu rester seul avec ses souvenirs.

Brian était né juste avant Noël, et lors de son premier Noël, il avait fait ce que font les nourrissons : il avait dormi la plupart du temps. Mais Ian avait fait des projets pour le Noël de l'année suivante. Mais l'année suivante, le bébé n'était plus là et sa mère non plus. Il avait passé la journée avec ses parents et son frère accompagné de sa petite amie. Même s'il aimait sa famille, il ne s'était pas senti à sa place, c'était comme s'il était la cinquième roue du carrosse.

N'avoir pas su que le premier Noël de Brian serait aussi son dernier avait été une bénédiction. Il était content d'avoir ce jour à se rappeler.

Au Noël prochain, leur enfant à Frannie et lui aurait environ six mois, il serait encore trop jeune pour comprendre ce qui signifient les fêtes. Comment s'arrangeraient-ils pour cette période de l'année ? Devraient-ils établir un calendrier, avec les jours où il pourrait et ne pourrait pas avoir le bébé ? Ou bien seraient-ils capables de s'entendre pour passer la journée ensemble et profiter tous les deux du premier Noël de leur enfant ?

Les tables autour d'eux commençaient à se remplir, et bientôt le serveur arriva avec les boissons.

— Je sais que tu penses que je plaisantais, tout à l'heure, mais ma proposition tient toujours : nous *pourrions* nous marier...

Il s'interrompit pour baisser les yeux sur son téléphone qui vibrait.

— Un accident de car impliquant une équipe de foot scolaire. Multiples blessures. Délai prévu d'arrivée, quinze minutes. Il faut que j'y aille, annonça-t-il en se levant, prêt à retourner à l'hôpital.

— Moi aussi, dit Frannie.

Malgré lui, il esquissa une grimace.

Les urgences seraient débordées, il serait impossible d'empêcher Frannie de voir tous ces enfants blessés et ensanglantés. Ce ne serait pas bon pour elle ni pour le bébé qu'elle soit exposée à ce stress et à cette angoisse.

— Tu n'es pas obligée de venir. Je suis sûr que ton père pourra te raccompagner.

— Ian, je sais que je ne suis pas un médecin à proprement parler, mais ces enfants vont être terriblement effrayés. Je ne pourrai peut-être pas recoudre des blessures, mais assister les parents qui arriveront, c'est dans mes cordes. Pour le reste, c'est exactement le genre de chose dont nous parlions. Certains de ces enfants seront à coup sûr traumatisés, et ils vont se sentir terrifiés et seuls sans leurs parents. Je verrai ceux qui seront admis à l'hôpital, ce qui me permettra de prendre contact avec eux. Je viens.

— Bon, alors, viens.

Ils arrivèrent aux urgences de l'hôpital quelques instants avant l'arrivée de la première ambulance. Le personnel se démenait dans tous les sens, portant des fournitures et poussant des chariots. Tandis que Ian allait rejoindre les médecins urgentistes qui donnaient des ordres, Frannie se dirigea vers le service de traumatologie.

Soudain, un infirmier émit un sifflement aigu, et tout le monde dans le couloir s'arrêta pour la fixer.

— J'adore cette robe ! déclara son amie Lacey. Où étais-tu ce soir ? Et est-ce que cela a quelque chose à voir avec le Dr Spencer qui vient d'arriver aux urgences en smoking ? Parce que, si c'est le cas, il va falloir que tu me racontes ça une fois qu'on se sera occupé de ces enfants. Et je veux avoir tous les détails croustillants !

— Hé, Frannie, vous êtes canon, ce soir ! lança un infirmier qui installait des moniteurs et s'était arrêté pour la reluquer.

— Si vous n'avez rien d'autre à faire, Billy, vous pouvez apporter une autre civière à l'arrivée des ambulances, grommela Ian.

— Je m'appelle Bill, rétorqua l'infirmier en passant devant lui.

Il se détourna pour lancer un clin d'œil à Frannie.

— Docteur Wentworth, si vous devez rester par là, vous pourriez peut-être vous changer et mettre quelque chose d'un peu plus approprié, dit Ian en s'approchant.

Lui-même avait ôté son smoking et portait un uniforme vert de salle d'opération.

— Hum... Il a raison, Frannie. Tiens, j'ai un uniforme de rechange dans mon casier, proposa Lacey en lui tendant son badge et sa clé.

Le temps que Frannie revienne du vestiaire, les victimes de l'accident avaient commencé à arriver. De jeunes patients sur des brancards ou en fauteuil roulant étaient emmenés en traumatologie. Certaines chambres étaient déjà emplies de blessés.

Une infirmière sortit en courant d'une des salles de trauma où elle savait que se trouvaient les cas les plus graves, et une voix masculine réclama de l'aide à l'intérieur.

Elle reconnut la voix de Ian.

Elle se dirigea vers la pièce, espérant pouvoir l'aider d'une manière ou d'une autre.

Ce fut l'odeur métallique du sang qui l'arrêta.

Tant de sang ! Une traînée rouge vif menait au brancard où un jeune garçon pâle et effrayé se tenait immobile pendant que Ian maintenait fermement son poignet barré d'une longue entaille.

Il leva les yeux et fronça les sourcils quand elle entra dans la salle.

— Que fais-tu ici ? demanda-t-il d'un ton pressé et coupant.

— Je... Je t'ai entendu réclamer de l'aide.

Elle restait figée, l'esprit vide, tentant d'analyser ce qu'elle voyait tandis qu'elle fixait le bras de l'adolescent où du sang continuait de suinter de la profonde coupure. Elle aurait voulu détourner son regard, mais elle en était incapable.

— Tu ne peux pas aider. Pas dans l'état où tu es en ce moment, déclara Ian en continuant de presser le bras de son patient.

— Mes parents sont ici ? demanda le garçon. Est-ce que je peux voir ma mère ?

Frannie obligea ses yeux à remonter vers son visage apeuré. Il semblait avoir une quinzaine d'années. Il était encore trop jeune pour assumer cette blessure sans avoir ses parents près de lui. Ses yeux sombres, agrandis par la douleur et la frayeur, pleins de larmes prêtes à couler fixaient le sang répandu partout sur le sol. *Son* sang.

Elle força ses pieds à bouger jusqu'à ce qu'elle se trouve de l'autre côté de la civière. Elle prit l'autre main du jeune blessé et se contraignit à sourire.

— Ils ont été prévenus, dit-elle. Dès que le Dr Spencer en aura fini avec ton bras, j'irai voir dans la salle d'attente s'ils sont arrivés. Comment t'appelles-tu ?

Le garçon tressaillit tandis que Ian appuyait sur son bras.

— James, répondit-il, le souffle court, le visage pâlissant.

Il fallait qu'elle continue à le faire parler.

— Je suis désolé que tu aies mal, James, déclara Ian. L'infirmière va revenir dans un instant, elle te donnera quelque chose contre la douleur.

Frannie leva les yeux et croisa son regard interrogateur. Elle lui adressa un petit signe de tête puis dirigea son attention vers James.

Là, il ne s'agissait pas d'elle. Il s'agissait d'être présente pour cet adolescent qui avait besoin d'elle. Elle devait l'inciter à parler, le garder concentré sur ses questions dans leur intérêt à tous les deux.

— Peux-tu me donner le nom de tes parents et me dire comment ils sont ?

— Manning – Joseph et Leah Manning. Maman est brune, elle a les cheveux courts. Papa essaye toujours de la décider à les laisser pousser, mais elle ne veut pas.

L'infirmière revint et expliqua à James qu'elle allait lui administrer un médicament par l'intraveineuse que les premiers secours lui avaient posée avant de le transférer aux urgences.

— Avez-vous pris contact avec le chirurgien plasticien de service ? lui demanda Ian.

— Il a été prévenu. La secrétaire a dit qu'elle nous avertirait dès qu'il rappellerait.

— Mince, je n'ai pas besoin de chirurgie plastique ! se rebiffa James en essayant de relever la tête. C'est pour les vieilles dames qui veulent effacer leurs rides.

Frannie se rapprocha et prit son autre main, aidant l'infirmière à le repousser contre la civière. L'infirmière murmura un remerciement et régla l'appareil pour mesurer les constantes vitales.

— Les chirurgiens plasticiens font beaucoup de choses en dehors des liftings. Les ligaments de ton poignet sont un peu endommagés. Nous te ferons passer un scanner dès qu'il sera disponible pour nous assurer qu'il n'y a pas d'autres dégâts. As-tu mal ailleurs qu'à ton bras ? demanda Ian en finissant le bandage.

Le haut-parleur de la pièce résonna, annonçant que le chirurgien plasticien était en ligne et que le scanner était prêt.

— Non, je vais bien, dit James qui leva son bras bandé. Est-ce que j'aurai une cicatrice ? Mes frères vont être super jaloux !

Frannie prit garde de ne regarder que le bandage et pas le drap trempé de sang au-dessous, mais ses yeux s'abaissèrent malgré elle, et son estomac se retourna.

Il fallait qu'elle sorte de cette pièce avant de rendre son dîner, vite !

Elle combattit le pire de la nausée, puis força les muscles de son estomac à se détendre une fois qu'elle fut passée. Elle éprouva un petit sentiment de victoire.

— Je n'en doute pas, répondit-elle, mais c'est mieux que le chirurgien s'efforce de réduire la cicatrice au maximum. Maintenant, je vais voir si tes parents sont ici pendant que tu te rends au scanner.

— Et moi, je vais parler au chirurgien plasticien. Nous ferons entrer tes parents quand tu reviendras, déclara Ian avant de quitter la pièce.

Elle garda les yeux rivés sur le dos de Ian en sortant derrière lui, luttant contre son envie morbide de regarder le sang par terre.

Malgré sa formation, elle ne pouvait toujours pas s'expliquer pourquoi elle éprouvait ce besoin, alors que ça la rendait malade. Elle était comme un de ces conducteurs qui ralentissent en voiture quand un accident survient de l'autre côté de la route.

Elle réussit à franchir la porte et prit une grande inspiration, essayant de chasser l'odeur du sang de ses poumons. En passant devant les autres salles de traumatologie, elle garda les yeux fixés droit devant elle.

Elle s'était régulièrement occupée de patients traumatisés aux urgences depuis que son programme avait commencé, mais elle avait surtout passé son temps avec les familles des jeunes victimes, obtenant des informations qu'elle pouvait transmettre aux médecins, et n'entrant dans les chambres des blessés que lorsque ceux-ci avaient été soignés.

Avec ce grand nombre de patients en pédiatrie, les urgences

allaient être débordées durant des heures, et elle souhaitait apporter son aide. Elle avait essayé différents traitements pour sa phobie du sang, et aucun n'avait marché, mais elle s'était bien débrouillée avec James ce soir. C'était tout ce qui comptait.

9

Le temps que Frannie ait fini de parler à tous les blessés et leurs familles, il était minuit, et elle savait qu'elle atteignait ses limites. Heureusement, la plupart des blessures des collégiens étaient superficielles, et la majorité des enfants rentraient chez eux avec leurs parents. Mais il en restait quelques-uns qui devaient être admis, et elle avait voulu attendre de les voir pris en charge.

James était parti pour son opération dès que le chirurgien plasticien était arrivé, et elle lui avait assuré qu'elle le verrait le lendemain. Ian s'était chargé d'opérer un des blessés les plus graves quand le scanner avait montré un éclatement de la rate.

En quête d'une dose de caféine pour tenir pendant les deux ou trois heures à venir et son trajet de retour, elle se dirigea vers la salle de repos du personnel, qui n'était pas aussi luxueuse que celle des médecins, mais où on trouvait toujours du café prêt pendant le service de nuit.

Elle venait de se servir une petite tasse, d'y ajouter une bonne dose de sucre et de crème et de s'asseoir à une table, quand Ian entra.

Il avait l'air aussi fatigué qu'elle. Il avait remis son pantalon de smoking mais portait sa veste sur un bras. Sa chemise était déboutonnée, les manches relevées. Il ressemblait plus à l'homme qu'elle avait vu chez lui, celui qui n'avait pas peur de travailler avec ses mains et qui l'avait touchée si doucement, si intimement.

Elle éprouva une bouffée de chaleur qui n'avait rien à voir avec le café qu'elle buvait.

— Comment s'est passée l'opération ? demanda-t-elle tandis qu'il se servait une tasse de café.

— Bien. Pas de complications. Comment te portes-tu ? Je pensais que tu serais rentrée chez toi, à cette heure.

— Il reste encore quelques enfants. La plupart ont été soignés et renvoyés chez eux. Je voulais juste m'assurer que l'on n'avait plus besoin de moi avant de partir, dit-elle en se levant pour jeter sa tasse en carton.

— Tu boites ? demanda Ian tandis qu'elle allait jusqu'à la poubelle.

Ses pieds lui faisaient un mal atroce, à cause des talons hauts avec lesquels elle avait marché toute la soirée. Lacey lui avait proposé une paire de chaussures qu'elle avait dans son casier, mais avec la différence de pointure, ce ne serait pas une bonne idée. Elle aurait été aussi susceptible de tomber avec des chaussures trop grandes qu'avec ses escarpins.

— C'est à cause de mes talons. Je n'étais pas vraiment chaussée pour arpenter les urgences.

— Tu es sûre que ce n'est pas ton genou ? Laisse-moi le voir, dit-il en se penchant pour lui saisir la jambe.

— Non, cette blessure remonte à des semaines. Ça va. Ce sont mes pieds qui me mettent à la torture. Ces talons de douze centimètres, ce n'est pas fait pour courir dans les couloirs d'un hôpital. Mais je ne serais pas contre un bon massage si tu le proposes...

— Peut-être. Je veux juste passer à mon bureau et vérifier mon emploi du temps de demain. Avec le nombre de patients que nous avons reçus ce soir, ma tournée va prendre plus de temps.

Entendant d'autres membres du personnel entrer dans la pièce, elle s'écarta vivement de Ian.

La dernière chose qu'elle voulait était d'attirer l'attention de ses collègues sur eux deux.

Elle avait travaillé dur pour remplir ses fonctions aux urgences ce soir-là, faisant de son mieux pour éviter l'odeur du sang partout présente. Elle avait été consciente des regards qui la suivaient durant tout ce temps, sa faiblesse étant connue. Cela avait été difficile, mais elle était fière d'avoir été capable d'en accomplir autant. Elle avait surtout été fière quand Lacey était venue la rejoindre et l'avait étreinte pour l'encourager. Le fait que son amie ait reconnu ses progrès comptait beaucoup pour elle.

Ils quittèrent les urgences et se dirigèrent sans un mot vers un ascenseur pour gagner l'étage des bureaux des médecins. Ian prit une clé accrochée à son badge et ouvrit sa porte.

— Assieds-toi, dit-il en allant accrocher la veste de smoking derrière la porte. J'en ai pour une minute.

Frannie paraissait pâle contre le cuir brun du fauteuil. Elle avait donné beaucoup d'elle-même aux urgences, alors que son esprit lui soufflait probablement de partir en courant. Et elle avait eu raison d'insister pour être là : il le savait, ils avaient eu besoin de son aide.

— Tu t'es bien débrouillée ce soir. Cela a dû être compliqué pour toi, pourtant tu es restée pour seconder les médecins.

— Oui, je m'en suis bien sortie, répondit-elle avec un sourire las. Je ne peux pas dire que ça a été facile, et j'ignore si je pourrais recommencer souvent, mais j'ai pu faire mon travail, c'est l'essentiel.

— Je me demande toujours comment tu parviens à fonctionner à l'hôpital en évitant le sang.

Après l'avoir vue à l'œuvre ce soir, il avait envie d'aller trouver son père pour lui demander des comptes. À quoi avait-il pensé en poussant Frannie à faire chirurgie ? Même un aveugle pouvait voir que ç'aurait été impossible.

— C'est parce que tu n'y penses pas, toi. Si la vue du sang te posait un problème, tu apprendrais aussi à l'éviter.

— Si c'était le cas, je ne ferais pas ce métier.

— Et peut-être que si je n'avais pas ce handicap, je le ferais, dit-elle en lui souriant de nouveau. Mais peut-être pas non plus. Je ne sais pas ce que je serais devenue si je n'avais pas eu ce que mon père appelle « mon petit problème ». Mais ce qui est sûr, c'est que j'adore ce que je fais. Et toi, est-ce qu'être chirurgien correspond à ce que tu en attendais ? Es-tu content de ton choix ? Du prestige qui auréole ta vie ?

Il s'assit derrière son bureau, pensif.

Il ne pouvait pas s'imaginer autre chose que chirurgien. Il n'avait souhaité rien d'autre depuis qu'il était petit. Sa mère prétendait que cela avait commencé quand elle lui avait acheté la panoplie du petit chirurgien pour ses cinq ans.

Il aimait ce qu'il faisait. Il était quelqu'un qui réparait. Il s'était toujours occupé de réparer les choses. C'était ainsi qu'il avait acquis sa capacité à rénover sa maison. C'était lui que sa mère appelait pour réparer un robinet quand son père n'était pas là. Et il avait connu de bonne heure la satisfaction que l'on éprouve à prendre quelque chose de cassé et à le rendre de nouveau fonctionnel.

Il aimait ça, dans son métier. Mais il avait dû apprendre qu'on ne peut pas tout réparer, en particulier chez les enfants. Son propre petit garçon, son fils… Si seulement il avait pu lui porter secours ! Si seulement il avait été là pour lui !

Il secoua la tête et regarda Frannie.

Parfois, il avait l'impression qu'elle lisait dans son esprit, trouvait les parties qui faisaient mal et les titillait. Comme cette conseillère conjugale que Lydia avait voulu qu'ils voient et qui restait assise là à écouter sa femme déverser toutes les opinions blessantes qu'elle avait à son sujet, déchirant un peu plus leur mariage à chaque accusation. Mais il ne permettrait plus jamais une chose pareille. Il ne resterait plus jamais immobile à se laisser mettre en pièces sans se défendre.

— Excuse-moi, dit doucement Frannie, je ne voulais pas être sarcastique. C'est que j'ai entendu dire toute ma vie qu'être chirurgien vous place au sommet de l'échelle dans le domaine médical, expliqua-t-elle.

Il hocha la tête.

— C'est très satisfaisant d'être capable de remettre des enfants d'aplomb.

Sa réponse parut galvaudée à ses propres oreilles.

Était-ce ce à quoi sa vie s'était réduite ? À l'entendre, son métier était un métier de mécanicien. Depuis combien de temps se contentait-il d'exécuter les gestes nécessaires sans éprouver plus que la satisfaction du travail bien fait ? Où était passée l'empathie qu'il ressentait autrefois pour son patient ? L'excitation de diagnostiquer ce qui n'allait pas chez lui et de l'aider à retourner à la vie lui avait lentement été arrachée ? Maintenant, il n'était qu'un réparateur de corps brisés qui ne savait pas comment réparer sa propre vie...

Puis il pensa à Sarah.

Frannie l'avait aidé à trouver une autre façon de s'y prendre avec elle, et il avait eu la satisfaction de voir la petite fille sourire et même rire.

— Est-ce que ça va ? demanda Frannie. Je sais que tu es fatigué. Nous devrions rentrer au lieu de rester ici à parler.

Il remarqua qu'elle regardait ses mains. Baissant les yeux, il fut surpris d'y trouver la lettre de son ex-femme.

Quand l'avait-il sortie du tiroir ? Pourquoi ?

Il se rappelait avoir ouvert le tiroir pour prendre son planning, mais il ne se souvenait pas d'avoir pris la lettre.

Sortant le planning du tiroir toujours ouvert, il y jeta l'enveloppe et le referma brusquement. Il lui faudrait faire quelque chose à propos de cette lettre, mais pas ce soir.

Ils firent une dernière ronde à travers les urgences puis gagnèrent le parking et son pick-up. Il ne savait pas comment Frannie tenait encore debout. Il faillit lui dire que, étant enceinte, elle ne devait pas manquer de sommeil, mais il ne le fit pas. C'était une femme intelligente, raisonnable, et il n'était pas dans ses habitudes de veiller tard le soir. Il savait qu'elle était exténuée après la nuit qu'ils avaient eue, seulement elle ne l'admettrait jamais devant lui.

Lorsqu'ils arrivèrent chez elle, il l'accompagna à la porte de son appartement et attendit pendant qu'elle ouvrait.

— Nous n'avons pas eu l'occasion de danser, dit-elle en se tournant vers lui.

— Comment peux-tu songer à danser maintenant ? rétorqua-t-il. Tu penses avoir mal aux pieds ? Tu n'as aucune idée de la souffrance qui t'a été épargnée, avec mes grands pieds écrasant les tiens.

— Je ne te crois pas. Je parie que tu es capable de réaliser toutes sortes de figures.

— Crois-moi, tu n'aimerais pas te trouver avec moi sur une piste de danse. Bien sûr, si tu veux, je peux te montrer ce que ça donne...

Elle rit.

— Tu n'as pas répondu à ma question, reprit-il.

— Quelle question ?

— Au sujet de ma proposition de mariage, répondit-il, les mots s'emmêlant dans sa bouche.

— Ce n'était pas une question, dit-elle.

Puis, à sa surprise, elle se haussa et l'embrassa sur la joue avant de fermer sa porte.

Il rejoignit sa voiture et rentra chez lui pour prendre une douche brûlante, se glisser dans un lit froid et rêver de danser avec Frannie Wentworth.

Sa porte refermée, Frannie quitta ses chaussures avant de faire un pas de plus.

Elle adorait ces escarpins quand elle les avait enfilés en début de soirée, mais à présent, elle les aurait volontiers brûlés pour ne plus les remettre. Dorénavant, elle ne porterait que des chaussures plates jusqu'à la naissance du bébé !

Elle accrocha son sac dans l'entrée puis monta suspendre sa robe dans la penderie.

La soirée avait pris un tel tour après l'appel des urgences

pour l'accident du bus scolaire qu'il lui semblait que le dîner de la fondation remontait à des jours. Son estomac choisit ce moment pour gargouiller, lui rappelant qu'elle avait passé plus de temps à parler avec Ian qu'à manger pendant qu'ils étaient au bal.

Elle avala rapidement un sandwich puis alla se coucher.

Elle passait chaque jour un peu plus de temps avec Ian Spencer, et elle appréciait de plus en plus ces moments. Elle n'avait pas besoin d'être diplômée en psychiatrie pour savoir qu'elle était en train de tomber amoureuse. C'était surprenant qu'il ne s'en rende pas compte lui-même.

Elle le voyait aussi changer un peu plus chaque jour, et ce qu'elle voyait lui plaisait. Il serait si facile d'accepter de l'épouser ! Mais au fond de son cœur elle savait que ce serait une erreur. Il bataillait toujours pour accepter la mort de son fils, et d'après ce qu'il avait dit de son problème vis-à-vis des femmes, elle suspectait qu'il avait encore des difficultés à surmonter son divorce. L'amour qu'elle commençait à éprouver pour lui ne pourrait changer son passé. C'était à lui de décider d'aller de l'avant dans sa vie.

Ian frappa à la porte de la chambre de James et fut accueilli par un rire.

Un coup d'œil à la praticienne qui se tenait au chevet du jeune garçon lui indiqua pourquoi : Frannie était là, plaisantant avec l'adolescent, fraîche et reposée comme si elle n'avait pas eu que quelques heures de sommeil.

Ses cheveux étaient attachés en queue-de-cheval comme d'habitude, mais lorsqu'elle le regarda, l'expression dans ses yeux était différente. Disparue, la femme qui cachait son insécurité derrière de ridicules lunettes à monture noire. C'était une nouvelle Frannie qui se tenait là, avec une confiance en elle qui n'était apparue que les dernières semaines. D'une manière quelconque, elle avait trouvé sa place dans son poste, et il en fut content pour elle. D'après ce qu'il avait appris, elle s'était durement battue pour réussir en tant que psychiatre, et il la respectait pour cela.

— Salut, doc ! Mince, j'ai l'impression d'être une superstar, avec toute cette attention dont vous m'entourez ! lança James de son lit.

Ian nota le pansement propre qui couvrait son poignet.

— D'après ce que j'ai entendu dire par l'un de tes coéquipiers hier soir aux urgences – Josh ? – tu *es* une superstar, dit Frannie.

James baissa les yeux avec un sourire gêné.

— Je n'étais pas au courant, dit Ian.

— Ne faites pas attention à Josh. Il dit toujours ce qu'il ne devrait pas dire, commenta James.

— Il semble que, avant le choc, James ici présent a attrapé Josh et l'a tiré dans l'allée centrale, l'éloignant de l'endroit où la voiture s'est écrasée contre le bus, raconta Frannie. S'il ne l'avait pas fait, les blessures de son camarade auraient été bien plus graves. Les parents de Josh ont envoyé un panier de confiseries en remerciement.

Le panier en question était à moitié vide sur la table de chevet. Apparemment, les blessures de James ne lui coupaient pas l'appétit.

Frannie rit de l'embarras qu'elle avait causé au jeune garçon, puis s'excusa et sortit.

— C'est une femme super ! déclara James dès que la porte se fut refermée derrière Frannie.

Son sourire était maintenant celui d'un adolescent énamouré, et il avait les yeux emplis d'un béguin de son âge.

— C'est un très bon médecin, dit Ian, incapable de dissimuler le rire dans sa voix.

Il suspectait que bien des adolescents dans l'hôpital souffraient de la même maladie que James. Lui-même aurait été heureux, à leur âge, d'avoir un médecin ressemblant à Frannie. À la place, il avait eu le Dr Murray, doté d'épais sourcils gris qui se touchaient et lui donnaient l'air d'avoir une deuxième moustache.

— J'ai remarqué qu'elle n'a pas de bague au doigt, continua James. Et vous non plus. Si j'étais vous, je lui ferais la cour. Elle fait un peu grande bourgeoise, mais je parie qu'elle vous donnera une chance si vous êtes vraiment gentil avec elle. Apportez-lui des chocolats. Ma mère adore quand mon père s'arrête à la confiserie du Quartier français en rentrant à la maison. Ou alors, il me reste une barre chocolatée dans mon panier, si vous voulez.

Ian rit si fort qu'une infirmière jeta un coup d'œil dans la chambre pour voir ce qu'il se passait, puis fit un signe de main à James et s'en alla. Le jeune garçon n'était à l'étage que depuis quelques heures, mais les infirmières avaient déjà toutes un faible pour lui. Ce gamin était unique, ses parents devaient être fiers de lui. Il deviendrait à coup sûr quelqu'un de bien, ce que tout parent espère pour son fils. Ce que lui-même avait espéré pour le sien.

— Merci de la proposition, mais tu peux garder ta confiserie pour le moment. Le Dr Wentworth et moi, nous sommes simplement des amis.

Des amis qui avaient fait un bébé ensemble, mais des amis quand même. Seulement, plus il passait de temps avec Frannie, plus il découvrait qu'il souhaitait partager davantage avec elle.

— D'accord, mais je la garde malgré tout pour vous, pour le cas où vous changeriez d'avis. Ou peut-être que je la lui donnerai moi-même, déclara James avec un clin d'œil.

Ian le laissa aux soins d'une infirmière venue lui donner un antalgique pour se rendre en salle d'opération pour son premier cas de la journée.

10

Ian tenait la planche pendant que Frannie mettait le clou en place. Il lui avait montré comment fonctionnait la cloueuse, et elle avait pris ce travail en charge avec autant de plaisir que d'ardeur. Il jeta un coup d'œil autour d'eux, dans l'entrepôt, et regarda les différents groupes qui travaillaient à des projets distincts.

Il n'avait pas été heureux quand le Pr Guidry l'avait embrigadé dans cette entreprise, mais à présent il attendait avec impatience les soirs où ils se retrouvaient là. D'accord, c'était surtout parce que c'étaient les seules soirées qu'il parvenait à passer avec Frannie du fait de leur emploi du temps, mais il appréciait aussi d'apprendre à connaître certains autres bénévoles.

Le char prenait forme. La base était terminée, la maquette de l'hôpital formant le fond du décor était presque achevée, et un autre groupe de volontaires qui progressait bien façonnait sur les côtés du grillage à poules qui sous-tendrait les silhouettes de personnages humoristiques.

Il n'avait jamais travaillé à un char auparavant, mais il lui semblait qu'ils finiraient largement en avance pour le début de la saison du carnaval.

Son portable sonna, et en baissant les yeux il vit s'afficher le numéro des urgences. Il n'était pas de garde, mais il leva un doigt pour demander à Frannie d'arrêter de clouer et répondit quand même.

Il écouta l'urgentiste de service lui expliquer la raison de son appel : une jeune fille avait été amenée à l'hôpital par sa grand-mère. La vieille dame, très stressée, demandait à parler au Dr Spencer qui avait déjà soigné une fois sa petite-fille. Elle pensait que le voir en personne l'aiderait.

Ian répondit à l'urgentiste qu'il se chargeait du cas et raccrocha.

— Que se passe-t-il ? demanda Frannie en venant se placer à côté de lui.

Le bruit qui régnait dans l'entrepôt rendait difficile de s'entendre, aussi lui fit-il signe d'aller jusqu'à la porte du fond. Ils sortirent dans un léger brouillard et se mirent à l'abri sous l'auvent. Il commençait à faire frais près des quais.

— Je dois partir. Une ancienne patiente à moi a été amenée aux urgences. Il faut que je parle à sa famille – sa grand-mère, en fait. Je pense te demander de la voir, mais cela peut attendre demain matin. J'essaierai de revenir te prendre, mais je risque d'être en retard. Dans ce cas, n'hésite pas à te faire ramener par quelqu'un d'autre.

Frannie se rapprocha de lui, essayant de s'abriter un peu plus sous l'auvent.

— C'est une patiente qui a subi un traumatisme ?

— À l'époque, oui. Elle s'appelle Carrie. Ses parents et elle ont eu un accident de voiture. Elle seule a survécu. Elle a treize ans et rencontre des problèmes pour faire face. Sa grand-mère l'a surprise ce soir en train de s'entailler les bras avec un rasoir.

Frannie se raidit en le regardant.

— Une tentative de suicide ?

— Je ne pense pas, le médecin urgentiste non plus. Mais sa grand-mère est bouleversée et me demande. Il faut que j'y aille.

— Je viens aussi, dit Frannie en se détournant. Laisse-moi juste prendre mon sac et dire à Mme Guidry que nous partons.

— Pas de problème.

Il la regarda rentrer dans l'entrepôt.

Une fois qu'il lui avait parlé de sa jeune patiente, il avait été sûr qu'elle voudrait l'accompagner pour voir celle-ci tout de suite.

Il était désolé de l'arracher à son travail sur le char, après avoir vu combien elle s'amusait à se servir de la cloueuse. Il faudrait qu'il se rattrape vis-à-vis d'elle. Il avait une maison pleine d'outils électriques et de projets à réaliser. Il n'y aurait rien de plus amusant que de l'initier au maniement de tout ce matériel.

Frannie franchit la porte en enfilant sa veste et fit passer ses cheveux ondulés par-dessus son épaule tandis qu'elle marchait vers lui.

D'accord, il pouvait imaginer quelque chose d'encore plus divertissant que d'utiliser des outils électriques ensemble, mais ce n'était pas une hypothèse à considérer s'ils devaient rester amis.

Il avait envisagé diverses façons de lui dire qu'il souhaitait une relation plus complète avec elle, mais apparemment il était incapable de se résoudre à le faire. Il n'était tout simplement pas sûr d'être prêt. En outre, Frannie semblait heureuse de leurs rapports tels qu'ils étaient, et il ne voulait pas faire quoi que ce soit qui risque de mettre leur entente en péril – surtout avec le bébé en route. Il faudrait qu'ils coopèrent étroitement une fois le bébé né ; il ne tenait pas à s'aventurer sur un terrain qui risque de déstabiliser leur relation.

Frannie entra dans la chambre de Carrie et trouva l'adolescente assise dans le lit, en piètre état. Ian était déjà intervenu et lui avait pansé les bras. Elle les tenait croisés sur ses genoux.

— Carrie, je suis le Dr Wentworth. Je suis psychiatre, et le Dr Spencer m'a demandé de venir te voir.

Carrie la regarda avec des yeux pleins de larmes.

— Il pense que je suis folle, c'est ça ?

— Personne ne pense que tu es folle, Carrie.

— Mon amie Julie le pense. Elle m'a dit que je fais n'importe quoi, comme si j'étais dingue. J'ai eu envie de me couper, pour me sentir redevenir normale.

Frannie s'approcha du lit et s'assit dans un fauteuil.

— Eh bien, certaines personnes se mutilent quand elles sont déprimées ou stressées, mais ça ne les soulage que momentanément, et ensuite la plupart le regrettent. Pourquoi Julie t'a-t-elle dit que tu faisais n'importe quoi ?

— Il y a des jours où je n'arrête pas de pleurer et où je n'ai pas envie d'être avec elle...

Carrie la regarda.

— Mais je n'ai plus envie d'être avec personne. D'un côté je voudrais faire des trucs avec elle et mes autres amis, comme avant, mais ça ne me semble pas bien, vous voyez ? Ça ne me semble pas bien de sortir m'amuser maintenant que mes parents sont morts.

Frannie ne put s'empêcher de songer à Ian et à l'état dans lequel il était lorsqu'elle l'avait rencontré. Se reconnaissait-il dans la façon dont cette enfant vivait le deuil des siens ?

— Tout le monde ne vit pas son chagrin de la même manière, Carrie. Julie s'inquiète probablement pour toi. Maintenant, je dois te poser une question, et je veux que tu sois honnête avec moi.

C'était une question dure à poser à l'adolescente effrayée, mais il fallait le faire.

Ellee la regarda dans les yeux.

— Quand tu t'es coupée ce soir, essayais-tu de te tuer ?

— Non, madame, répondit-elle, toute couleur disparaissant de son visage.

Frannie lui dit qu'elle la croyait, et elles parlèrent encore quelques minutes, jusqu'à ce que la psychiatre soit certaine que Carrie ne représentait pas un danger pour elle-même. Puis elle se mit en quête de sa grand-mère. Elle gagna la salle d'attente, où Ian parlait avec la dame en question.

Ils se levèrent tous les deux lorsqu'elle entra.

— Madame Long ? demanda-t-elle en tendant la main.

D'après ce que Carrie lui avait dit, elle s'attendait à rencontrer une vieille femme. Or, cette personne avait une petite soixantaine, et à part les cernes sous ses yeux qui dénotaient un manque de sommeil, elle n'avait rien de l'aïeule fragile que Carrie avait décrite.

— Oui.

La dame lui serra la main puis se rassit, visiblement éprouvée par l'angoisse.

— Comment va Carrie ? Est-ce que c'était... ? A-t-elle... ? Tentait-elle de se tuer ?

— Non, d'après ce qu'elle m'a dit, je ne le pense pas.

Frannie s'assit de l'autre côté par rapport à Ian.

— Votre petite-fille a des problèmes pour gérer la perte de ses parents, ce qui est normal. Simplement, elle ne sait pas comment faire avec ses sentiments.

— Je ne comprends pas... Quand j'essaie de lui parler, elle ne cesse de me dire qu'elle va bien. Mon mari et moi, nous sommes même installés dans la maison de mon fils, pour qu'elle puisse garder ses amis. Elle est fille unique, mais mon fils et ma belle-fille se sont toujours assuré qu'elle ait des relations avec d'autres enfants du voisinage. Je ne voulais pas qu'elle perde cela aussi. Mon fils aurait voulu...

Mme Long s'effondra, et Ian passa un bras autour d'elle. Visiblement, il se sentait en adéquation avec elle pour la perte de son fils.

— Nous savons que vous faites tout ce que vous pouvez pour Carrie, dit-il. Votre fils serait si reconnaissant qu'elle vous ait pour prendre soin d'elle.

— Les parents de ma belle-fille aident quand ils le peuvent, mais ils sont plus âgés et habitent loin, dit la grand-mère en sortant un mouchoir en papier de son sac, les mains tremblantes.

— Carrie vous aime beaucoup, madame Long, affirma Frannie. Seulement elle ne sait pas comment s'en sortir avec ce qu'elle ressent, et elle ne veut pas vous inquiéter, votre mari et vous, alors elle essaie de se débrouiller seule.

— Elle peut me parler de tout. Je le lui ai dit.

— Et il faut que vous continuiez à le lui dire. Mais je crois que, pour l'instant, elle a besoin de parler à quelqu'un d'extérieur à la famille. J'aimerais la voir en consultation externe. Je suis un groupe d'adolescents qui souffrent de ce que l'on appelle des « événements traumatiques de l'enfance », et je serais contente qu'elle s'y joigne.

— Est-ce que les autres enfants sont comme Carrie ? demanda Mme Long.

— Certains ont subi la perte d'un proche, d'autres ont des problèmes médicaux ou doivent affronter d'autres traumatismes. Je pense qu'il est bon pour ces enfants de voir qu'ils ne sont pas seuls à traverser quelque chose qui a changé leur vie.

— Et les coupures ? Carrie sera-t-elle capable d'arrêter ?

— Je pense, oui. Elle m'a dit qu'elle ne l'a fait que deux fois, et je crois que si nous pouvons lui fournir des moyens plus sains de supporter son chagrin, elle ira mieux. Mais nous devons la surveiller de près. Il y a des cas où un enfant qui se coupe s'entaille profondément et endommage durablement un tendon ou un muscle.

— Il y a également un risque élevé d'infection, intervint Ian. Parce que ces enfants ne se soucient pas des objets qu'ils utilisent pour se mutiler.

Il ne voulait pas effrayer la grand-mère de Carrie, Frannie le savait, mais il fallait la mettre au courant de tous les dangers possibles.

— Et parfois, ajouta-t-elle, une entaille trop profonde entraîne une importante perte de sang.

Mme Long les fixa tour à tour puis se leva.

— Je ferai en sorte que Carrie assiste à la prochaine réunion de votre groupe. J'ai déjà perdu mon fils. Je ne veux pas perdre aussi ma petite-fille.

Pendant que Ian allait parler au médecin urgentiste et s'occupait des papiers pour la sortie de Carrie, Frannie donna à la grand-mère les informations et les contacts nécessaires au sujet du groupe puis l'accompagna dans la chambre de sa petite-fille. Elle put constater à leur conversation que toutes deux étaient proches, et que Carrie ne voulait plus causer de chagrin à sa grand-mère. Le temps qu'elle quitte la chambre, Mme Long avait obtenu que l'adolescente accepte de voir Frannie en consultation externe et de faire partie du groupe.

Elle fut surprise de trouver Ian qui l'attendait.

— Tu as fini ? demanda-t-elle.

— Je n'avais pas grand-chose à faire. Je devais juste ajouter quelques notes au dossier. Tu as effectué tout le travail.

— Tu t'es occupé des coupures, objecta-t-elle alors qu'ils marchaient vers sa voiture.

Ian secoua vigoureusement la tête.

— Ce que tu as fait en amenant Carrie à parler avec toi représente bien plus que panser quelques entailles !

Frannie en resta sans voix.

Quelques semaines plus tôt, elle n'aurait jamais rêvé entendre ce genre de compliment de la bouche de cet homme. Ian avait tellement changé depuis qu'il avait ouvert les yeux sur des possibilités de traitement autres que les siennes. Maintenant qu'il reconnaissait la valeur de son travail, peut-être avait-elle une chance de lui montrer ce que son programme était susceptible d'apporter à des patients admis en pédiatrie ?

— Tu pourrais venir à l'une de mes sessions de groupe, suggéra-t-elle tandis qu'ils montaient dans sa voiture. J'ai plusieurs de tes patients parmi mes consultations externes, et à mon avis, il serait bon que tu les voies.

Ian écarta la main de la clé de contact qu'il venait de tourner et s'empara de la sienne.

— C'est quelque chose qui me plairait, dit-il.

Puis il lâcha sa main et démarra.

Les routes qui menaient chez elle étaient désertes, et cette tranquillité conférait à la voiture une sensation d'intimité qui n'avait pas été présente lorsqu'ils étaient partis plus tôt dans la soirée. Ian ôta une main du volant et reprit la sienne. Son pouce se mit à lui caresser la paume, la troublant et lui envoyant des flèches de désir dans tout le corps.

Ce n'était pas la façon dont des amis se tiennent la main.

Il y avait plus que ça dans ce geste. Se pouvait-il qu'il désire davantage lui aussi ?

Le temps qu'il gare la voiture devant son immeuble, elle se retenait de se tortiller sur son siège. Elle avait envie d'arracher sa ceinture de sécurité et de se jeter dans ses bras, mais elle savait qu'elle devait attendre et le laisser faire le premier pas. C'était elle qui l'avait poussé la première fois où ils avaient fait l'amour. Et après sa déclaration selon laquelle il n'était pas capable d'avoir une relation romantique, c'était à lui de faire progresser leurs rapports.

— Tu es si belle, dit-il en portant la main à ses cheveux.

Puis il fit passer ses doigts derrière sa nuque et l'attira à lui. Ses yeux se posèrent sur ses lèvres, et elle prit soudain conscience qu'elle était pratiquement assise sur ses genoux.

Elle se rapprocha encore, savourant le gémissement qui échappa à Ian quand son autre main effleura sa poitrine. Chez elle aussi, ce contact déclenchait toutes sortes d'alarmes. Et elle se sentait sérieusement en danger de perdre l'esprit s'il ne l'embrassait pas très vite.

Elle était sur le point de prendre l'initiative, quand Ian l'attira plus près encore et pressa sa bouche sur la sienne, et le contact de sa langue pénétrant dans sa bouche fit exploser des feux d'artifice dans tout son corps.

Elle l'entoura de ses bras et se tortilla aussi loin qu'elle put sur ses genoux avec le volant au milieu, mais ce n'était pas suffisant.

S'écartant de lui, elle désigna sa portière.

— Ouvre, ordonna-t-elle. Il faut que nous sortions.

Il ouvrit la portière, et ils basculèrent hors de la voiture, tombant presque, bras et jambes emmêlés. Ian se pencha à l'intérieur, prit ses clés puis lui mit son sac dans les mains. Il la porta quasiment jusqu'à l'entrée de l'immeuble tandis qu'elle cherchait son trousseau. Elle le trouva quand l'ascenseur arriva et appuya sur le bouton de son étage – une seconde avant de se retrouver plaquée contre la paroi de la cabine, le corps de Ian pressé contre elle.

Des lèvres viriles scellèrent les siennes, Des mains remontèrent dans son dos, sous son T-shirt, et elle sentit l'air frais sur ses mamelons lorsqu'il défit son soutien-gorge. Il relevait déjà le bord de son T-shirt quand la porte de l'ascenseur s'ouvrit.

Elle ramena son soutien-gorge contre elle et remercia le ciel de partager l'étage avec une seule autre personne. Un locataire qui, espérait-elle, était déjà rentré pour la nuit.

Ils se ruèrent hors de l'ascenseur, elle tirant Ian, maintenant. Elle glissa sa clé dans la serrure et ouvrit la porte.

— Où ? demanda Ian – le premier mot qu'il prononçait depuis qu'elle lui avait grimpé sur les genoux dans le 4x4.

Avait-elle vraiment fait ça ? À quoi avait-elle pensé ?

Sans attendre sa réponse, Ian fit glisser une main sur sa hanche puis la plaqua sur ses fesses pour l'écraser contre lui, envoyant promener les hésitations qu'elle avait pu avoir dans une autre galaxie.

Sa bouche s'entrouvrit en un gémissement. Pendant que Ian plongeait la langue à l'intérieur, avalant le son qu'elle laissait échapper, elle sentit son corps de femme crier un « oui » triomphant et son esprit disjoncter, tandis que le désir et le besoin qu'elle avait ignorés si longtemps prenaient le dessus.

Il fallait qu'ils trouvent une surface horizontale, et vite. Une part d'elle avait envie de ralentir les choses, mais elle savait que ce n'était pas une option à l'instant. Elle aperçut leur reflet dans le miroir de l'entrée et se mit à rire. Ses cheveux étaient tout ébouriffés par Ian et ses lèvres rouge vif de ses baisers. Il ne valait pas beaucoup mieux, avec ses cheveux en bataille et sa bouche aussi luisante que la sienne.

Il tourna la tête pour voir ce qui la faisait rire et eut un sourire amusé. Puis ce sourire devint franchement coquin, et elle sut qu'elle allait avoir des problèmes quand il l'enlaça par-derrière, la positionnant devant la glace.

Elle resta figée, médusée, alors qu'il lui enlevait d'abord son haut et ensuite son soutien-gorge, avant de s'emparer de ses seins. Un dans chaque main, il les pétrit, et tous deux regardèrent ses tétons s'ériger.

Elle voulait sentir sa bouche sur eux. Éprouver la traction de ses lèvres chaudes et humides. Le désir s'entortilla dans son ventre. Elle avait besoin de Ian en elle. Profondément. Tout de suite.

— Je veux..., commença-t-elle, et elle se tourna dans ses bras jusqu'à ce qu'ils soient l'un en face de l'autre, leurs deux corps parfaitement alignés.

— Emmène-moi dans ta chambre, dit-il.

Elle l'y conduisit, et quand elle se tourna pour l'aider à se dévêtir, elle découvrit qu'il ne portait déjà plus que son boxer. Elle ne put détacher les yeux de son corps tandis qu'il l'enlevait. Elle savait qu'il l'observait pour voir sa réaction, et elle ne put s'empêcher de sortir le bout de sa langue et de se lécher les lèvres.

L'homme qui se tenait devant elle était la réponse à tous les fantasmes qu'elle avait pu avoir dans sa vie, avec ses muscles fermes, ses abdos bien dessinés et la ligne de poils sombres qui descendait jusqu'à cette partie de son corps qui lui coupait le souffle.

Elle se lécha de nouveau les lèvres.

— Tu me tues, dit Ian en se rapprochant d'elle.

Il la poussa en arrière sur le lit.

Un rire surpris lui échappa, pour se changer en une crise de fou rire hystérique tandis qu'il lui ôtait ses chaussures puis son pantalon. Mais le regard qu'il promena sur son corps en lui enlevant sa petite culotte en dentelle la calma instantanément. De la chaleur l'inonda, suivant la trajectoire de ses yeux, et elle sentit une brûlure humide entre ses jambes. Elle le regarda se lécher les lèvres à son tour, et son corps se contracta en réponse.

Ils allaient mourir tous les deux s'il n'accélérait pas les choses !

Il posa ses longs doigts sur son ventre et les fit glisser jusqu'aux boucles sombres de son pubis. Le contact de ses mains fit s'étirer son corps vers le sien. Il garda les yeux sur sa propre main tandis qu'il ouvrait son sexe et coulait lentement un doigt à l'intérieur d'elle. Il retira ce doigt, l'introduisit à nouveau, et cette fois il pressa son pouce contre son clitoris qu'il contourna une fois, deux fois...

À la troisième, elle cria sous la force de l'orgasme, le corps cabré contre sa main.

Elle rouvrit les yeux pour trouver Ian au-dessus d'elle, le souffle aussi rapide que le sien. Il se pencha et l'embrassa profondément. Aussitôt, elle sentit son corps rassasié quelques secondes plus tôt répondre en réclamant davantage.

Il lui saisit les jambes et se coula en elle.

Jamais elle ne s'était sentie aussi remplie, aussi complète. C'était comme si son corps avait attendu cela toute sa vie. Et lorsqu'il commença à bouger, elle ne put s'empêcher de gémir de plaisir à chaque assaut.

Ils atteignirent ensemble le summum de la volupté, et elle se força à ouvrir les yeux pour voir son visage tandis que l'orgasme ébranlait leurs corps.

Avec sa tête rejetée en arrière, ses cheveux sombres auréolant son visage, sa bouche ouverte qui appelait les baisers en un feulement silencieux, Ian était le plus bel homme qu'elle ait jamais vu de sa vie.

Elle laissa ses paupières se fermer sur cette image et se détendit dans la langueur d'après l'amour.

Ian tendit la main et chercha à tâtons son téléphone qui sonnait. Il ne rencontra que de l'air.

Sa table de chevet avait-elle changé de place ?

Se retournant pour atteindre l'autre côté du lit, il sentit un corps doux et chaud à côté de lui, et il sut tout de suite que ce n'était pas son chat Church, qui avait pris l'habitude dernièrement de venir dormir avec lui.

Il ouvrit les yeux et s'éveilla pour de bon, fixant un regard d'un brun sombre.

— Ce n'est pas le mien... Ce doit être le tien, dit-elle comme le portable se remettait à sonner.

Il sortit du lit et se mit en quête du jean qu'il avait revêtu pour travailler au char la veille au soir. Le moment où ils étaient à l'entrepôt semblait remonter à une éternité. Il regarda le téléphone en le tirant de sa poche et constata qu'il était 5 heures du matin.

Le portable se remit à sonner une troisième fois, et l'écran indiqua qu'il s'agissait de Jeff, le père de Micah.

— Allô ! répondit-il.

Il écouta Jeff s'excuser d'appeler si tôt et expliquer la raison de son appel.

Le bébé, que l'on avait récemment commencé à alimenter par la bouche, avait été malade la veille au soir et avait vomi plusieurs fois au cours de la nuit. Le médecin de garde avait été appelé et avait ordonné que l'on change le traitement de Micah, mais Jeff espérait que Ian viendrait voir son fils le plus tôt possible.

Celui-ci lui assura qu'il serait là dans une demi-heure et raccrocha.

— Qu'est-ce qui ne va pas ? demanda Frannie en s'asseyant dans le lit.

— C'était Jeff. Micah a été malade pendant la nuit. Il s'inquiète de la possibilité que le patch utilisé pour réparer la hernie du bébé se détache, répondit Ian en enfilant ses vêtements.

— Est-ce que cela pourrait arriver ?

— C'est peu probable. Mais il y a parfois des défauts parmi les patchs dont nous disposons, aussi vais-je aller voir Micah maintenant et m'assurer qu'il n'y a pas de problèmes.

— Je vais me préparer et te retrouver là-bas. Je désire voir Mia et Jeff. Apparemment, ils ont eu une nuit difficile.

Ian alla jusqu'à son côté du lit et l'embrassa.

Il avait tant de choses à lui dire, à lui montrer ! Mais cela devrait attendre qu'ils aient plus de temps.

— À plus tard, alors, dit-il avant de sortir de la chambre.

Ian accompagna les infirmières pédiatriques qui ramenaient Micah dans sa chambre.

On lui avait replacé le tube gastrique nasal avant de l'emmener passer une IRM, et le pauvre petit avait dû être mis sous sédatif. La bonne nouvelle, c'était qu'il n'y avait aucun signe de défaut du patch ou d'autres complications. Le médecin de garde avait pris la bonne décision en augmentant certains des médicaments, et jusqu'à présent tous les examens du bébé étaient bons.

Il laissa le personnel remettre Micah dans son berceau et se dirigea vers la salle réservée aux visiteurs où Mia et Jeff attendaient.

Il les vit assis dans un petit renfoncement, Frannie à côté d'eux. Il s'arrêta sur le seuil et observa les deux parents soucieux. Il nota comment Jeff avait passé un bras autour de Mia, et comment elle s'appuyait sur lui comme s'il était tout ce qui la faisait tenir debout.

Leur couple avait essuyé de rudes coups dans sa vie commune, mais ils semblaient tenir bon ensemble.

Cette idée « d'ensemble » lui fit marquer une pause. Il ne put s'empêcher de se remémorer les fois où, juste après la mort de Brian, il avait tendu la main vers Lydia, souhaitant la réconforter et trouver lui-même du réconfort dans ses bras. Mais elle s'était toujours écartée. Il s'était senti plus solitaire dans la maison qu'ils partageaient qu'il ne se sentait maintenant alors qu'il vivait seul.

Qu'est-ce qu'il y avait eu en lui pour dresser à ce point sa femme contre lui après la perte de leur fils ?

Il en avait beaucoup fait porter la faute à leur conseillère conjugale, mais, pour être honnête, ils ne seraient pas allés la voir si les choses ne s'étaient pas déjà détériorées entre eux. Il n'avait absolument rien vu venir quand Lydia avait commencé à l'attaquer, l'accusant avec virulence de négliger sa famille, son fils, en faveur de l'hôpital. Elle avait même suggéré qu'il avait une liaison avec une autre – allégation si absurde qu'il ne s'était même pas soucié d'y répondre.

Oui, il passait de longues heures au travail – quel chirurgien ne le faisait pas —, mais il n'y avait rien de vrai dans ses autres accusations.

Il était resté avec elle, essayant d'obtenir qu'elle lui parle, qu'elle lui explique ce qu'il avait fait pour qu'elle soit aussi agressive avec lui, jusqu'à ce qu'un soir elle devienne violente et le frappe. Alors il avait appelé ses beaux-parents, et le lendemain ils étaient venus la chercher. Il n'avait plus eu de nouvelles d'elle – pas même lorsqu'il avait engagé la procédure de divorce. Pas jusqu'à ce que cette lettre arrive à l'hôpital. Après tout ce temps, que pouvait-elle bien avoir à lui dire ?

Il regarda du côté de Frannie, qui avait dit quelque chose qui faisait rire les deux autres. À ce moment, elle leva les yeux et lui sourit. Ce sourire le réchauffa, faisant disparaître le froid impénétrable qui l'entourait lorsqu'il se rappelait ces moments si pénibles avec son ex-femme.

À quoi sa vie aurait-elle ressemblé s'il avait rencontré Frannie avant Lydia ? Et si Frannie et lui s'étaient mariés et avaient perdu leur enfant ? Auraient-ils été capables de tenir le coup ensemble comme Jeff et Mia ou aurait-il d'une manière ou d'une autre gâché son mariage avec elle aussi ?

Comment pourrait-il le savoir alors qu'il ignorait toujours ce qu'il avait fait de travers ? Peut-être lui manquait-il ce qu'il fallait pour qu'une femme l'aime comme Mia aimait Jeff ?

La conseillère conjugale lui avait reproché de garder pour lui ses sentiments concernant la mort de Brian, mais avec qui aurait-il été censé les partager ? Sa femme qui se crispait dès qu'il s'approchait, ou cette conseillère qui posait plus de questions durant leurs séances d'une demi-heure qu'on ne lui en avait posé pendant toutes ses études ?

Il se força à afficher un sourire confiant pour les parents de son petit patient, même si l'inadéquation qui l'habitait depuis la mort de son fils lui pesait lourdement.

Mia et Jeff se précipitèrent vers lui, et Frannie suivit.

— Est-ce que Micah va bien ? demanda Jeff.

— Oui. Il n'y a aucun signe que le patch de la hernie ait bougé, et tous ses examens de laboratoire sont bons. Nous sommes peut-être allés un peu trop vite pour le nourrir oralement, alors nous allons attendre quelques jours avant d'essayer de nouveau.

Les deux parents les remercièrent puis retournèrent dans la chambre du bébé.

— Ils me disaient qu'ils ne voulaient pas être de ces parents qui appellent le médecin pour la moindre chose, lui dit Frannie.

— Ils ont bien fait d'appeler. Pour l'instant, je souhaite qu'ils m'appellent pour tout ce qui les tracasse, répondit-il tandis qu'ils regagnaient le vestibule.

— Je le leur ferai savoir. Ils se sentiront mieux. Ils ont beaucoup supporté ces deux derniers mois, mais je pense qu'ils vont aller bien. Il semble que leur mariage soit solide.

Ils entrèrent ensemble dans l'ascenseur, et il se rapprocha d'elle dès que les portes se refermèrent.

— À propos de la nuit dernière..., commença-t-il. Nous devons parler de certaines choses.

— « Certaines choses », docteur Spencer ? rétorqua Frannie en levant un sourcil, l'interrogeant et flirtant en même temps. Desquelles voulez-vous parler ? De celles qui se sont passées dans la voiture ? Dans l'entrée ? Au lit ?

L'ascenseur s'arrêta, et un groupe de personnes monta avec eux, mettant fin à la conversation.

Il savait à quoi cette conversation aurait conduit s'ils n'avaient pas été interrompus. Mais pour le moment il n'était pas très sûr de la direction à prendre – même si, après la nuit passée, il ne pensait pas que son corps lui laisse le choix.

Non, ce n'était pas exact. Il avait conscience que ses sentiments pour Frannie étaient plus forts qu'une simple attirance physique. Mais elle méritait quelqu'un qui soit honnête avec elle. Quelqu'un capable de partager ces sentiments que, d'après la conseillère conjugale, il gardait trop pour lui. En tout cas pas quelqu'un qui n'en finissait pas de s'extirper d'un trou noir plein de culpabilité.

Ils sortirent de l'ascenseur et partirent dans des directions opposées pour rejoindre leur bureau.

À la façon dont Frannie se retourna pour le regarder, il comprit qu'elle avait envie de dire quelque chose. Voyait-elle clair en lui ? Percevait-elle ses doutes, ses hésitations ?

Pour le meilleur ou pour le pire, Frannie était psychiatre, et il n'avait aucun moyen de lui cacher la douleur qui l'avait endommagé.

11

Ian quitta la salle d'opération empli de plus d'énergie qu'il n'en avait eue depuis longtemps.

Il devait retrouver Frannie au cabinet de l'obstétricien et était impatient d'entendre pour la première fois le cœur de leur bébé. Il avait attendu ça toute la semaine.

La semaine précédente, Frannie et lui avaient passé Thanksgiving ensemble et annoncé la grossesse à son père. Tous deux avaient été surpris de voir celui-ci prendre la nouvelle aussi bien, même s'il avait posé beaucoup de questions sur leurs futurs plans pour élever le bébé. Frannie s'était débrouillée pour répondre à tout ce qu'il demandait, et Ian s'était assuré qu'il n'ait pas le moindre doute sur son implication.

Il avait été si occupé en salle d'op qu'il avait consulté tardivement son programme de chirurgie. Il consulta l'écran de son téléphone pour voir ses rendez-vous de la journée, et la date lui sauta au visage.

Il lutta contre l'envie de jeter son portable.

Comment avait-il pu oublier ? C'était le jour qui lui creusait chaque année un trou dans le cœur. L'anniversaire de la journée qui avait détruit tout ce qu'il avait planifié pour sa famille.

Il fit machinalement les gestes qu'il devait faire, monta dans sa voiture et sortit du parking. Il conduisit à travers les rues en pilotage automatique et arriva chez lui sans même se souvenir du trajet.

Sa petite maison était sombre lorsqu'il y entra.

Son esprit retourna à une autre époque, un autre endroit, lorsqu'il avait de la même manière pénétré dans une maison obscure. Une maison si silencieuse ce soir-là, et rafraîchie par la froideur de cette nuit d'automne à Atlanta. Il se souvenait d'avoir remonté le thermostat, étonné que Lydia ne l'ait pas fait en rentrant avec leur fils après la fin de son service aux urgences.

Il était allé tout droit dans la chambre de Brian, comme il le faisait chaque soir quand il n'avait pas été là pour le coucher pour la nuit. Il passait des heures à regarder dormir son petit bonhomme, assis dans un fauteuil, écoutant sa douce respiration, les petits cris qu'il poussait dans son sommeil, les bruits de ses mouvements et de ses petits doigts qui grattaient le matelas.

Mais ce soir-là, aucun son n'était monté du berceau, pas de douce respiration, pas de bruit de mouvements... Aucun signe de vie.

Frannie était allongée sur la couchette dans le cabinet de l'obstétricien tandis que le technicien passait le lecteur à ultrasons sur son ventre. D'étranges chuintements lui parvenaient. Elle savait maintenant que c'était le sang fourni à son placenta. Le technicien bougea de nouveau le lecteur, appuyant sur son ventre, et elle entendit un nouveau son, rapide et fort, qui lui indiqua que le bébé allait bien.

Elle avait espéré partager cela avec Ian, mais il n'était pas venu au rendez-vous. Elle était déçue, mais elle savait qu'il avait opéré et qu'il avait pu être retenu.

Après une rapide visite avec le médecin, elle quitta le cabinet munie de deux échographies. Elle appela le portable de Ian, mais il était sur répondeur.

Elle s'arrêta à l'hôpital afin de lui donner son cliché et fut surprise de voir que sa voiture n'était pas au parking.

S'il n'était pas à l'hôpital, pourquoi n'était-il pas venu au rendez-vous ? Où était-il ?

Ian ne savait plus depuis combien de temps il était planté là, debout dans l'obscurité à revivre le même vieux cauchemar, quand il entendit un frôlement derrière lui.

— Ian ? appela une voix féminine.

Il se retourna, surpris de voir Frannie sur le seuil de sa maison. N'avait-il pas fermé la porte quand il était entré ?

— La porte était ouverte, dit-elle, comme si cela expliquait pourquoi elle était là, chez lui.

— Que fais-tu ici, Frannie ? demanda-t-il, conscient de sa voix rauque.

Il s'éclaircit la gorge.

Il aurait voulu vérifier son visage, ses yeux, pour s'assurer qu'on n'y voyait aucun signe des émotions qui le dévoraient, mais il savait que le regard exercé de Frannie ne laisserait rien passer.

Pourquoi se faisait-il subir cela chaque année ? Quand s'arrêterait la douleur ? Il savait que la réponse était « jamais », que cette souffrance le tenait étroitement dans son emprise. Alors, comment pourrait-il un jour aller de l'avant dans sa vie ?

Il sentit la main menue de Frannie prendre la sienne.

— Asseyons-nous, dit-elle, en le tirant jusqu'à la chaise qui se trouvait là.

Pourquoi accepta-t-il, il n'en savait rien, mais en cet instant il n'avait pas envie d'être seul. En fait, il avait été seul les trois dernières années, et il ne pensait pas pouvoir endurer un autre soir de solitude.

Baissant les yeux, il vit Frannie assise en tailleur par terre, le dos contre le mur qui séparait la cuisine de la salle de séjour.

Elle ne posait pas de questions, n'essayait pas de lui soutirer des informations. Simplement, elle attendait.

Dès l'instant où il l'avait rencontrée, avec ses yeux intelligents derrière ses lunettes austères, il avait craint qu'elle ne voie à travers les murs dont il se protégeait et ne devine qu'il était brisé. Mais il avait découvert une femme honnête, soucieuse des autres, qui voulait aider les gens et non les juger comme la conseillère conjugale que Lydia et lui avaient consultée.

— Il faut que j'achète un canapé... Tiens, prends la chaise, dit-il en se levant.

— Je suis bien comme ça. Tu peux t'asseoir à côté de moi si tu veux, dit-elle en tapotant de la main le sol poussiéreux.

Frannie fut surprise quand Ian s'assit près d'elle. Elle avait pensé qu'il regimberait à sa suggestion, mais elle aurait dû savoir que, en gentleman qu'il était, il ne resterait pas assis sur une chaise alors qu'elle était assise par terre.

Elle se rapprocha un peu de lui, s'efforçant de ne pas paraître trop insistante.

Lorsqu'elle avait trouvé la porte grande ouverte à son arrivée, elle avait su tout de suite que quelque chose n'allait pas, mais elle ne s'était pas attendue à découvrir Ian debout dans le noir, tout seul. Elle ignorait s'il lui parlerait de ce qu'il se passait, mais, à son regard perdu, elle savait qu'il avait besoin de se confier. Et même s'il n'était pas prêt à parler, son instinct lui soufflait qu'elle ne devait pas le laisser seul.

Se rappelant ses épaules affaissées et l'expression tourmentée de ses yeux lorsqu'elle était entrée, elle ne put s'empêcher de lui prendre la main. Quand les doigts de Ian se resserrèrent sur les siens, elle lâcha le souffle qu'elle retenait, soulagée. Si c'était la seule façon dont elle pouvait l'aider à traverser ce qui le torturait, elle resterait volontiers assise là toute la nuit.

D'une certaine manière, au fil des dernières semaines, ils avaient forgé lui et elle une amitié qui était encore neuve et fragile. Elle resterait assise à côté de lui. S'il voulait parler, elle l'écouterait. Sinon, au moins ne serait-il pas seul pendant qu'il bataillait avec ce qu'il endurait, quoi que ce soit.

Il leva leurs mains nouées et parut les étudier, doigts mêlés, paumes serrées l'une contre l'autre.

— Tu sais, la conseillère que j'ai consultée auparavant n'a jamais offert de me prendre la main, dit-il.

Elle lui pressa la main avant de parler.

— Je ne suis pas ici comme ta thérapeute. Je suis ici comme ton amie.

— Ça fait quand même bizarre…

Elle voulut retirer sa main mais le sentit resserrer son emprise.

— Je veux dire, de te parler en sachant que tu es psychiatre. C'est la raison pour laquelle j'ai gardé mes distances avec toi au début. Je ne voulais pas que tu voies cette part de moi. J'avais peur que si je te livrais quelque chose, si peu que ce soit, tu mesures à quel point je suis perturbé.

— Tu n'es pas obligé de parler.

Ses propres sentiments pour cet homme l'emplissaient de confusion, mais elle comprenait ce qu'il essayait d'exprimer. Ses instincts cliniques lui soufflaient de l'amener à éclaircir les choses avec elle, mais en tant qu'amie elle voulait juste lui faire savoir qu'elle était là pour lui.

Et puis, il y avait ses hormones, qui avaient grimpé dangereusement en sentant sa main rêche sur la sienne, et la proximité de son corps tandis qu'ils étaient assis épaule contre épaule. C'était ce qu'elle ressentait chaque fois qu'ils étaient proches l'un de l'autre. Le ressenti qui avait conduit à la conception du bébé qu'elle portait maintenant.

Elle secoua légèrement la tête.

Ce soir, il ne s'agissait pas d'elle ou de leur bébé, du moins elle ne le pensait pas.

— Est-ce que cela t'ennuie si je le fais ? Parler, je veux dire ? demanda-t-il.

Elle n'était pas habituée à ce côté craintif chez lui. Il y avait quelque chose de douloureux et de profondément enraciné en lui qui le rendait sans défense – presque comme un chien qui a été battu et qui réclame de nouveau une tape sur la tête, même s'il sait qu'il s'offre à plus de réprimandes.

Était-ce l'effet que ces consultations auprès d'une psychologue avaient produit sur lui ? Lui donner peur de parler de ses sentiments ? Était-ce pour cela qu'il gardait tout son chagrin enfermé en lui ?

— Bien sûr que non. Je suis ton amie, Ian. Je suis là pour toi. Tu peux m'en dire autant ou aussi peu que tu le désires. Je ne suis pas ici pour te juger ni pour te conseiller. Je ne t'offre que mon amitié.

Elle avait envie de lui poser des questions mais savait qu'elle ne le devait pas. Ian lui dirait ce qu'il souhaitait quand il le déciderait. Elle devrait se montrer patiente. Son côté clinique voulait prendre les devants, mais elle le combattrait. Elle n'était pas ici en tant que soignante. Elle était ici comme le serait n'importe quelle amie, prête à écouter et à aider de toutes les manières qu'elle pouvait.

Elle sentit les épaules de Ian se détendre, comme s'il attendait depuis longtemps cette occasion.

— Aujourd'hui, c'est le troisième anniversaire de la mort de Brian, commença-t-il.

Sa voix était devenue atone, sans l'émotion qu'elle y avait entendue plus tôt.

— Je suis désolée, Ian.

Elle lui pressa de nouveau la main, pour lui faire savoir qu'il n'était pas seul en ce jour qui devait rappeler de si terribles souvenirs.

Il baissa les yeux sur leurs mains jointes.

— J'avais oublié quel jour on était jusqu'à ce que je regarde mon calendrier après t'avoir appelée. Comment ai-je pu oublier ? Quelle sorte de père cela fait-il de moi ?

Il détourna son visage comme s'il craignait ce qu'elle pourrait voir dans ses yeux.

Pensait-il qu'elle le jugerait de poursuivre sa vie ? La seule personne qui le jugeait, c'était lui-même.

— Quelle sorte de père cela fait-il de moi pour notre futur enfant ? reprit-il. Je n'ai pas été là pour mon fils – pourquoi crois-tu que je serai là pour ce bébé à venir ?

— Ian, tu es un homme généreux et attentionné. Tu feras un père merveilleux, dit-elle lentement. C'est normal d'avoir du chagrin, surtout certains jours comme celui-ci. Moi, j'avais coutume de redouter l'anniversaire de ma mère. Je ne peux pas dire que je ne pense pas toujours à elle, ou que je ne me sente pas blessée qu'elle soit partie en me laissant, mais maintenant, quand je l'évoque, mon esprit me ramène aux bons souvenirs que j'ai d'elle.

— Je l'ai eu pendant si peu de temps, dit Ian. Nous n'avons pas eu l'occasion de fabriquer beaucoup de souvenirs.

Elle aurait parié qu'il possédait plus de souvenirs qu'il n'en avait conscience. Elle pourrait peut-être l'aider à les retrouver en parlant un peu de son deuil à elle ?

— Chaque Mardi gras, dit-elle rêveusement, ma mère s'habillait pour le grand bal qui suivait le défilé et me laissait l'aider à choisir ses bijoux. Elle me laissait même l'aider à se maquiller. J'adorais ces moments. Puis, lorsqu'elle rentrait à la maison, elle venait dans ma chambre et me racontait tout ce qu'elle avait vu. Je ne pouvais attendre d'être assez grande pour aller à un bal moi-même. Tels sont mes souvenirs, maintenant : les bons souvenirs qui me rappellent que même si elle m'a laissée, ma mère m'aimait toujours.

Ian hocha la tête et reprit au bout d'un instant.

— Je me suis souvent demandé quel genre de parent j'aurais été pour Brian. Mon ex-femme disait que je le gâtais trop en le prenant autant dans mes bras, en particulier le soir au moment de se coucher, mais je n'étais pas d'accord avec elle. Comment peut-on trop gâter un bébé en passant du temps avec lui ?

— Il a été prouvé que créer un lien avec un enfant est plus important que de s'inquiéter de trop le gâter – surtout quand il est petit. Si tenir un enfant dans ses bras est le gâter, alors notre enfant *sera* trop gâté. La chose la plus importante que nous puissions faire pour lui est de l'assurer qu'il est aimé.

— C'est ce que je disais. C'était *notre* temps ensemble. J'accusais ma femme d'être jalouse. Ce n'était sans doute pas la chose la plus gentille à dire, quand j'y repense. Mais c'est un de ces soirs, alors que j'étais assis dans sa chambre à le tenir en lui parlant de toutes les choses que je voulais lui montrer dans le monde, qu'il m'a regardé bien en face et m'a fait cadeau du plus grand sourire édenté qu'on n'ait jamais vu. C'était magnifique… Bien sûr, Lydia a prétendu que ce n'était qu'une grimace, mais ce n'en était pas une. À dater de ce jour-là, il m'a souri chaque soir où j'étais là pour le mettre au lit. Je sais qu'il ne comprenait rien à ce que je lui disais, mais il semblait adorer m'entendre parler.

— Il savait que tu l'aimais. C'était ce qu'il entendait dans ta voix. Ton amour pour lui, chuchota Frannie.

Elle regarda Ian et le vit esquisser un petit sourire.

— Je ne sais pas si je peux y arriver, Frannie, reprit-il. Je veux aller de l'avant, avoir un avenir avec notre enfant et toi, mais le passé ne cesse de me tirer en arrière…

Il se leva et alla jusqu'à l'étagère où était posée la photo de son fils. Quand il lui fit face, elle vit la douleur dans ses yeux.

— Sais-tu où j'étais quand mon fils est mort ? Je prenais soin de l'enfant de quelqu'un d'autre aux urgences. Mon service était terminé, mais j'étais resté pour aider. Mon ex-femme a dit beaucoup de choses fausses ensuite, mais l'une d'elles était vraie : J'aurais dû être à la maison ce soir-là. Je vivrai avec cette culpabilité le reste de mes jours. Après ça, comment repartir prendre le risque qu'un autre enfant dépende de moi ? Je ne veux pas te blesser, mais j'ignore si je peux être l'homme dont tu as besoin – celui que tu mérites.

Comment pouvait-elle l'aider ?

Il fallait qu'il renonce de lui-même à sa culpabilité pour qu'il y ait une chance d'avenir pour eux. Le forcer à aller de l'avant maintenant ne causerait que plus de souffrance pour eux deux. Il fallait qu'il soit capable de voir qu'ils pouvaient se frayer ensemble un chemin dans la vie. Tant qu'il ne reprendrait pas confiance en lui-même, elle ne pourrait rien faire. Il n'était pas prêt pour autre chose que de l'amitié, et elle devait l'accepter.

Cela lui ferait mal de ne pas aller plus loin avec lui et de taire ce qu'elle éprouvait à son égard, mais mieux valait ne pas lui infliger la pression de sentir qu'elle souhaitait davantage.

Elle se leva et alla se placer près de lui.

— Pas de problème, Ian.

Elle posa un léger baiser sur ses lèvres et s'en alla, refermant la porte derrière elle.

12

Ian arriva un peu en retard à l'entrepôt et aperçut tout de suite Frannie. Elle était assise avec un groupe de femmes qui trempaient les bandes de papier mâché qu'elles avaient préparées la semaine précédente et les plaquaient sur les côtés du char.

Les choses étaient tendues entre eux depuis le soir où elle était venue chez lui. Il se disait que c'était pour le mieux, mais cela ne le faisait pas se sentir plus à l'aise concernant la situation. Ils étaient devenus trop proches, et il l'avait blessée, exactement comme il avait craint de le faire. Il savait qu'elle méritait quelqu'un qui pouvait se donner entièrement à elle, ce qui n'était pas son cas.

Quelques-uns des bénévoles avec qui il avait travaillé auparavant essayaient de soulever un grand carré de polystyrène par-dessus le bord extérieur du char.

Il décida d'aller leur donner un coup de main.

Il grimpa sur le char pour aider les trois hommes d'un certain âge qui s'efforçaient de faire passer la plaque de l'autre côté. Ils se séparèrent, saisirent chacun un coin et la hissèrent pour la placer au milieu du char.

— C'était le plus facile, dit l'un d'eux. Il faut maintenant que nous montions le coffre noir en métal qui contient les haut-parleurs et l'éclairage. Il est bien plus lourd que ce morceau de mousse.

Ian repéra le coffre dont parlait l'homme. Carré, ne mesurant pas plus de soixante centimètres de large, il ne paraissait pas peser si lourd. Mais à voir la façon dont les hommes au sol avaient des problèmes pour le bouger, il en conclut que sa taille était trompeuse.

Après deux ou trois essais infructueux pour le soulever et le hisser le long de l'échelle jusqu'au char, ils décidèrent de fixer une barre dans le côté du char pour servir de levier et de le monter à l'aide d'une corde.

En effet, le coffre s'éleva lentement, avec les deux hommes en bas tirant sur la corde. Mais soudain, le contenant métallique commença à glisser de la corde. Les hommes au sol essayèrent de le faire redescendre, mais la corde s'était déjà trop déplacée.

Ian entendit un bruit de chute, un choc et un cri aigu, et regagna rapidement l'échelle. Il poussa des gens sur le côté afin de voir si quelqu'un avait besoin de secours médicaux.

Le groupe se fendit devant lui, et il vit un des médecins locaux penché sur une petite silhouette.

Il reconnut d'abord le pantalon, puis le haut imprimé. Son cœur cogna contre ses côtes tandis qu'il se précipitait et découvrait Frannie inconsciente, le coffre noir reposant sur son côté gauche et son bras. Deux des bénévoles écartèrent le coffre avec précaution, et il vit immédiatement à la position de son bras qu'il était cassé.

— J'ai appelé une ambulance, dit le Pr Guidry en se penchant sur Frannie. Quelles sont ses blessures ?

Ian se pencha aussi sur elle et commença à ausculter son corps du haut vers le bas. Il lui parla, expliquant tout ce qu'il faisait, même si elle ne l'entendait pas.

Hormis son bras gauche, il ne décela pas d'autre blessure externe, mais il était inquiet de la possibilité d'un écrasement et ne comprenait pas pourquoi elle avait perdu connaissance. Il ne voulait pas bouger son cou avant que l'ambulance n'arrive avec une minerve, mais il désirait voir si elle était blessée à la tête.

Il baissa les yeux sur le bas de son ventre. Le coffre était venu lui heurter le côté gauche, et il se faisait du souci pour le bébé.

Il assista les ambulanciers lorsqu'ils arrivèrent, la retournant avec soin quand ils lui eurent mis une minerve, et examina l'arrière de sa tête. Il trouva une grosse bosse.

Il devrait informer les médecins de l'hôpital de sa grossesse avant qu'ils n'ordonnent des scanners qui pourraient être dangereux pour le bébé. Ce n'était pas la façon dont ils avaient souhaité annoncer la chose, mais c'était nécessaire.

Il appela l'hôpital et indiqua aux médecins urgentistes qu'ils étaient en route, décrivant ensuite les blessures qu'il avait constatées et précisant que Frannie était enceinte. Il demanda aussi que quelqu'un de l'hôpital prévienne son père de l'accident.

Il entendit un gémissement monter de la civière tandis qu'on la sortait de l'ambulance et il se rua à son côté.

— Frannie, est-ce que tu m'entends ?

Alors qu'ils plaçaient la civière sur la table d'examen, elle gémit de nouveau. Il vit ses yeux s'ouvrir en papillonnant, puis se refermer, puis s'ouvrir pour de bon. Il l'observa pendant qu'elle regardait autour d'elle. La confusion qui se lisait sur son visage fit place à de la panique. Elle essaya de se redresser, mais il la fit se rallonger pendant que des infirmiers commençaient à la relier à des moniteurs pour vérifier ses constantes vitales.

— Tout va bien, dit-il en prenant sa main valide. Tu as été heurtée par un coffre pesant, mais ça va aller.

Il la vit se détendre sur la table, puis tenter de se relever de nouveau quand le radiologue mit son bras en position.

— Ne bougez pas, une infirmière est allée vous chercher des antalgiques, dit-il.

— Non, ce n'est pas bon pour mon bébé, protesta-t-elle.

Elle lui agrippa la main pour s'efforcer de s'asseoir.

— Et les rayons X, ce n'est pas bon non plus.

— Nous n'allons rien faire qui pourrait causer du mal au bébé, Frannie, lui assura le médecin urgentiste. Je ne pense pas que nous ayons besoin d'injecter quoi que ce soit pour l'instant. Je vais me servir d'ultrasons pour vérifier qu'il n'y a pas de blessures internes, et nous limiterons les scanners à votre tête.

Elle se tourna vers Ian.

— Ne les laisse pas faire quoi que ce soit qui puisse nuire au bébé. Promets-le-moi, Ian !

— Je te le promets, assura-t-il. Mais tu as perdu connaissance, alors ils doivent examiner ton crâne, Frannie, tu le sais bien.

Il aurait voulu lui dire qu'elle devrait sans doute aller en chirurgie pour qu'un chirurgien orthopédiste remette son bras d'aplomb, mais il se retint. Il ne fallait pas la surcharger d'informations.

Pendant ce temps, l'amie de Frannie, Lacey, avait placé une intraveineuse dans le bras de Frannie et prélevé une seringue de sang sans même que celle-ci s'en rende compte.

Le médecin urgentiste roula une petite machine à ultrasons jusqu'à la table, puis se mit à passer le détecteur sur son ventre.

— Le plus gros du poids semble être tombé sur son bras, lui dit Ian. Toutefois, je suis inquiet pour son côté gauche.

Il essaya de voir l'écran pendant que le médecin poursuivait son examen.

— Je ne vois aucun signe d'hémorragie, le pancréas paraît bien. Ne bougez pas...

Le médecin fit descendre le détecteur plus bas.

— Est-ce que ça vous fait mal là où j'appuie ?

— Non, répondit Frannie. Le bébé va bien ?

Ian retint son souffle et lui pressa la main.

Elle serait dévastée si quelque chose était arrivé à leur enfant. Et lui ? Que ressentirait-il ?

Il avait eu de bonnes réactions concernant cette grossesse, mais une part de lui craignait toujours de s'en réjouir, craignait d'engager de nouveau son cœur dans une telle aventure. Il avait lutté contre ce qu'il éprouvait pour Frannie et le bébé. Il s'était montré lâche, redoutant de tout perdre une nouvelle fois, et au lieu d'accueillir la mère et l'enfant dans son cœur, il avait essayé de se protéger en les en écartant.

Le médecin urgentiste monta le volume de l'appareil à

ultrasons, et pour la première fois il entendit les battements de cœur rapides de leur bébé.

Leur bébé ! Leur fils ou leur fille !

— C'est le bébé ? demanda Frannie. C'est notre bébé, Ian !

Lacey lui expliqua qu'on allait l'emmener au scanner, et de nouveau elle entreprit de la rassurer : le bébé ne risquait rien, ils n'examineraient que sa tête.

Ian voulut suivre le mouvement, mais il découvrit que ses pieds étaient incapables de bouger : l'adrénaline qui l'avait boosté jusqu'à présent s'était tarie.

Il alla jusqu'au tabouret le plus proche et s'y laissa choir.

Frannie s'éveilla dans une tranquille petite chambre d'hôpital alors que le soleil commençait juste à se lever. Elle se remémora des fragments de la nuit passée.

Le médecin urgentiste lui disant que le bébé allait bien. Lacey la poussant jusqu'au scanner. Puis, plus tard, l'un des médecins orthopédistes de l'hôpital venant lui expliquer qu'il devait l'emmener en salle d'opération pour fixer son radius et son cubitus avec des vis.

Ensuite, les choses devenaient un peu vagues, même si elle se souvenait de s'être réveillée une fois pour trouver Ian à son chevet, et une autre fois son père.

La porte de la chambre s'ouvrit et ce dernier entra.

— Bonjour, papa, dit-elle.

Sa voix ressemblait à un croassement. Elle savait que cela venait de l'intubation qu'ils avaient dû pratiquer pendant qu'elle était opérée.

Son père tendit la main, prit le verre d'eau posé sur la table de chevet et le lui offrit.

— Comment te sens-tu ? demanda-t-il.

— Je me sens comme si quelqu'un m'avait frappée avec un coffre en métal, répondit-elle, et elle grogna en bougeant son bras gauche. Mais ça va aller.

— Je vais demander à l'infirmière de te donner quelque chose contre la douleur, dit-il.

Il se tourna vers la porte, puis lui refit face.

— Je t'aime, Junior. Maintenant, tu te conduis bien avec les infirmières, d'accord ?

Son père ne l'avait pas appelée Junior depuis des années, et entendre son vieux surnom d'enfance dans sa bouche lui mit les larmes aux yeux.

— Je suis désolée de t'avoir déçu, papa, dit-elle.

Elle n'aurait su dire si c'étaient les médicaments ou les hormones qui la rendaient aussi larmoyante.

— Tu ne m'as pas déçu, déclara son père.

— Essaies-tu de me dire que tu n'as pas été déçu que je ne sois pas devenue chirurgienne ?

— Non, je reconnais que j'ai été déçu, et je crois que si les choses avaient été différentes, tu aurais été un grand chirurgien.

— Mais je n'ai jamais voulu être chirurgienne, même avant de m'évanouir en salle d'opération.

— À huit ans, tu voulais être ballerine. À neuf, tu voulais conduire des tramways en ville. À dix, tu as décidé que tu voulais être journaliste et parcourir le monde.

— Puis j'ai grandi, et j'ai décidé de devenir psychiatre.

— Et au lieu de te soutenir, j'ai essayé de te faire changer d'avis. Ma seule excuse est que je suis un vieil homme têtu. Je le regrette.

Elle regarda le « vieil homme têtu » qui venait pour la première fois de s'excuser d'avoir voulu régenter sa vie.

— Pourquoi ce revirement ? demanda-t-elle.

— Un jeune médecin m'a expliqué combien j'étais chanceux d'avoir une fille aussi dévouée aux autres. Je pense que les mots qu'il a employés m'ont fait comprendre que j'avais été stupide et que, à moins de vouloir te perdre, je ferais mieux de m'excuser et de commencer à soutenir tes décisions. Il m'a ouvert les yeux sur le fait que j'étais près d'une rupture avec toi, Junior, et je ne le veux surtout pas.

Son père revint l'embrasser sur le front, puis il sortit de la chambre.

Elle essuya ses larmes et se rendormit.

Ian entra dans son bureau, ferma la porte et la verrouilla.

Il avait essayé de dormir deux ou trois heures dans la salle des médecins une fois que Frannie avait été opérée, mais il n'y était pas arrivé. Il savait qu'il aurait pu perdre à la fois Frannie et leur bébé si ce coffre avait atterri quelques centimètres plus loin. Et il savait également qu'il avait été aussi stupide que son père de ne pas lui avoir dit qu'il l'aimait.

Il avait jugé toutes les relations homme-femme d'après ce qu'il avait vécu avec Lydia au lieu de voir ce qu'il pourrait avoir avec Frannie. Il devait aller de l'avant, et la première chose qu'il avait à faire, c'était de se confronter à la lettre reçue de son ex-épouse et à ce qu'elle avait à lui dire, quoi que ce soit. C'était primordial s'il voulait avoir davantage dans sa vie, et en particulier partager plus de choses avec Frannie. S'il s'agissait d'autres accusations, insultes ou menaces, il brûlerait la lettre et continuerait à avancer.

Il s'assit à son bureau et sortit la lettre du tiroir où elle était depuis des semaines maintenant. Les bords étaient fripés à cause de toutes les fois où il l'avait repoussée parmi le bric-à-brac du fond du tiroir. Mais le prénom de son ex-femme, suivi maintenant d'un autre nom de famille, le fixait toujours depuis le dos de la simple enveloppe blanche.

Il avait entendu dire par son frère que Lydia s'était remariée. Celui-ci avait pensé atténuer le choc en le lui apprenant en personne. Mais Ian n'avait rien ressenti à cette nouvelle. Tout ce qu'il avait éprouvé pour son ancienne petite amie du lycée était mort le jour où elle l'avait frappé. Ce soir-là, elle avait tranché les derniers liens qu'ils avaient. Voir la haine dans ses yeux tandis qu'elle s'en prenait à lui avait été plus que ce que son amour pour elle pouvait supporter.

Avec un gros soupir, il ouvrit l'enveloppe et en sortit la lettre d'une page, écrite à la main.

Il fut stupéfié par les premiers mots, puis il sentit le monde vaciller autour de lui tandis qu'il lisait les excuses de son ex-femme. Elle continuait en disant que, en réalité, c'était elle qui aurait dû porter le blâme de la mort de leur fils, mais qu'elle l'avait dénié pendant des années. Elle avait suivi des sessions de deuil, était retournée voir un psychologue et avait découvert que le fait de l'accuser avait été un réflexe d'autodéfense pour se protéger elle-même.

Elle relatait ce qu'elle avait fait le soir où Brian était mort, lui disant combien elle avait été fatiguée après son service. Elle avait nourri et changé le bébé, mais il était agité. Elle avait relié cette agitation au fait que Ian n'était pas là pour le mettre au lit, et elle l'avait couché dans son berceau. Il avait été encore plus agité, mais au lieu de le surveiller, elle était allée dormir, escomptant que Ian arriverait bientôt et le calmerait jusqu'à ce qu'il s'endorme, comme il le faisait d'habitude.

Dans le reste de la lettre, elle disait qu'elle s'était remariée et que son mari et elle voulaient fonder une famille, mais qu'elle n'arriverait pas à avancer dans sa vie tant que la culpabilité de la mort de Brian pèserait sur elle. Elle terminait en lui demandant de lui pardonner sa conduite avec lui et les problèmes qu'elle lui avait causés à l'hôpital.

Il n'aurait su dire combien de temps il resta assis à son bureau avant de sortir un bloc de papier de son tiroir et de commencer à écrire.

Si Lydia avait besoin de son pardon pour aller de l'avant dans sa vie, il n'était que trop heureux de le lui accorder. Elle devait savoir qu'il ne la blâmait pas de la mort de leur fils. La mort subite du nourrisson est une façon terrible de perdre un enfant, parce qu'il n'y a pas toujours de réponses concernant ses causes. Il avait fait des recherches approfondies après la mort de Brian, et il savait rationnellement que leur fils n'était pas mort à cause de ce qu'ils auraient fait ou pas fait.

Quand il eut fini, il glissa la lettre dans une enveloppe qu'il mit dans la poche de sa veste et se dirigea vers la chambre de Frannie.

Frannie jouait négligemment avec la nourriture posée dans son assiette quand Ian entra dans sa chambre.

Lorsqu'elle s'était réveillée, elle avait été déçue qu'il ne soit pas là, mais elle savait qu'il avait autre chose à faire à l'hôpital que de rester assis à son chevet.

Il paraissait aussi fatigué et fripé que sa tenue chirurgicale délavée, mais sa barbe d'un jour le rendait encore plus sexy.

À quoi ressemblait-elle elle-même, avec ses cheveux décoiffés et sa chemise d'hôpital ?

— J'ai vu le Dr Williams au bureau des infirmières. D'après lui, annonça-t-il, tu pourras rentrer chez toi demain dans la matinée.

— J'ai essayé de lui dire que j'étais prête à rentrer aujourd'hui, mais il n'a rien voulu entendre. Ce n'est pas comme si j'avais eu une opération importante. C'est juste un bras cassé.

Elle savait qu'elle se montrait puérile, se plaignant d'avoir à passer une autre nuit à l'hôpital sur les ordres des médecins, mais elle n'aimait pas rester couchée avec des gens qui s'occupaient d'elle. Le service ne manquait pas de patients qui avaient plus besoin de soins qu'elle.

— Il veut juste te garder en observation une nuit de plus, dit Ian. Et s'il dit demain matin que tu peux rentrer, je te raccompagnerai en voiture moi-même.

— Et Sarah ? Et mes autres patients ? Il faut que je fasse ma ronde aujourd'hui et que je les voie ! Ashley doit partir aujourd'hui en rééducation. J'ai promis à Danny de la voir avant qu'elle ne s'en aille. Et puis, j'ai ma réunion de groupe, ce soir. Ce sera la première session pour Carrie.

— Je vais te dire : si tu promets de te reposer dans la journée, je verrai si je peux obtenir la permission de t'emmener à ton cabinet ce soir.

— C'est du chantage !

— C'est à prendre ou à laisser. Et il faut que tu manges ces œufs, aussi.

— Je te le revaudrai, marmonna-t-elle.

Il vint jusqu'au lit et se pencha pour l'embrasser.

— Prends soin de toi et de notre bébé aujourd'hui, je reviendrai dans l'après-midi.

Lorsqu'il fut parti, elle ouvrit le petit sac que Lacey avait préparé pour elle, en sortit un peigne et se mit à se coiffer.

Elle se reposerait ce jour-là, mais le lendemain elle rentrerait chez elle, et ni Ian ni le Dr Williams ne pourraient l'en empêcher.

Le lendemain, Frannie se tenait devant la maison de Ian.

Ian s'était de nouveau arrangé pour la manipuler, menaçant d'appeler son père si elle n'acceptait pas de rester chez lui cette nuit-là. Ils s'étaient arrêtés à son appartement pour y prendre des vêtements et des affaires de toilette puis avaient fait une rapide halte dans un restaurant pour emporter la nourriture que Ian avait commandée.

Il lui ouvrit la porte et s'écarta pour la laisser entrer.

Elle fit un pas et eut un léger hoquet de surprise.

Les seaux de peinture et les tas de planches qui encombraient la salle de séjour avaient disparu. Elle vit un plancher de bois sombre qui brillait, et des murs peints d'une douce couleur coquille d'œuf. Les marches de l'escalier, maintenant débarrassées de tout bric-à-brac, avaient été poncées et cirées pour s'assortir au parquet du rez-de-chaussée.

En s'avançant dans la salle de séjour, elle constata que la vieille chaise avait été remplacée par un grand canapé en velours. Une petite table de bistrot et deux chaises étaient installées dans le coin salle à manger.

— C'est magnifique... Je n'arrive pas à croire que tu aies fini, dit-elle.

Elle tourna sur elle-même puis s'approcha de la cheminée pour prendre la photo encadrée de Brian posée sur le manteau.

— Il est très beau, murmura-t-elle en étudiant le bébé emporté bien trop tôt.

Est-ce que leur petit garçon ou leur petite fille ressemblerait à leur frère ? Cela poserait-il un problème à Ian de voir grandir un autre enfant qui lui rappelle ce que Brian aurait pu être s'il avait vécu ?

— C'est la dernière photo que nous avions de lui, dit-il. Je veux que nos enfants grandissent en connaissant Brian.

— « *Nos* enfants » ? releva-t-elle. Pour autant que je sache, je ne porte qu'un seul bébé. Je pense que mon médecin me l'aurait dit si j'en attendais plusieurs.

— Tu ne voudrais pas que Penelope soit une enfant unique, n'est-ce pas ?

— Nous *n'appellerons pas* cette petite Penelope ! Si c'est une fille, je pensais à Emma ou Elizabeth.

— Et pour un garçon ?

— Je ne sais pas. J'avais pensé dans ce cas te laisser choisir le nom du bébé, mais je crois que j'ai changé d'avis.

Elle replaça soigneusement le portrait de Brian sur la cheminée, puis se tourna vers lui.

— Pourquoi ce changement, Ian ? Que s'est-il passé ? demanda-t-elle.

Elle avait si peur de mal interpréter ses paroles, le regard qu'il posait sur elle en cet instant. D'y voir quelque chose qui n'existait pas réellement, quelque chose qu'il ne pouvait pas lui donner à cause de toute la souffrance qu'il avait subie en perdant son fils.

Mais il semblait différent, à présent... Apaisé.

— J'avais tort, Frannie. J'avais cette idée qu'il fallait que je puisse placer mon ancienne vie et les souvenirs de mon fils derrière moi pour être capable d'avancer, mais ce n'est pas vrai. Je ne me remettrai jamais de la perte de Brian, toutefois je peux vivre avec les souvenirs – les bons souvenirs – que j'ai de lui. Je veux partager ces souvenirs avec toi et en fabriquer de nouveaux avec notre bébé et toi.

Il prit son bras valide, la fit avancer jusqu'à la table, puis tira une chaise pour elle.

Ensuite, il se mit à genoux.

Elle essuya les larmes qui lui montaient aux yeux, ne voulant pas qu'il voie combien elle était vulnérable.

— Nous en avons déjà discuté, Ian, dit-elle. Je ne veux pas que tu m'épouses simplement parce que nous allons avoir un bébé...

Ian posa tendrement un doigt sur ses lèvres pour la faire taire.

— Je t'ai dit que je ne suis pas doué pour les relations à deux, et je ne sais pas toujours comment exprimer ce que je ressens. Je ne suis pas très bon pour parler de mes émotions, mais je sais une chose : je t'aime, Frannie Wentworth. Et que nous attendions un bébé ou pas, j'éprouverai toujours la même chose, et je voudrai toujours que tu sois ma femme.

Elle le regarda sortir une petite boîte de sa poche. Il l'ouvrit, cueillit le solitaire qu'elle contenait, et elle laissa libre cours à ses larmes lorsqu'il prit sa main gauche dans la sienne en s'assurant de ne pas lui faire mal au bras et lui passa le bijou à l'annulaire.

— Je crois que c'est le moment où tu dois me dire que tu m'aimes, que tu acceptes de m'épouser, et qu'ensuite nous vivrons heureux jusqu'à la fin de nos jours.

— Je t'aime, Ian Spencer, et j'adorerai t'épouser, répondit-elle à travers un flot de larmes. Je pense que je t'ai aimé dès la première fois où tu m'as amenée dans cette maison – le soir où nous avons conçu ce petit.

Elle posa sa main libre sur son ventre.

Ian posa une main sur la sienne, et elle perçut un frémissement intérieur.

D'une manière quelconque, leur bébé pouvait sentir leur amour, tout comme elle sentait maintenant l'amour de Ian pour elle. Ils n'étaient plus seuls ni l'un ni l'autre. Eux deux et leur enfant, ils avaient déjà bâti une famille, et pour la première fois depuis qu'elle avait perdu sa mère, elle eut le sentiment que sa vie était complète.

Ils se marièrent juste avant Noël dans la chapelle de l'hôpital. C'était censé être une petite cérémonie, mais alors que la nouvelle de leur mariage se répandait parmi le personnel et à travers lui parmi leurs patients, de plus en plus de gens arrivèrent.

Frannie avait demandé à la petite Sarah d'être son unique demoiselle d'honneur. Sarah était vêtue d'une robe rose à volants, avec un foulard assorti sur la tête, et elle rayonnait en jetant les pétales de rose devant la mariée.

Celle-ci avait choisi une robe blanche à corsage de dentelle, avec une taille haute d'où des plis fluides tombaient sur le reste de son corps. Le bébé se voyait déjà, et elle n'essayait pas de le cacher.

Alors qu'elle entrait dans la chapelle au bras de son père, elle vit les visages souriants de l'assemblée et se sentit contente d'être entourée ainsi. Certains jours, l'hôpital pouvait être un endroit sinistre, mais ce jour-là, il ne l'était pas. C'était un lieu heureux, maintenant, avec la présence de tout le personnel et des patients auxquels elle s'était attachée venus célébrer cet événement avec Ian et elle.

Ian se tenait debout près de son frère devant l'autel, si beau dans son costume sombre !

Comme ils arrivaient devant le chapelain de l'hôpital, le père de Frannie se pencha et lui murmura à l'oreille :

— Ta mère serait très fière de la femme que tu es devenue. Et je le suis aussi.

Elle le regarda et vit sur son visage l'approbation qu'elle y avait recherchée toute sa vie. Puis elle se tourna et sourit à Ian tandis que le Dr Wentworth remettait sa main à son futur époux.

Ils posèrent leurs mains jointes sur leur enfant et firent face au chapelain pour promettre de s'aimer, de se soutenir et de se respecter tant qu'ils vivraient.

Frannie se sentait le cœur plein de joie et de reconnaissance envers le destin. Ils traverseraient des périodes difficiles au cours de leur existence, comme tout le monde, mais elle savait que, à partir du moment où ils seraient ensemble, ils pourraient les surmonter.

Épilogue

Ian regardait Frannie, vêtue en super-héroïne enceinte, essayer d'organiser les enfants sur le char. On lui avait également affecté un costume de super-héros. Il avait juré qu'il ne voulait pas de place sur cet engin, mais Frannie avait expliqué qu'elle aurait besoin de lui et de son regard aux superpouvoirs pour surveiller Danny et Ashley, qu'on avait surpris en train de s'embrasser derrière le char. Faisant contre mauvaise fortune bon cœur, il considérait ceci comme un entraînement.

Ils avaient appris que leur bébé était une fille, et il savait qu'il aurait besoin de tous ses superpouvoirs pour écarter les garçons d'elle si elle ressemblait à sa magnifique mère.

— Carrie, veux-tu t'asseoir près de moi ? demanda-t-il lorsqu'il vit que l'adolescente était seule.

Au lieu d'être déguisée en héroïne, elle était habillée en manant.

Un grand homme contourna le char, criant qu'il était temps de partir, et il regarda sa femme, occupée à rappeler une fois de plus à James que les marshmallows recouverts de chocolat devaient être lancés et non mangés. Puis elle lui tendit une boîte de boulettes colorées à jeter avec les bonbons.

Sur le char, tout le monde hurla quand le tracteur qui le tirait démarra et qu'ils se dirigèrent vers St. Charles Avenue, suivant un orchestre de lycéens.

Ian tendit le bras pour prendre la main de Frannie qui se frayait un chemin jusqu'à lui. Il l'enlaça pour l'aider à garder son équilibre pendant que le char cahotait sur la route. Sachant qu'elle était plus qu'un peu encline aux accidents, il ne voulait courir aucun risque. Ils se tinrent debout, regardant par-dessus le bord du char, tandis qu'ils longeaient la rue et s'engageaient dans l'avenue historique.

Le niveau sonore tripla quand le char passa devant les spectateurs alignés le long des trottoirs. Ils continuèrent leur chemin, lançant des boulettes et des bonbons aux gens de tous âges qui les interpellaient.

— Nous pourrions l'appeler Mardi en l'honneur de Mardi gras, suggéra Ian à sa femme.

Comme ils ne s'étaient pas encore mis d'accord sur un prénom, il lui sortait toutes sortes de noms de derrière les fagots pour la taquiner.

— Non, nous *n'appellerons pas* notre enfant Mardi, rétorqua-t-elle en prenant une poignée de boulettes dans la boîte et en les lançant à l'arrière de la foule.

Enfin, la parade s'acheva, et le char revint à l'entrepôt, où une fête avait déjà commencé.

— C'est toujours triste quand la saison du carnaval se termine, dit Frannie. Et il se passera au moins six mois avant qu'on attaque le char de l'année prochaine. Qu'est-ce qu'on fera d'ici là ?

— Oh ! je pense que je peux te tenir occupée, dit-il en la renversant en arrière et en lui donnant un baiser sonore.

Près de lui, Carrie gloussa, pendant que James sifflait.

— T'ai-je jamais dit que j'ai un fort penchant pour les super héroïnes ? chuchota-t-il à l'oreille de Frannie.

JENNIFER TAYLOR

Le véritable amour de Bella

Traduction française de
CHARLINE McGREGOR

BLANCHE

HARLEQUIN

Titre original :
BEST FRIEND TO PERFECT BRIDE

Ce roman a déjà été publié en 2020.

1

James MacIntyre — Mac pour les intimes — l'observa discrètement. Elle n'avait pas changé. Grande, mince, ses cheveux auburn élégamment noués dans la nuque. Bella English était aussi belle aujourd'hui que la dernière fois qu'il l'avait vue. Le jour où elle s'était mariée.

— Mac ! entendit-il soudain dans son dos. J'ai appris que vous étiez de retour. Content de vous voir ! Comment allez-vous ?

Il se tourna, et sourit au vieux brancardier.

— Très bien, merci, Lou.

Du coin de l'œil, il vit Bella quitter le comptoir, mais resta concentré sur son interlocuteur. Après ce que Tim, son ami de toujours, lui avait raconté, il n'avait pas la moindre envie de discuter avec elle.

— Vous avez l'air en forme, Lou, reprit-il d'un ton amical. De toute évidence, votre mutation au nouveau service d'urgences pédiatriques vous a fait le plus grand bien. On vous donnerait dix ans de moins que la dernière fois où je vous ai vu.

— J'espère bien ! s'exclama Lou.

Il ponctua ces mots d'une moue ironique, désignant dans le même temps, ses tempes grisonnantes.

Puis il jeta un coup d'œil dans le dos de Mac, et grimaça.

— Bon, je ferais mieux d'y aller. A plus tard.

— Ça marche.

Mac hocha la tête. Il n'avait pas besoin de vérifier ce qui avait conduit Lou à battre aussi vite en retraire. Il sentait déjà son parfum, la subtile fragrance de jasmin que Bella avait toujours portée. Elle lui avait révélé, jadis, qu'on la préparait spécialement pour elle, et l'odeur se mariait parfaitement avec tout ce qu'il connaissait d'elle. Bella était le genre de femme à avoir son propre parfum. Rien de ce qui la concernait ne pouvait être banal ou ordinaire.

Il se tourna lentement, et fit le point sur tous les détails qui lui avaient échappé jusqu'à présent. Même si Bella avait toujours été mince, elle était extrêmement fine, maintenant. Et son teint avait beau arborer le même blanc laiteux qu'autrefois, des cernes noirs se dessinaient désormais sous ses yeux verts, révélant de trop nombreuses nuits sans sommeil. Etait-ce son sentiment de culpabilité qui la tenait ainsi éveillée ? Une conscience chatouilleuse qui cherchait encore à se faire entendre, même s'il était, hélas ! trop tard pour changer les choses ? Il secoua légèrement la tête. Oui. Après tout, même Bella devait se sentir quelque peu coupable d'avoir mis un terme à son mariage avec Tim.

— Salut, Mac. J'ai entendu dire que tu étais revenu. Comment ça va ?

Il cilla. Les salutations étaient presque identiques à celles de Lou, et pourtant il avait envie d'y répondre bien différemment. Il éprouvait le désir étrange de la prendre par les épaules, et de la secouer, de lui faire avouer pourquoi elle s'était montrée aussi cruelle. Elle avait détruit la vie de Tim : en avait-elle conscience ? Se moquait-elle d'avoir brisé toutes les promesses faites trois ans auparavant, d'aimer, d'honorer et de chérir l'homme qu'elle épousait ? Durant toute la cérémonie, il l'avait entendue jurer d'une voix claire, qu'elle se dévouerait à Tim jusqu'à la fin de ses jours, et il avait cru chaque mot sortant de sa bouche. Pour être tout à fait honnête, il s'était alors senti aussi abandonné que Tim en ce moment.

Toutes ces pensées s'entrechoquaient dans sa tête. Aussi mit-il quelques secondes avant de pouvoir répondre. Bella et lui n'avaient jamais été plus que des amis — il en était sûr. Alors pourquoi se sentait-il aussi affecté dans ce cas ? Il fit le vide dans son esprit, sachant qu'il était déraisonnable de s'appesantir sur ce genre d'idées. Si Bella et lui allaient devoir travailler ensemble durant les mois à venir, il ne pouvait se laisser ainsi perturber par les événements récents.

— Bien, merci, répondit-il enfin. Je suis impatient de travailler dans le nouveau service. Il a l'air super. Visiblement, on n'a pas lésiné sur la dépense.

— En effet. Tout y est du dernier cri. On a ouvert depuis presque un mois, et je dois encore me pincer quand j'arrive au travail. Je n'arrive pas à croire que nous ayons des équipements aussi merveilleux à notre disposition.

Elle émit un petit rire enroué, et il eut soudain la chair de poule. Il avait oublié son rire, oublié à quel point il était doux et sexy. C'était son rire qu'il avait remarqué en premier, en fait. Il se tenait dans la queue qui conduisait à la cantine de l'université, quand il avait entendu un rire féminin. Il s'était retourné pour voir de qui il s'agissait...

Il s'efforça aussitôt de chasser cette nouvelle pensée. Il n'avait pas besoin de distractions supplémentaires, et surtout, il savait envers qui il devait se montrer loyal : s'il était amené à prendre parti, il se rangerait sans hésiter du côté de Tim. Son ami lui avait raconté toute l'histoire, du début jusqu'à la fin, et même si Mac était suffisamment réaliste pour savoir que les torts étaient en général partagés dans l'échec d'un mariage, il était évident que Bella en était davantage responsable que Tim. Non, la principale erreur de son ami avait été d'aimer excessivement Bella, et de se montrer trop tendre avec elle. Armé de ses résolutions, il lui adressa un vague sourire.

— Est-ce ce qui t'a amenée à Dalverston ? demanda-t-il. La possibilité de travailler dans un établissement aussi génial que celui-ci ? Je dois avouer que j'ai été surpris d'apprendre que tu quittais Londres.

— Oui, c'est vrai, ça a joué dans ma décision.

L'expression de Bella se ternit, et il sentit son cœur se serrer quand il lut de la douleur dans ses yeux. Sans doute Tim souffrait-il, mais Bella n'était visiblement pas en reste. Cette idée l'affectait bien plus qu'elle n'aurait dû, et surtout, bien plus qu'il n'aurait voulu. Il dut faire un gros effort pour dissimuler son émotion. Il passa nerveusement une main dans ses cheveux.

— J'avais besoin de prendre le large, reprit-elle. Et venir ici m'est apparu comme la bonne décision, une manière de prendre un nouveau départ qui soit également, si possible, un nouveau départ pour Tim.

Bella laissa échapper un petit soupir. Elle sentait toute l'animosité émanant de Mac lui arriver par vagues. Savoir qu'il la jugeait coupable la blessait profondément. Bien entendu, Tim avait probablement raconté à Mac sa propre version de l'histoire, mais elle avait espéré que ce dernier attendrait de discuter avec elle, avant de la blâmer. Cependant, il avait de toute évidence recueilli les confidences de Tim sans se poser la moindre question. Elle était la seule coupable, la méchante qui avait mis un terme à leur mariage, tandis que son ex était l'innocente victime.

Elle se balança d'un pied sur l'autre, refusant de rester plantée là pour se justifier. Elle avait pris la ferme décision de ne pas rendre les coups reçus, même après avoir découvert tous les mensonges que Tim répandait sur son compte. Ce genre de choses s'était produit avec d'autres couples, elle en avait été témoin : la situation dégénérait, jusqu'à devenir un obscène échange de coups, et elle s'était juré qu'elle n'emprunterait jamais cette route. Les gens croiraient ce qu'ils voudraient, de toute façon. Si elle se mettait à contester les propos de Tim, qui avait raconté partout qu'elle s'était montrée déraisonnable, avait ruiné sa carrière et préféré mettre un terme à leur relation plutôt que d'avoir un enfant avec lui, peu de gens la croiraient.

Elle avait toujours été la taciturne, dans leur couple, celle qui mettait du temps à se faire des amis, alors que Tim en était l'extraverti. Les gens affluaient vers lui, et il devenait aussitôt leur ami. Qu'il soit également prompt à les oublier, personne ne semblait s'en soucier. Elle se mordit la lèvre, s'efforçant de repousser les émotions pénibles qui l'envahissaient. Non, s'il y avait un parti à prendre, leurs connaissances seraient plutôt enclines à choisir celui de Tim. Mac y compris, à l'évidence.

Elle avait le cœur serré quand ils rejoignirent ensemble la réception. Même si c'était stupide, elle détestait penser qu'elle était tombée si bas dans l'estime de Mac. Affichant tant bien que mal un sourire, elle se tourna vers Janet Davies, leur réceptionniste, bien déterminée à ne rien laisser paraître.

— Je te présente le Dr MacIntyre, Janet. Il remplira les fonctions de chef de clinique, jusqu'à ce que le Dr Timpson rentre de convalescence.

— Ne vous inquiétez pas, je connais Mac. Comme tout le monde, d'ailleurs.

Sur ces mots, Janet se leva et se précipita vers Mac pour le serrer dans ses bras.

— Alors, d'où revenez-vous cette fois-ci ? lui demanda-t-elle avec un grand sourire. Afrique ? Inde ? Mongolie ?

— Des Philippines.

Mac rendit son étreinte à Janet, à qui il adressa un sourire qui réchauffa immédiatement le cœur de Bella. Il avait toujours eu le plus merveilleux des sourires... Elle se reprit bien vite. Peut-être avait-il souri à Janet avec une chaleur authentique, pour autant, il n'en avait nullement fait preuve à son endroit, à elle.

— Ça a dû être difficile, répliqua Janet avec une grimace. C'était aussi affreux qu'à la télé ?

— Pire.

Bella le regarda en coin. Mac secoua la tête. Ses cheveux bruns retombaient en bataille sur son front. Ils auraient bien besoin d'un coup de ciseaux, même s'ils rajoutaient encore à son charme, soulignant son côté baroudeur et l'impression de force qu'il dégageait. Mac ressemblait exactement au genre d'homme qu'il était : fort, inébranlable, quelqu'un sur qui se reposer, qui ne vous laisserait jamais tomber. Elle sentit son cœur se serrer de nouveau à cette pensée. Elle aurait aimé bénéficier du soutien de Mac, durant l'année difficile qui venait de s'écouler.

— Le typhon a détruit toute la ville, laissant les gens sans rien d'autre que les vêtements qu'ils portaient sur eux. Nous avons eu un mal de chien à faire venir ne serait-ce que les fournitures de base, au début, expliqua-t-il.

— Quelle horreur ! s'exclama Janet en regagnant son siège. Quand on voit ça, on apprécie de vivre ici, non ?

— En effet, répliqua Mac avec un sourire. Même s'il pleut beaucoup dans nos contrées.

Janet éclata de rire tout en décrochant le téléphone qui venait de se mettre à sonner. Bella s'approcha du tableau blanc où figurait la liste des patients, affichant une mine imperturbable. Même s'il y avait sans doute certaines questions que Mac et elle avaient à régler, ils étaient collègues avant toute chose. Il y avait trois enfants dans des box, et pour chacun d'eux, on était en attente de résultats d'analyses. Elle désigna le dernier nom de la liste quand Mac la rejoignit.

— J'aimerais que tu jettes un coup d'œil sur celle-ci : Chloé Adams, huit ans, admise à 4 heures ce matin, pour de violents maux de tête ainsi que des vomissements. Visiblement, cela fait plusieurs semaines qu'elle se plaint de maux de tête, ajouta-t-elle en soupirant. Sa mère l'a emmenée voir un généraliste, qui a pensé à une sinusite, mais j'en doute.

— Tu pencherais pour quel diagnostic ? demanda vivement Mac. Quelque chose de plus grave ?

— Oui. J'ai constaté un manque de coordination, quand je l'ai examinée. Je me demande s'il n'y aurait pas une tumeur. J'ai interrogé la mère pour savoir si elle avait remarqué des maladresses, des chutes, bref, ce genre de choses, et elle m'a assuré que non. Mais Chloé est issue d'une fratrie de cinq enfants, et j'ai l'impression que la mère a du mal à s'en sortir depuis que le père les a abandonnés, au début de l'année. Des choses lui échappent forcément.

— Je vois. Ça a dû être difficile pour elle d'être quittée comme ça, répliqua Mac.

Elle cilla. Il avait eu un ton si sec, qu'elle eut l'impression d'être directement visée.

Elle sentit le rouge lui monter au front tandis qu'elle le conduisait vers les box. Elle n'avait pas abandonné Tim ! Elle était partie parce qu'elle n'en pouvait plus. Elle avait essayé de l'aider, tenté tout ce qui lui était venu à l'esprit. En vain. Il était alors trop dépendant aux antalgiques pour se sevrer. Oh ! bien entendu, il avait promis qu'il allait le faire, juré s'être désintoxiqué un nombre incalculable de fois, mais ce n'était que mensonges ! Les drogues avaient transformé l'homme qu'elle avait épousé en une créature qui mentait et biaisait à tout bout de champ. C'en était arrivé au point où elle ne pouvait plus le supporter, alors elle l'avait quitté, et bizarrement, cela avait été la meilleure chose qu'elle ait faite pour lui. Elle avait, sans le vouloir, provoqué le déclic.

Tim avait cherché de l'aide. Grâce à une cure de désintoxication, il s'était finalement sevré. Elle aurait peut-être pu reprendre leur vie commune — et elle y avait songé —, mais si elle était revenue, ça aurait seulement été par sens du devoir, ce qui n'aurait pas été juste, ni pour elle ni pour lui.

La situation l'avait obligée à se demander si elle l'avait jamais aimé, avec la profondeur et l'intensité que des époux sont censés éprouver l'un pour l'autre. Le problème, c'était qu'elle n'avait jamais prêté une grande attention à ses propres sentiments. En tant que fille unique de parents obsédés par leur carrière, elle avait appris très jeune à tenir ses émotions à distance. Avec Tim, elle avait pensé miser sur une valeur sûre : le type d'homme auquel elle était habituée, appartenant à son milieu social, quelqu'un avec qui elle se sentait à l'aise. Pas comme avec Mac. Lui, était différent. Même s'ils n'étaient qu'amis, sa confiance en lui et son expérience de la vie la troublaient. Tout ce qui le concernait lui semblait venir d'ailleurs. Dangereux.

Une menace pour sa tranquillité d'esprit. Et c'était toujours le cas aujourd'hui.

Elle retint son souffle. Si Mac lui paraissait dangereux par le passé, il l'était encore davantage, maintenant qu'elle était vulnérable. Elle le suivit dans le box.

— Mme Adams ? Je suis le Dr MacIntyre. Le Dr English m'a demandé d'examiner votre fille.

Mac adressa un sourire à la femme épuisée qui était assise à côté du lit. Il savait que Bella se tenait juste derrière lui, et s'obligea à se concentrer sur sa patiente. Il s'était promis de se comporter avec le plus grand professionnalisme, sans tenir grief à Bella de la façon dont elle s'était comportée. Même s'il déplorait la cruauté avec laquelle elle avait mis un terme à son mariage, ce n'était pas à lui de lui en faire le reproche.

— Elle se sent beaucoup mieux maintenant, n'est-ce pas, Chloé ?

Donna Adams se tourna vers sa fille, dans l'espoir d'un assentiment. Mac laissa échapper un soupir. Peu importait le temps que ça prendrait, ils devaient creuser le cas de Chloé.

— C'est une bonne nouvelle, mais je pense que nous devrions procéder à quelques analyses complémentaires, répliqua-t-il avec un sourire. Nous ne voudrions pas que tu aies encore ces affreux maux de tête, Chloé.

— Moi non plus, répondit-elle avec un sourire timide.

Il remarqua la petite main qui agrippait fermement un ours en peluche.

Il l'encouragea d'un nouveau sourire pendant qu'elle s'asseyait au bord du lit.

— Comment il s'appelle, ton nounours ? J'en avais un exactement pareil, quand j'étais petit. Je l'avais baptisé Bruno.

— Le mien, c'est William, répliqua Chloé en câlinant sa peluche. C'est mon meilleur ami, et je l'emmène partout.

— Je suis sûr qu'il apprécie, déclara-t-il en serrant la main de l'ours avec le plus grand sérieux. Ravi de faire ta connaissance, William. Je m'appelle Dr Mac.

Chloé gloussa devant cette scène surréaliste, mais Mac savait qu'il était important de gagner sa confiance. Il lui adressa encore un sourire.

— Alors, maintenant qu'on se connaît, j'ai besoin de te poser quelques questions, Chloé. Il n'y a pas de bonnes ou de mauvaises réponses. Et si tu veux que William t'aide, pas de problème. OK ?

— OK, répondit la fillette, visiblement pleine de bonne volonté.

— Alors, Chloé, est-ce que tu as remarqué ces derniers temps que tu avais du mal à tenir sur tes jambes et que tu tombais plus souvent que d'habitude ?

— Parfois, murmura-t-elle, en jetant un coup d'œil en direction de sa mère. C'est arrivé à l'école, l'autre jour. Je me suis levée pour aller chercher une feuille de papier, et je suis tombée. La maîtresse a pensé que je faisais l'imbécile, et m'a grondée.

— Je vois, murmura-t-il.

Il jeta un coup d'œil à Bella, qui hocha la tête.

Un mauvais équilibre pouvait suggérer un dysfonctionnement du cervelet et indiquer une tumeur. Même s'il espérait du fond du cœur que ce n'était pas le cas, cela en avait toutes les apparences.

— Est-ce que tu as eu des difficultés à marcher, parfois, comme si tes pieds ne voulaient pas obéir ? poursuivit-il doucement.

— Oui. Parfois, répondit-elle franchement.

— Je suis désolée, docteur, mais quel est le rapport avec les maux de tête de Chloé ? demanda Donna Adams, avec une nervosité manifeste.

— Cela nous aide à dresser le tableau de la maladie de Chloé, expliqua-t-il.

Il ponctua ces mots d'un sourire, désireux de ne pas entrer dans les détails. Si leurs soupçons se vérifiaient, la pauvre femme aurait largement le temps de comprendre à quel point sa fille était malade. Il se releva et sourit également à Chloé.

— Chloé, je vais t'envoyer faire un scanner spécial, pour voir ce qui se passe à l'intérieur de ta tête. Je dois juste passer un coup de fil et le brancardier vous emmènera le faire au rez-de-chaussée, ta maman et toi.

— Est-ce que ça va prendre longtemps ? demanda Donna Adams avec anxiété. Je dois préparer les autres pour qu'ils aillent à l'école. Ils sont chez ma voisine, pour le moment, mais je ne peux pas la laisser s'occuper d'eux. Elle va sur ses quatre-vingts ans, ce serait trop lourd pour elle.

— Le scanner lui-même ne prendra pas longtemps, répondit doucement Bella. Mais Chloé devra rester là-bas jusqu'à ce que nous ayons reçu ses résultats. Y a-t-il quelqu'un d'autre que vous puissiez contacter pour s'occuper de vos enfants ?

— Non, répondit Donna avec amertume. Personne, depuis que leur père nous a abandonnés. Ils manqueront l'école aujourd'hui, je ne vois pas d'autre solution.

Mac resta muet tandis qu'il suivait Bella hors du box, mais il ne cessait de ruminer la situation. A ses yeux, ne pas tenir ses promesses était ce qu'il y avait de pire. Même aujourd'hui, il ne pouvait songer à son père sans tristesse. Le désespoir de ce dernier, après le départ de sa mère, était resté gravé en lui. Il s'était, depuis, forgé une conviction profonde : jamais il n'infligerait une telle déchirure à quiconque. S'il prenait un engagement, il l'honorait, quoi qu'il arrive.

Il regarda Bella et, à son expression, devina qu'elle savait à quoi il pensait. Laisser tomber Tim comme elle l'avait fait était inacceptable à ses yeux. Elle avait promis de l'aimer et de le chérir pour le restant de ses jours, mais sans le penser, sinon, elle ne lui aurait pas tourné le dos à la première difficulté. Il se sentait assez coupable de n'avoir pas été là, quand Tim avait besoin d'aide, même s'il n'avait pas la moindre idée de ce que traversait alors son ami. Bella était là, elle, et étant sa femme, elle aurait dû lui porter secours.

Il serra les lèvres en la suivant dans leur bureau. Peut-être était-il injuste de se montrer aussi catégorique à son égard, mais il avait toujours considéré Bella comme la femme idéale. Elle n'était pas seulement belle, elle était aussi supérieurement intelligente. L'attirance qu'il éprouvait pour elle à Cambridge était aussi mêlée d'admiration. Le fait qu'elle se soit tenue à l'écart du reste de la classe n'avait fait qu'ajouter encore à son charme.

Il n'avait jamais été du genre réservé. Son éducation, dans une cité HLM de la banlieue de Manchester, ne lui avait pas permis ce luxe. Il avait vite appris qu'il devrait être fort pour survivre, concentré sur ses objectifs et déterminé, s'il espérait accomplir son rêve de devenir médecin. Bella était très différente des filles qu'il avait connues dans sa banlieue, mais également de celles qui étudiaient avec eux à l'université. Toutes venaient aussi de milieux favorisés, pourtant Bella se démarquait : sa perfection la rendait spéciale. Découvrir, après tout ce temps, qu'elle n'était pas irréprochable lui avait fait d'autant plus mal. Pendant toutes ces années, il l'avait placée sur un piédestal, mais en fait, Bella était juste une femme comme les autres, une créature capable de faire des promesses qu'elle ne tenait pas. Elle n'était pas trop bien pour lui, comme il l'avait toujours cru.

Il fronça les sourcils. C'était la première fois que cette pensée lui traversait l'esprit, et elle lui déplut. Tout comme celle qui suivit : il n'y avait plus rien désormais qui l'empêchait d'avoir une aventure avec Bella.

Bella soupira après avoir examiné l'écran de l'ordinateur. Malheureusement, le scanner de Chloé ne faisait que confirmer leurs soupçons.

— Il n'y a plus aucun doute, dit-elle en soupirant de nouveau. C'est bel et bien une tumeur.

Mac se pencha pour mieux voir, et Bella se crispa en sentant son épaule qui effleurait la sienne. Elle se décala aussitôt, agacée de constater à quel point les battements de son cœur s'accéléraient. Elle s'éclaircit la voix. La dernière chose qu'elle voulait, c'était que Mac la pense troublée par lui.

— Ça semble être un médulloblastome, non ? reprit-elle. Ce sont les tumeurs les plus courantes chez les enfants.

— Oui. Et le fait qu'elle se soit développée dans le cervelet ne fait que confirmer le diagnostic.

Elle se concentra sur sa patiente dans l'espoir d'interrompre le flux dérangeant de ses pensées :

— Chloé a besoin d'un traitement en urgence, déclara-t-elle.

Peut-être se souciait-elle trop de Mac, mais il n'y avait rien d'étonnant à cela. Elle était nerveuse, depuis qu'elle avait appris son retour en Angleterre. Après tout, il était le meilleur ami de Tim et il devait avoir du mal à accepter ce qui s'était passé. Cela devait conduire à... disons, des tensions entre eux, c'était obligé. Rassurée par cette idée, elle s'empressa de poursuivre :

— D'après ce que j'ai entendu, les médulloblastomes peuvent croître très rapidement et envahir les autres parties du cerveau, ainsi que la moelle épinière.

— Tout à fait. Chloé doit être examinée par un oncologue aussi vite que possible, il faut en contacter un. Elle aura sans doute besoin de radiothérapie et de chimiothérapie... si elle veut avoir la moindre chance de survivre à sa maladie.

Il secoua la tête, et elle lut de la peine dans ses yeux.

— J'ai de la peine pour sa mère. Ça va être un traumatisme.

— Ça va être dur pour elle de gérer ça avec ses autres enfants, ajouta-t-elle. Vu qu'elle n'a personne pour la seconder, les allers et retours à l'hôpital vont être à eux seuls une sacrée épreuve.

— C'est le moins qu'on puisse dire.

Elle le regarda en coin. L'intonation de Mac était neutre. Même s'il n'y avait pas trace de désapprobation dans sa voix, elle savait qu'il pensait à la façon dont elle avait prétendument abandonné Tim, à l'heure où il en avait le plus besoin. Elle brûlait de lui révéler la vérité — la vérité vraie, non la version, que Tim avait décidé de servir à tout un chacun —, mais elle refusa de céder à la tentation. Ça n'améliorerait pas l'opinion de Mac à son sujet ; cela pourrait même produire l'effet inverse.

Le constat de sa propre impuissance la faisait souffrir, mais inutile de se tourmenter davantage à ce sujet. Eteignant l'ordinateur, elle s'apprêta à quitter le bureau.

— Je vais aller parler à Mme Adams, lança-t-elle sans se retourner. Mieux vaut qu'elle soit mise au courant au plus vite.

— Tout à fait d'accord. Tu veux que j'appelle le service d'oncologie, pour lancer le processus ? demanda-t-il.

— Je veux bien, si ça ne t'embête pas... Oh ! attends ! Ils ont un nouveau numéro. Je vais te le donner.

Elle rebroussa chemin, et chancela en se heurtant à lui.

— Désolé, marmonna-t-il avec un sourire, tout en la prenant par les épaules. Je ne pensais pas que tu allais pivoter aussi subitement...

A son contact, elle avait aussitôt senti une chaleur l'envahir. Elle se redressa :

— Il n'y a pas de mal, répondit-elle d'un ton dégagé.

Elle recula d'un pas, afin de recréer un espace entre eux. Mac paraissait insensible à son contact.

— Janet doit avoir le nouveau numéro du service oncologie, maintenant que j'y pense, ajouta-t-elle. Tu me tiens au courant de ce qu'ils te diront ?

Il agita la main, en s'éloignant en direction de la réception. Elle le regarda disparaître avant de se rendre vers les box. Elle appréhendait les minutes à venir. Annoncer de mauvaises nouvelles à des parents était toujours difficile, et constituait l'une des rares choses qu'elle n'aimait pas dans son travail.

Elle secoua la tête, perturbée. Une vague de chaleur avait envahi tout son corps. Elle avait l'impression d'être en feu, et tout ça, juste parce que Mac l'avait touchée. Jamais elle n'avait rien éprouvé de pareil, même quand Tim lui faisait l'amour. Qu'est-ce que cela signifiait ? Peut-être était-ce simplement l'effet d'une trop longue abstinence.

Ils avaient cessé de faire l'amour, quand Tim était devenu

dépendant aux antalgiques. Plus rien ne l'intéressait alors, à part sa prochaine prise de drogue. Il y avait presque deux ans qu'ils n'avaient pas couché ensemble, et elle n'avait fréquenté personne d'autre depuis. Cela expliquait-il qu'elle se soucie autant des réactions de son corps ? Les doigts de Mac en tant que tels n'y seraient pour rien, dans ce cas : cela viendrait de ce qu'elle avait négligé ses sensations depuis trop longtemps.

Elle eut beau se dire qu'elle tenait là la bonne explication, elle savait en entrant dans le box que ce n'était qu'en partie vrai. Sans doute, l'absence de vie sexuelle y contribuait-elle, mais elle ne pensait pas qu'un autre homme aurait provoqué la même réaction chez elle. La vérité, c'était qu'elle avait toujours prêté attention à Mac, même lorsqu'ils n'étaient rien de plus que des amis. Quelque chose chez lui trouvait un écho en elle, il lui fallait bien l'admettre. Mieux valait donc redoubler de vigilance. Il ne manquerait plus qu'elle s'amourache de Mac, alors que la piètre estime dans laquelle il la tenait s'avérait plus qu'évidente.

2

Ce fut une journée chargée, mais Mac en apprécia chaque instant. Bien qu'il ait déjà travaillé aux urgences, le service pédiatrique était d'un tout autre niveau. Ouvert depuis peu, il acceptait des patients de divers endroits, pas uniquement de Dalverston, et était, avant tout, conçu pour les enfants, depuis la salle d'attente, vaste et lumineuse, jusqu'aux services de radiographie, aussi chaleureux que possible, avec leurs dessins colorés sur les murs, et leurs assistants vêtus de polos imprimés au lieu des éternels et trop classiques uniformes.

Même si tous ces détails pouvaient paraître secondaires, ils aidaient à mettre les enfants à l'aise, et par conséquent, leur facilitaient le travail. Ayant terminé sa visite, Mac savait qu'il allait apprécier de travailler ici. Plusieurs infirmières partaient en même temps que lui ; il leur tint donc la porte, les saluant au passage.

— Après vous, mesdames, leur lança-t-il, en souriant.

— Merci, jeune homme, répondit l'une d'elles en relevant la tête.

Elles se mirent à rire, et il les imita. C'était un changement agréable, de profiter d'un peu de détente. Il ne s'était pas rendu compte que les choses avaient été vraiment difficiles, depuis sa dernière mission. Cela avait même été sinistre par moments, et c'était un soulagement de pouvoir enfin plaisanter. Pour autant, il ne regrettait rien, et recommencerait si nécessaire. Sa vie était parfaite : il avait l'opportunité d'aider des gens qui avaient besoin de son savoir-faire, et pouvait ensuite retrouver une vie plus stable, avec un travail qu'il aimait. Il n'y avait rien d'autre qu'il puisse désirer... sauf peut-être quelqu'un avec qui partager cette vie.

— Merci, lança une voix douce.

Reconnaissant celle de Bella, il se redressa, aussi mal à l'aise, que s'il avait été pris la main dans le sac. Bien qu'ils aient parlé plusieurs fois pendant la journée, leur conversation s'était cantonnée au travail. Il y avait veillé, d'ailleurs. Bien qu'il se soit promis de ne rien lui dire à propos de Tim, il prenait maintenant conscience de la difficulté. Bella avait laissé tomber Tim. Lâchement. Et il avait beau faire, c'était dur de la savoir capable d'une attitude pareille, alors qu'il l'avait tellement idéalisée. Il s'efforça de ne rien laisser paraître des émotions qui l'assaillaient :

— De rien, répondit-il, un sourire figé sur les lèvres. Ça a été une journée chargée, pas vrai ? ajouta-t-il.

Il contracta la mâchoire. Inutile de lui laisser deviner l'ampleur de sa déception. Après tout, pourquoi se soucierait-elle de lui, alors qu'elle se fichait manifestement de Tim ?

— En effet. On reçoit de plus en plus d'enfants, maintenant. Les hôpitaux des environs et les parents ont intégré que nous avions ouvert.

Elle haussa les épaules, et il ne put s'empêcher de porter les yeux sur les courbes harmonieuses de son corps, élégamment enveloppées dans un manteau vert émeraude, sans doute sorti de la collection d'un couturier. Bella avait de l'argent — beaucoup d'argent que lui avaient légué ses grands-parents — et cela se voyait à ses vêtements, même si elle ne faisait jamais étalage de sa fortune. C'était un petit point à son avantage, et il se surprit à s'y accrocher : il voulait trouver quelque chose de bien chez elle, quelque chose pour rééquilibrer un minimum la balance. Son sourire fut moins forcé cette fois.

— Ça doit soulager les autres services d'urgences pédiatriques, non ? C'est sans doute une bonne chose.

Ayant approuvé, Bella se dirigea vers le parking. Elle ne s'attendait visiblement pas qu'il l'accompagne. Il hésita. Pourquoi se sentait-il soudain si déçu ? Il n'avait rien prévu d'autre que de regarder la télévision. C'était ce dont il avait besoin, se reposer après les deux mois éprouvants qu'il venait de vivre, et pourtant, il rechignait à se poser toute la soirée devant la télé.

— Ça te dirait d'aller manger quelque chose ? lança-t-il en rattrapant Bella.

Son cerveau lui soufflait qu'il commettait une erreur, mais il ignora tout autant la surprise sur le visage de Bella, quand elle se retourna. Il avait l'intention de passer la soirée avec elle.

— Rien d'extravagant, juste un petit resto indien ou autre, ajouta-t-il.

— Je ne sais pas si c'est une bonne idée, répliqua-t-elle en le regardant droit dans les yeux, avec un air de défi. C'est évident que tu m'en veux pour ce qui s'est passé.

— Eh bien, pourquoi ne pas justement en profiter pour me raconter ta version des faits, alors ?

Il détourna la tête. Il avait essayé de parler de manière aussi détachée que possible. Peut-être avait-il tort de la blâmer, mais il n'avait pu faire autrement. Pendant des années, il l'avait considérée comme la perfection incarnée, refusant de modifier l'image qu'il avait d'elle. Maintenant Bella était une femme comme une autre. Une femme par laquelle il avait toujours été profondément attiré.

Cette pensée lui retourna le ventre.

— Cela me semble assez équitable, ajouta-t-il avec empressement.

— Désolée, mais je n'ai pas l'intention de me justifier auprès de qui que ce soit.

Elle continua à marcher, sans plus lui prêter attention avant de monter dans sa voiture. Il se mit en tête de la rattraper. Pourquoi se montrait-elle aussi butée, bon sang ? Il semblerait pourtant légitime, naturel, qu'elle veuille s'expliquer sur sa décision de mettre un terme à son mariage. Personne n'aimait être accusé à tort…

A moins que la vérité ne lui fasse honte, au point de ne pouvoir être révélée.

Perplexe, il regarda la voiture de Bella s'éloigner. Elle savait qu'elle n'aurait pas dû abandonner Tim, quand il avait désespérément besoin d'elle, et cela expliquait pourquoi elle refusait d'en parler. Il secoua la tête, de nouveau gagné par la colère. Décidément, elle semblait bien loin de la perfection.

Bella émit un long soupir. Elle passait une très mauvaise soirée. Même le dernier best-seller ne réussissait pas à la distraire. Aurait-elle dû faire ce que Mac lui avait suggéré, et lui raconter sa version des faits ?

Elle continua de retourner ses pensées dans sa tête. Si elle parlait, il n'y aurait aucun retour possible. Mieux valait s'assurer d'abord que Mac soit prêt à l'entendre. Elle ne pourrait supporter qu'il mette ses révélations en doute. Dans ce cas, autant ne rien dire plutôt que d'endurer son mépris.

Le lendemain, elle fut submergée de travail, même pendant la pause de midi. Lorsqu'elle était arrivée, une longue file de patients attendaient d'être reçus. Un enfant était en train de crier, et il lui sembla urgent de vérifier ce qui se passait avant que d'autres bambins ne s'avisent de l'imiter. Le bruit provenait d'une salle de soins. Elle s'y rendit aussitôt.

— Que se passe-t-il ? demanda-t-elle en laissant tomber son manteau sur une chaise.

— Alfie est tombé de sa trottinette, et s'est entaillé le genou, répondit Laura Watson, l'une des infirmières les plus expérimentées. Mais il ne veut pas se laisser examiner, parce que ça fait trop mal.

— Je vois.

Bella s'accroupit devant le petit garçon. Il s'accrochait à une femme âgée, qui devait être sa grand-mère.

— Tu fais beaucoup de bruit, Alfie. Tu vas faire peur à Robbie, si tu continues.

Le petit garçon s'arrêta de crier, et la regarda à travers ses doigts, distrait par la mention de ce Robbie inconnu.

— C'est mieux, reprit-elle en souriant. Tu as déjà rencontré Robbie ? Il est plutôt timide, il ne sort du placard que quand il pense que personne ne l'observe. Je vais voir si je peux le trouver.

Elle traversa la pièce et ouvrit l'un des tiroirs renfermant Robbie, un lapin en peluche, qu'elle rapporta au petit garçon.

— Le voilà. Il doit te trouver bien sympathique, Alfie, parce qu'il est sorti directement de son tiroir.

Elle tendit la peluche à l'enfant, qui lança un coup d'œil à la vieille femme.

— Si vous l'installiez sur le lit, je pourrais regarder son genou, murmura Bella à celle-ci.

La femme obéit rapidement, en poussant un soupir de soulagement.

— Merci mon Dieu ! Je pensais qu'il ne s'arrêterait jamais de crier. Vous devez avoir des enfants, ma chère, ajouta-t-elle en souriant. Vous savez fort bien comment les distraire.

— Malheureusement non, je n'en ai pas.

Bella sourit à son tour, tentant de refouler les regrets qui lui étreignaient le cœur. Fonder une famille avait toujours été son vœu le plus cher, mais Tim n'appréciait pas vraiment l'idée. Chaque fois qu'elle abordait le sujet, il éludait, prétendant ne pas vouloir être enchaîné par un bébé à ce stade de sa vie. En revanche, le jour où elle lui avait annoncé son souhait de divorcer, il lui avait fait miroiter la promesse d'une famille. Mais c'était trop tard. Avoir un enfant pour sauver son mariage, voilà bien la dernière chose qu'elle désirait.

— Alors vous devriez, répliqua la grand-mère, tout en caressant les cheveux de son petit-fils. C'est beaucoup de travail, mais aussi une bénédiction. Et vous feriez une très bonne mère !

Mac s'arrêta juste devant la salle. La porte était grande ouverte, et il avait entendu chaque mot. Il grimaça en percevant les regrets dans la voix de Bella, alors qu'elle déplorait de ne pas avoir d'enfants. Très franchement, il ne comprenait pas. D'après Tim, elle avait refusé de fonder une famille, prétendant que sa carrière était en tête de ses priorités, quand les enfants y tenaient la dernière place. Mais à l'entendre parler avec cette vieille femme, on en doutait. Tim lui aurait-il menti ?

C'était la première fois qu'il mettait la parole de son ami en doute. Il avait accepté tout ce que Tim lui avait dit, sans se poser de questions. Avait-il eu raison de se montrer aussi confiant ? Et si Tim avait tenté de se donner le beau rôle, en rejetant la faute sur Bella ? Il se pouvait que son ami ait sa part de responsabilité dans cette histoire, après tout.

Cela n'avait pas dû être facile pour elle, de supporter la dépendance de Tim. Il avait eu l'occasion de travailler dans un centre de désintoxication, et savait, d'expérience, que les drogués pouvaient se montrer très problématiques. Tandis qu'il se frayait un chemin vers les box, Mac se rendit compte qu'il avait besoin de tirer cette histoire au clair. Bien que Tim soit l'un de ses plus vieux amis, il devait à Bella de confronter leurs versions respectives des faits. La pensée qu'il pourrait l'avoir mal jugée le tourmentait.

Il ne réussit pas à parler à Bella, avant qu'arrive l'heure de rentrer chez lui. Il se dirigeait vers le bureau, quand il la croisa dans le couloir. Elle lui adressa un sourire, mais il n'était pas question de laisser les choses en l'état.

— Tu as une minute ? demanda-t-il en lui prenant la main.

Au moment où ses doigts frôlèrent son bras, il sentit comme un courant électrique à travers son corps. Il fit de son mieux pour rester impassible, alors que son pouls s'emballait.

— Il faut que je te demande quelque chose.

— Je vais au labo pour des résultats, répondit-elle.

Remarquant le tremblement de sa voix, il devina qu'elle avait senti le courant électrique, elle aussi.

— D'accord, dans ce cas, je ne te retiens pas. Peut-être plus tard ? Tu fais une pause bientôt, non ? Un café à la cafétéria, ça te tenterait ?

Que se passait-il ? C'était la femme de Tim — OK, son ex-femme, mais il ne lui semblait toujours pas décent d'agir de cette manière ; or, il ne pouvait s'en empêcher.

— Pourquoi ? Je ne veux pas être impolie, Mac, mais pourquoi veux-tu qu'on prenne un café ?

Elle le regarda, ses yeux verts scrutant son visage avec une intensité qui le mit mal à l'aise. S'il lui révélait franchement qu'il voulait vérifier sa part de responsabilité dans la fin de son mariage, cela n'allait pas améliorer leurs relations.

— Parce qu'on a besoin de se changer les idées.

Il avait choisi une demi-vérité plutôt que l'entière.

— J'ai l'impression que travailler avec moi est un calvaire pour toi, reprit-il. Et ce n'est pas ce que je veux. Ni toi non plus, j'imagine.

— Tu te fais des idées, répliqua-t-elle avec un sourire froid. Maintenant tu m'excuseras…

Et elle s'éloigna. Il aurait mieux fait de se taire. Il n'était parvenu à rien, sauf à aggraver les choses. Cela lui apprendrait à fouiner dans les affaires d'autrui. Ce qui s'était passé entre Tim et Bella ne le regardait pas, et il serait bien inspiré de ne pas s'en mêler, comme de s'en souvenir une fois pour toutes.

Bella travailla sans prendre de pause. Elle aurait pu s'en accorder une, mais préférait se concentrer sur ses patients plutôt que revenir inévitablement sur les paroles de Mac. Elle s'occupa de son dernier patient, un jeune garçon de dix ans tombé de vélo, et qui s'était cassé le bras. Une fois son diagnostic confirmé par les radios, elle l'avait envoyé se faire plâtrer. Helen Robertson, l'une des nouvelles internes du service, lui sourit.

— On rentre se reposer ? Ou bien tu as quelques projets excitants ?

— Non, pour moi, ce sera la maison direct, dîner, et au lit, répondit Bella en riant. Les projets excitants, ce n'est plus pour moi !

— Non, mais écoutez-la. A croire qu'elle est gâteuse ! Peut-être que vous pourriez la convaincre de renoncer aux pantoufles pour un moment encore ? lança Helen à quelqu'un dans son dos.

Elle se retourna pour voir de qui il s'agissait, et sentit son cœur s'emballer : Mac. Il était pourtant censé avoir fini depuis longtemps. A moins qu'il ne soit resté pour lui parler ? Cette pensée la fit frissonner. Elle ne voulait pas discuter avec lui, ni de son mariage, ni de ce que Tim avait fait. Pas question de courir le risque qu'il la considère comme une menteuse.

Elle s'empressa de signer le registre, y ajoutant son heure de départ. Mac parlait encore à Helen quand elle se dirigea d'un pas vif vers la porte. Elle marchait aussi vite qu'elle pouvait, et n'entendit les pas derrière elle qu'une fois dehors. Mac la suivait, mais elle ne ralentit pas. Il n'avait pas le droit de la pousser à bout comme ça ! Elle lui avait clairement déclaré ne pas vouloir parler de son mariage avec lui, et il devait l'accepter. D'un coup, la colère l'envahit. Elle se retourna brusquement.

— Arrête ! Je ne veux pas te parler, laisse-moi tranquille.

— Pourquoi ? De quoi as-tu si peur ? Si j'étais à ta place, je voudrais faire connaître ma version de l'histoire, sauf si j'avais quelque chose à cacher. Est-ce le cas, Bella ?

Cette question la blessa.

— Non, répliqua-t-elle avec un petit rire maladroit. Je n'ai rien à cacher, mais si la version de Tim te semble plausible, que puis-je ajouter de plus ? Pourquoi est-ce que je me justifierais auprès de toi ?

— Parce que je pensais que nous étions amis.

Il tendit une main, paume vers le ciel, dans un geste de supplication, qu'elle trouva extrêmement touchant.

— Je peux voir que tu en souffres, et s'il y a quoi que ce soit que je puisse faire pour que ça s'arrange, je suis partant.

Il s'en tint là. Il semblait ne pas savoir s'il devait lui dévoiler tout ce qu'il pensait, et elle-même ignorait si elle voulait tout entendre. Aussi se raidit-elle, lorsqu'il reprit :

— Je crois que j'essaie simplement de te dire que tu comptes pour moi, Bella. C'est aussi simple que ça.

3

Mac retint sa respiration, espérant, contre toute logique, que Bella le croirait. C'était la vérité, après tout, et il lui importait qu'elle se soit comportée de manière aussi étrangère à son caractère. La Bella qu'il connaissait n'aurait jamais rompu ses vœux de mariage… à moins d'avoir une bonne raison de le faire.

— Peut-être que tu penses ce que tu dis, Mac, mais ça ne change rien.

Le ton glacial de Bella le fit tressaillir. Il s'éclaircit la voix, avant de lancer :

— Je le pense en effet.

Quelle raison pourrait bien excuser la manière dont elle avait traité Tim ? Il avait désespérément besoin d'elle, et elle l'avait abandonné. Ce genre de comportement était inexcusable. Pourtant, le petit doute tenace refusait de lâcher prise.

— Super.

Elle hocha la tête, mais il savait qu'elle ne le croyait pas. Il se sentit blessé de la voir douter ainsi de ses paroles. Ne voyait-elle pas qu'il lui disait la vérité ? Que jamais il ne mentirait sur un sujet aussi important ? Il était sur le point de lui en faire le reproche, quand il se rendit compte qu'il se montrait tout aussi sceptique à son égard. Il refusait de la croire, la rendant responsable de l'échec de son mariage.

Il resta silencieux, ce qu'elle interpréta manifestement comme une reddition de sa part. Elle se dirigea vers son véhicule, tandis qu'il restait immobile, jusqu'à ce que le bruit du moteur lui parvienne. Même s'il ignorait quoi, il devait faire quelque chose. C'était peut-être la faute de Bella, mais il ne pouvait ignorer la douleur au fond de ses yeux. Alors, bondissant sur la portière côté passager, il sauta dans sa voiture, et leva vivement la main quand elle voulut riposter.

— Je sais ce que tu vas dire, Bella. Tu ne veux pas parler de ton mariage. Je sais aussi que je me mêle de ce qui ne me regarde pas…

— En effet, l'interrompit-elle, les yeux étincelants de colère.

— OK. Tu as raison, et je suis désolé, mais quoi qu'il en soit, je pense ce que j'ai dit. Je me sens concerné par le fait que tu aies souffert.

Il se pencha et attrapa sa main, pour la relâcher aussitôt, quand il sentit la décharge d'électricité, maintenant presque familière, le parcourir. Il ne voulait pas l'effrayer, et encore moins lui laisser penser qu'il essayait de profiter de sa vulnérabilité en cherchant à la séduire !

Une vague de chaleur le submergea, ainsi qu'une gêne si inhabituelle qu'elle lui donna envie de disparaître dans l'instant. Séduire Bella n'avait jamais fait partie de ses projets. Depuis le jour où il l'avait vue pour la première fois, il avait su qu'elle était hors de sa portée, et cet état de fait lui avait parfaitement convenu. Il s'était forgé une solide réputation de don Juan à l'université, et n'avait toujours pas la moindre intention de s'établir. Il avait été d'autant plus heureux quand Bella et Tim avaient commencé à sortir ensemble. Ils étaient si bien assortis, qu'il n'aurait pu trouver meilleur partenaire pour l'un ou pour l'autre.

Il en était allé de même quand ils avaient annoncé leurs fiançailles, quelques mois plus tard ; il avait été ravi pour tous les deux, et enchanté lorsque Tim lui avait demandé d'être son garçon d'honneur. Au mariage toutefois, il s'était senti un peu bizarre. Entendre Bella jurer qu'elle aimerait Tim pour le restant de ses jours lui avait donné l'impression de perdre quelque chose d'extrêmement précieux.

Il s'était alors empressé de chasser cette idée : il était trop tard. Impossible d'empêcher ce mariage. Comment aurait-il pu interrompre la cérémonie, et déclarer qu'il ne voulait pas voir Bella épouser Tim parce qu'il la voulait pour lui-même ? Non, il avait fait ce qu'il fallait : il avait joué son rôle du mieux possible. Comme il avait accepté l'idée de vivre avec ce pincement au cœur.

C'était ainsi qu'il avait décidé, juste après le mariage, de signer avec Worlds Together, une importante organisation caritative à l'étranger. Il avait participé à une dizaine de missions, aidé des tas de gens, et gagné pas mal d'argent. Il avait eu trois ans pour tirer ses sentiments au clair, trois ans pour les faire taire. Si on l'avait interrogé à ce sujet quelques semaines plus tôt, il aurait affirmé y être parvenu. Mais plus maintenant que Bella était séparée de Tim, et désormais libre.

Il réprima un soupir. Il voulait bien aider Bella, mais pas se mettre dans le pétrin.

Bella n'avait pas la moindre idée de ce qui se passait, pourtant la tension qui régnait dans la voiture la rendait malade. Il fallait dire quelque chose, mais quoi ? Et si elle ordonnait à Mac de sortir de son véhicule, obéirait-il ? Cette incertitude la pétrifiait, car elle dénotait un énorme changement dans l'attitude de Mac.

Par le passé, il avait toujours été irréprochable. Il lui témoignait une courtoisie un peu désuète, qu'elle trouvait attachante. Rares étaient les hommes qu'elle fréquentait à faire montre d'une telle politesse. Il n'avait pas besoin de parler fort ou de raconter des histoires salaces pour qu'on lui prête attention. Dès que Mac entrait quelque part, les gens étaient conscients de sa présence.

Ce constat la stupéfia. Elle ne s'était jamais aperçue à quel point Mac l'impressionnait. Elle ignorait tant de choses de lui, son expérience était si différente de la sienne, qu'elle avait toujours eu peur de dire une ânerie qui trahirait son ignorance. Après dix ans dans le milieu hospitalier, elle connaissait bien mieux le monde. Elle avait soigné des gens ayant les mêmes origines sociales que Mac, et comprenait à présent les obstacles qu'il avait dû surmonter pour devenir médecin. Cela soulignait d'autant plus sa force de caractère, son engagement. Peu d'hommes auraient été capables de relever un tel défi avec succès.

Elle secoua la tête pour chasser l'afflux de ces constats inédits. Ajoutées au stress de l'échec de son mariage, ces pensées achevaient de la déstabiliser. Elle s'appuya sur le volant pour calmer les élancements dans sa tête.

— Bella, ça va ? Réponds-moi !

L'intérêt qu'elle décela dans sa voix lui fit venir les larmes aux yeux. En dehors d'une sympathie polie, ses parents, trop pris par leur propre existence, ne s'étaient pas montrés très attentifs aux possibles effets de son divorce. Bien moins que Mac en cet instant.

— C'est trop dur, répondit-elle, incapable de mentir.

— Tu m'étonnes !

Il y avait de la colère dans sa voix, quand il bondit de la voiture.

— Quand je pense à ce que tu as traversé récemment !

Il s'interrompit, pour la conduire hors de sa voiture, et la mener sur le siège passager.

— Bon, alors on va où, maintenant ? Soit tu rentres directement chez toi, soit tu viens chez moi. A toi de voir.

Elle soupesa le pour et le contre, tout en sachant qu'il aurait été plus sage de rentrer chez elle. Ce soir, elle se sentait trop à fleur de peau, trop vulnérable pour discuter.

— Allez, Bella, fais ton choix, et je t'emmène.

Elle désirait tellement être persuadée par cette voix…

— Chez toi.

Mac acquiesça en refermant la portière. Il n'ouvrit pas la bouche, tant qu'ils n'eurent pas quitté l'enceinte de l'hôpital. Elle n'avait pas la moindre idée de l'endroit où il vivait, mais quel qu'il soit, son appartement devait être préférable aux murs sans âme qu'elle louait. Ils roulaient depuis près d'un quart d'heure et, en s'éloignant du centre, les routes devenaient plus étroites. N'ayant que peu visité les environs de Dalverston, elle n'avait aucune idée de l'endroit où ils se dirigeaient, avant de découvrir au loin le pâle reflet de l'eau : ils approchaient de la rivière. Mac ralentit et tourna pour se garer dans l'herbe sur le bas-côté.

— Nous devons continuer à pied, expliqua-t-il. Juste cinq minutes, mais la voiture ne peut pas aller plus loin.

Elle hocha la tête en se glissant dehors. La végétation humide diffusait une odeur musquée, la rivière chuchotait doucement, accompagnant le chœur vespéral des oiseaux. L'atmosphère était si paisible qu'elle en soupira.

— C'est génial de ne pas entendre la circulation.

— L'un des nombreux avantages à vivre à la campagne, répliqua-t-il avec un sourire à couper le souffle.

Sur quoi, il se détourna et commença à avancer, l'invitant à le suivre, alors qu'elle était encore chamboulée par son sourire. Cela signifiait-il qu'il lui pardonnait son apparent forfait ? Rien n'était moins sûr, pourtant, tout à coup, elle se sentit mieux que depuis une éternité. Le monde ne lui semblait plus aussi lugubre, maintenant que Mac lui avait souri. N'était-ce pas insensé ?

Mac fit une halte en atteignant la rive. Il était près de 21 heures, et la lumière baissait rapidement. Tendant la main, il sourit à Bella, bien décidé à maîtriser ses émotions, cette fois-ci. Il n'agissait ainsi que pour garantir sa sécurité, et non parce qu'il poursuivait quelque dessein tordu !

— Tu ferais mieux de te tenir à moi. Le chemin est glissant à cause des pluies de ces derniers jours. Je ne voudrais pas que tu fasses une chute.

Il la sentit hésiter, néanmoins, elle obtempéra. Aussitôt, sa libido se manifesta, l'empêchant de respirer. OK, cela faisait longtemps qu'il n'avait pas fait l'amour, mais c'était son choix, non ? Il en avait assez de passer d'une fille à une autre, de coucher avec des partenaires qui n'étaient rien pour lui. Il avait préféré mettre un terme à tout cela. Toutefois, désirer Bella était hors de question. Elle n'avait pas besoin de lui pour venir rajouter à ses souffrances, en ce moment.

Tout en la guidant sur le chemin, il se réprimanda. Dieu merci, l'effort sembla porter ses fruits. Plusieurs bateaux étaient amarrés le long du rivage, et il conduisit Bella près du point de mouillage. Il s'arrêta devant le dernier bateau, soudain inquiet de voir comment elle réagirait devant sa maison. Même s'il aimait ce vieux navire — qui était aussi sa première habitation depuis toujours —, Bella devait s'attendre à mieux. Il ne pouvait s'empêcher de ressentir une pointe de... eh bien, de nervosité, face à sa réaction.

— Nous y voilà, annonça-t-il.

Il se morigéna aussitôt pour la fausse jovialité avec laquelle il avait parlé.

Ce n'était pas son genre, de faire des simagrées, et il détestait s'y sentir obligé. Si Bella n'aimait pas sa maison, eh bien tant pis, il s'en fichait... Il ferma brièvement les yeux. Vraiment ?

— Tu vis sur un bateau ?

Il réprima son envie malencontreuse de s'excuser.

— Oui, je l'ai acheté en m'installant ici. C'est parfait, comme pied-à-terre en Grande-Bretagne. Je te fais visiter ?

Il l'aida à grimper à bord et alluma la lampe à huile, afin qu'elle puisse voir où elle mettait les pieds.

— Les marches sont assez raides, ajouta-t-il. Prends ton temps.

Elle acquiesça en s'engageant dans l'escalier. Une fois dans la cabine, il augmenta l'intensité de la lampe qui illumina alors la pièce. Bella s'arrêta, et regarda autour d'elle. Son visage était encore plus beau, ainsi éclairé. Il n'en fallut pas plus pour que sa libido se réveille de nouveau.

— C'est superbe, très chaleureux, très accueillant... Je t'envie de vivre ici, Mac, ça doit être merveilleux !

Il esquissa un sourire. Elle était sincère, cela ne faisait pas le moindre doute. La joie remplaça aussitôt l'appréhension. Pourquoi l'approbation de Bella comptait-elle autant pour lui ? Son sourire s'élargit.

— J'avais peur que tu détestes ! lâcha-t-il enfin. Parce que c'est très différent des logements auxquels tu es habituée.

— Mais c'est justement pour ça que j'apprécie autant le tien, répliqua-t-elle. Je préfère quelque chose comme ici, à toutes les merveilles architecturales.

Elle s'assit sur le vieux canapé, qu'il avait passé un temps fou à retapisser, et lui sourit. Il se sentit submergé de soulagement : Bella aimait sincèrement son chez-lui !

— Merci. Cela dit, ne me fais pas trop de compliments, sans quoi, je vais prendre la grosse tête, reprit-il, pour masquer son embarras. Ce serait dangereux, dans un endroit aussi petit !

— Pas petit, compact !

Il la regarda lui sourire avec gentillesse. Avait-elle deviné sa nervosité ? Mais Bella, a priori, ne s'était jamais doutée du sentiment d'infériorité qu'il éprouvait autrefois en la fréquentant. Dieu merci, c'était terminé, à présent. Avec le temps, il avait fini par s'accepter tel qu'il était, ce qui rendait d'autant plus étonnantes ses inquiétudes face à sa réaction.

— Bien. Je vais nous préparer du café.

Sur ces mots, il s'empressa de remplir une bouilloire, puis sortit deux mugs qu'il plaça sur le comptoir, avant d'aller chercher du lait et du sucre. Une fois la chose faite, il se sentit plus maître de lui. Peut-être son excitation avait-elle été le fruit de sa surprise, en découvrant que Bella le connaissait mieux qu'il ne le soupçonnait. Il laissa échapper un petit soupir. Il n'allait pas se laisser perturber pour autant ! D'accord, il avait envie de la prendre dans ses bras, de l'embrasser, de lui faire toutes sortes de choses dont il n'avait même jamais osé rêver, mais il n'allait pas mettre leur amitié en péril pour une nuit de sexe effréné. Bella était trop importante à ses yeux. Les déclarations de Tim n'y changeaient rien.

Il eut soudain comme une révélation qui éclaira tout. Même

s'il avait accordé foi aux propos de Tim, même s'il avait été furieux contre les agissements de Bella, elle comptait pour lui. Et il en irait toujours ainsi.

— Merci, lança Bella en s'emparant de son mug de café.

Elle s'assit à la table devant le canapé, et regarda les lieux plus avant.

Tout était si bien conçu qu'on n'avait pas l'impression d'être à l'étroit, ici. L'appartement qu'elle louait était bien plus vaste, mais elle se rendit compte qu'elle préférait cet endroit. Elle ne s'était jamais sentie aussi bien dans aucune de ses maisons, pas même dans celle où elle avait vécu avec Tim.

Les parents de Tim avaient tenu à leur acheter, en cadeau de mariage, une élégante maison de ville de style georgien. Cependant, des pièces au design stylé, et aux meubles onéreux, avaient davantage été un moyen d'étaler leurs richesses qu'un véritable habitat, et elle était soulagée de ne plus y vivre.

Elle se sentit aussitôt coupable à cette pensée, qui lui rappela son soulagement, quand elle avait enfin trouvé le courage de partir. Il lui avait fallu des mois de réflexion avant de prendre sa décision, et elle continuait à souffrir d'avoir rompu ses vœux, alors même qu'elle n'avait pas eu le choix. Le comportement de Tim était devenu si imprévisible qu'il était un danger pour ses patients comme pour lui-même. Le quitter lui avait paru la seule solution susceptible de lui causer un choc salutaire, et cela avait marché. Mais Mac l'avait-il compris ? Avait-il saisi à quel point elle avait eu du mal à revenir sur ses vœux ? Tout à coup, elle se rendit compte qu'elle avait besoin de le savoir.

— Ça n'a pas été facile de quitter Tim, déclara-t-elle tranquillement.

Du coin de l'œil, elle vit Mac se raidir, et sentit comme un accès de nausée. Elle s'était juré qu'elle n'essaierait pas de se justifier, mais il devait comprendre comme la situation avait été difficile pour elle.

— J'ai tout enduré pendant des mois, mais je n'avais plus le choix. C'était le seul moyen de le faire revenir à la raison.

— N'aurait-il pas mieux valu que tu restes pour l'encourager ? répliqua Mac.

La dureté de cette question la fit frémir.

— J'ai essayé, mais Tim refusait de m'écouter. Il niait son addiction, prétendait que je faisais une montagne de rien du tout.

Elle haussa les épaules au souvenir de leurs disputes.

— Donc tu as baissé les bras, et tu l'as laissé tomber ?

Elle leva les yeux. Mac la regardait en biais. Difficile de dire à quoi il pensait, même si elle en avait une petite idée. Il pensait sûrement qu'elle aurait dû rester avec Tim coûte que coûte, mais il n'était pas là. Il n'avait pas assisté aux disputes, aux mensonges, aux promesses aussitôt démenties d'arrêter la drogue.

— Oui. J'espérais que ça l'obligerait à admettre son problème, et à y remédier. Il est d'ailleurs entré en désintoxication quelques semaines plus tard.

— Soit, mais pourquoi n'es-tu pas revenue, une fois qu'il a été sevré ? demanda Mac visiblement étonné. Tim m'a dit t'avoir suppliée de rentrer, mais que tu avais refusé. Si tu l'avais aimé, ça aurait sans doute été la meilleure chose à faire.

— Ça n'est pas aussi simple, répondit-elle calmement.

Elle fixa ses mains. Devait-elle lui parler de l'aventure de Tim ? Serait-elle revenue, si elle ne l'avait pas découverte, ou cela avait-il été l'excuse qu'elle attendait ? Ses sentiments pour son ex étaient alors au plus bas. En vérité, elle ne l'aimait plus. Ce dont elle doutait à présent, c'était de l'avoir aimé un jour.

— Non ? reprit Mac, insistant. Ça me semble pourtant évident au contraire. Que fais-tu de toutes les promesses échangées, le jour du mariage ? C'étaient juste des paroles en l'air ?

Elle le dévisagea, furieuse de le voir si enclin à la blâmer.

— Bien sûr que non ! s'exclama-t-elle. Je pensais chacun de ces mots, mais il faut deux personnes pour tenir une promesse, quoi qu'en pense Tim.

— Qu'est-ce que tu veux dire ? demanda vivement Mac. C'est toi qui l'as quitté.

— Oublie tout, ça n'a pas d'importance.

Elle s'empara de son mug, infiniment lasse. Elle pourrait dire ce qu'elle voudrait, Mac ne cesserait de la juger. Si elle lui avait parlé de l'aventure de Tim, l'aurait-il crue ? Elle ne supporterait pas de le voir supposer qu'elle inventait cette histoire pour se disculper. Mieux valait ne rien dire plutôt que de courir ce risque.

Ils finirent leur café en silence. Elle posa son mug sur la table, et se redressa. Il était 22 heures, soit l'heure pour elle de regagner ses pénates, même si elle n'en avait guère envie.

— Je ferais mieux d'y aller. Merci pour tout.

— Tu sais comment rentrer ? marmonna Mac.

— J'utiliserai mon GPS, répliqua-t-elle en attrapant son sac.

Elle chancela légèrement, sous le coup de l'épuisement. La journée avait été longue, et si l'on ajoutait à cela le stress du divorce, rien d'étonnant à ce qu'elle se sente aussi exténuée.

— Assieds-toi, lui intima Mac en s'emparant de son sac. Impossible que tu conduises dans cet état. Tu vas devoir passer la nuit ici.

— Je ne peux pas..., balbutia-t-elle.

Mais il ignora ses protestations.

Il traversa la cabine pour ouvrir une porte, à l'autre extrémité, qui révéla une minuscule chambrette meublée d'un lit double.

— Tu dormiras ici, déclara-t-il sans ambages.

Il plaça une lampe à huile sur l'étagère qui jouxtait le lit, diminuant son intensité, pour qu'elle éclaire la chambre d'un doux éclat doré.

— Les draps sont propres, et tu devrais te sentir bien. La salle de bains est ici, ajouta-t-il en désignant une porte. C'est rudimentaire, mais tu trouveras tout ce dont tu as besoin.

— Mais toi, où vas-tu dormir ? demanda-t-elle, protestant faiblement, plus tentée qu'elle ne voulait l'admettre.

Sans doute était-ce insensé, mais la pensée de passer la nuit sur ce bateau était suprêmement séduisante. Elle s'y sentait en sécurité, protégée. Bref, tout ce dont elle était privée depuis longtemps.

— Le canapé se transforme en lit, ne t'inquiète pas pour moi, répliqua Mac en tirant un T-shirt d'un placard. Tu peux enfiler ça, j'ai bien peur de n'avoir rien de plus élégant.

— Ce sera parfait, merci, répondit-elle.

Elle s'écroula sur le lit, dès que Mac eut disparu, sentant ses dernières forces l'abandonner. Les larmes se mirent à ruisseler. Elle voulut les chasser, mais rien ne semblait pouvoir en tarir le flot. Elle n'avait jamais pleuré, auparavant, pas même sous les insultes de Tim, quand elle lui avait annoncé qu'elle demandait le divorce. La gentillesse de Mac avait déchaîné les émotions qu'elle tenait sous clé, et elles se déversaient, souffrances et peines mêlées, culpabilité et soulagement, tout, y compris les sentiments qu'elle éprouvait pour Mac.

Elle prit une profonde inspiration. Elle ne pouvait pas s'attarder sur la confusion dans laquelle il la plongeait. Cela avait toujours été le cas, et elle ne parvenait toujours pas à comprendre pourquoi. D'ordinaire, elle n'avait aucun mal à avoir un avis. Toutes ses décisions étaient soigneusement pesées, étudiées, comme quand elle avait décidé d'épouser Tim.

A l'époque, ce mariage lui était apparu comme une bonne chose : ils venaient du même milieu, partageaient les mêmes valeurs et des attentes similaires. Leur union était vouée au succès, selon elle. Toutefois, avec le recul, elle se rendait compte que cela ne suffisait pas. Leur compatibilité sur le papier ne signifiait pas une véritable entente, ses sentiments pour Tim n'étaient pas assez forts, surtout pour supporter son addiction à la drogue. Elle avait échoué auprès de lui, parce qu'il ne comptait pas assez pour elle. Serait-elle d'ailleurs jamais capable d'aimer assez profondément quelqu'un ?

Etendue sur le lit, elle se cramponna au T-shirt, tandis que la tristesse la submergeait. Elle avait passé tant d'années à ignorer ses émotions, qu'elle avait perdu contact avec elles. Pas étonnant qu'elle ne puisse comprendre ce qu'elle éprouvait pour Mac.

4

Le doux balancement du bateau réveilla Mac. Il ne s'était endormi qu'au petit matin, et d'un sommeil agité et peu réparateur. La nuit dernière avait été troublante pour plusieurs raisons, la principale étant que Bella avait dormi sur son bateau. Il l'avait entendue pleurer à plusieurs reprises, et avait dû se faire violence pour s'empêcher d'aller la voir. Mais chaque fois, la pensée de ce qui risquerait fort de se produire, le cas échéant, l'avait aidé à contrôler son désir.

A cette pensée, précisément, son corps répondit avec une vigueur inattendue, et il eut un long soupir. Il devait arrêter ça ! Peut-être était-il temps de songer à briser ce vœu de célibat, avant que la question du sexe ne se transforme en un problème majeur.

Il se leva, et après avoir mis de l'eau à bouillir, ouvrit la fenêtre pour laisser entrer de l'air frais dans la cabine. Il avait plu toute la nuit, et il grimaça lorsque des gouttes d'eau éclaboussèrent sa tête et son torse. Il attrapa aussitôt une serviette pour se sécher le visage, quand il entendit la porte de la chambre s'ouvrir.

Bella portait le T-Shirt qu'il lui avait prêté, et même s'il descendait jusqu'à mi-cuisse, le vêtement laissait voir ce qu'il fallait de ses jambes au galbe parfait. Malgré lui, il la dévora des yeux. Le T-shirt avait beau être trop grand pour elle, le fin coton réussissait à souligner la courbe de ses hanches, la finesse de sa taille, sans oublier le léger renflement de ses seins…

Il avala une grande goulée d'air en voyant ses tétons pointer sous le coton. Même s'il se doutait que cette réaction était due à la température de la cabine, cela ne l'aidait guère. Il se surprit à imaginer les seins de Bella, durcissant sous l'effet de ses caresses.

Il tâcha de masquer son trouble en s'éclaircissant la voix, tandis qu'elle le regardait, alarmée.

— Hum ! j'ai un peu la voix cassée ce matin, marmonna-t-il en attrapant le café.

— C'est vrai qu'il fait un peu frais ici, répondit-elle, en enroulant les bras autour de son corps.

Il nota la seconde exacte où elle se rendit compte de ce qui se passait. Le rouge lui vint aux joues, et il la vit se précipiter dans la chambre. Ramassant son pull abandonné sur le bord du lit, elle l'enfila à la hâte.

— C'est mieux ainsi, dit-elle en se retournant.

Il aurait voulu objecter quelque chose, mais les mots restèrent coincés dans sa gorge, l'étouffant presque. Il se contenta de hocher de la tête, et s'efforça de se reprendre :

— Tu veux du café ? Des toasts ? Je peux en faire griller si tu en as envie.

Bella se tortilla, l'air gêné, dans l'encadrement de la porte, et il sentit ses sentiments se modifier de nouveau. C'était de la tendresse qu'il éprouvait à présent, tandis qu'il se tournait vers la corbeille à pain. Même quand ils étaient étudiants, Bella avait la réputation de ne jamais perdre le contrôle d'elle-même. Jamais il ne l'avait vue aussi mal à l'aise.

Il regretta soudain sa proposition.

— Il n'y a pas de toaster malheureusement, reprit-il. Il faudra le faire à l'ancienne, au gril.

Il lui alluma l'appareil.

— Le beurre est dans le frigo, et il y a de la marmelade dans le placard, juste là.

Après lui avoir indiqué l'endroit où étaient rangées les choses, il se dirigea vers la chambre.

— Je vais prendre une douche en attendant, d'accord ?

— Parfait.

Bella attrapa une miche de pain dans la corbeille. Elle saisit un couteau, et commença à en découper des tranches, le bout de sa langue pointant entre ses lèvres. Il se détourna, peu préparé à affronter autant de tentations, dès le matin. Il ne voulait pas penser à sa langue, ni à l'effet que ça lui ferait si elle effleurait sa bouche...

Il y avait assez d'eau chaude dans le ballon, mais il tourna la poignée vers le froid. Entrant sous la douche glacée, il frissonna. S'il y avait bien une chose qu'il ne supportait pas, c'était les douches froides, seulement... il n'en méritait pas une chaude.

Fantasmer sur Bella était bien la dernière chose à faire ! Cela briserait leur amitié, et puis il ne pouvait pas trahir Tim de cette façon. Son ami avait renoncé à la drogue, mais comme tout ancien drogué, il était encore très fragile. Mac ne pouvait imaginer le mal qu'il lui infligerait, s'il couchait avec Bella. Le simple fait d'envisager une relation intime avec elle était inquiétant, cela dit. Qu'elle lui ait donné sa version de l'échec de son mariage ne signifiait pas qu'il devait se jouer d'elle. Car rien n'avait changé au bout du compte. Bella et Tim continuaient à former un couple.

Bella avait fini de préparer le petit déjeuner quand Mac réapparut. Il portait un chino bleu marine avec un T-shirt rayé bleu et blanc, et c'était un soulagement de le voir ainsi couvert. Même si le T-shirt et le short qu'il avait passés avant d'aller au lit avaient été des plus décents, ils ne laissaient tout de même guère de place à son imagination, révélant un peu trop de corps musclé à son goût.

Une chaleur se propagea soudain en elle. Elle posa le pain sur la table, furieuse contre elle-même. Elle avait vu des hommes bien moins couverts que Mac ce matin, et il était stupide se comporter comme... une vierge effarouchée.

— Je pourrais facilement m'habituer à ça, dit Mac d'un ton léger, en s'asseyant et en attrapant le café.

Il remplit les deux mugs, y ajoutant du lait et plusieurs cuillères de sucre.

— C'est une vraie bénédiction que quelqu'un me prépare le petit déjeuner.

— C'est la moindre des choses, murmura-t-elle, en s'asseyant en face de lui.

Son genou heurta le sien, et elle retira vivement la jambe, ignorant le trouble qui l'envahissait de nouveau.

Elle n'avait pas l'habitude de passer la nuit avec un homme. Elle n'avait jamais eu d'aventures, aucun homme d'un soir, comme beaucoup de ses semblables à l'université. Tim était le seul homme qu'elle ait jamais connu. Alors passer la nuit avec Mac, enfin... près de lui, était une expérience totalement inédite pour elle.

Cette pensée la déstabilisa plus encore. Elle semblait impliquer une décision préméditée de sa part. C'était faux bien sûr ; elle n'était restée cette nuit sur le bateau que pour reprendre des forces. L'année passée avait été très dure. Entre le stress du divorce et le déménagement à Dalverston, rien d'étonnant à ce qu'elle se soit retrouvée à bout de forces, hier soir. Elle se sentait bien mieux maintenant, moins anxieuse et dans un état plus proche de celui qu'elle connaissait. Passer la nuit ici avec Mac avait accompli des miracles, et il était bien dommage que recommencer soit exclu.

Elle mordit dans son toast, sidérée par cette pensée. Mac l'avait plongée dans un trouble sans précédent, elle devrait pourtant vouloir tout faire pour l'éviter, non ? Et cependant, s'il lui proposait de rester la nuit prochaine, ainsi que la nuit suivante, il n'y avait aucun doute qu'elle accepterait avec joie. Côtoyer Mac était déconcertant, mais lui faisait du bien.

Ils terminèrent leur petit déjeuner en discutant agréablement. Mac vida son mug en soupirant.

— Je vais devoir partir, sinon je vais être en retard. Tu travailles aujourd'hui ?

Elle s'empara à son tour de son mug et de son assiette, pour les porter dans le minuscule évier où elle mit de l'eau à couler.

— Non, comme je travaille tout le week-end, je suis libre aujourd'hui et demain.

— Quelle chance ! Je dois vraiment y aller, ajouta-t-il avec une grimace, après avoir consulté sa montre. Et je croise les doigts pour qu'ils n'aient pas changé les horaires de bus, sinon je vais être sérieusement en retard.

— Le bus ? Pourquoi tu dois prendre le bus ? demanda-t-elle en rinçant puis en séchant leurs mugs.

— J'ai laissé ma moto à l'hôpital, hier soir.

Elle soupira.

— Parce que tu m'as raccompagnée ? Je suis désolée.

— Ce n'est pas grave. Bon, j'y vais.

— Tiens, prends ma voiture, répliqua-t-elle en lui tendant les clés. J'insiste. C'est ma faute si tu as laissé ta moto à l'hôpital, donc c'est le moins que je puisse faire.

— Et toi ? demanda-t-il en fronçant les sourcils. Comment vas-tu rentrer ?

— Ne t'inquiète pas pour moi. Je prendrai un taxi. Pars, tu vas être en retard.

— Oui m'dame, répondit-il avec un sourire. Personne ne t'a jamais dit que tu étais autoritaire ?

— Pas récemment, non, répliqua-t-elle en souriant.

L'ayant suivi jusqu'au ponton, elle s'arrêta en même temps que lui. Ses yeux bleus étaient très sombres.

— Tu es sûre que ça va aller ? J'ai l'impression de t'abandonner.

— Ne sois pas stupide, lança-t-elle avec légèreté.

Elle le dévisagea, néanmoins, profondément touchée de son attention.

Cela faisait longtemps qu'on ne s'était pas inquiété pour elle de cette façon.

— Ça va très bien se passer, reprit-elle. Je vais ranger et appeler un taxi... Oh ! attends, quelle est ton adresse ? Je n'ai aucune idée de l'endroit où on est.

— Too-Good Lane.

Mac plongea la main dans une poche, et en sortit un ticket de supermarché, sur lequel il écrivit un numéro.

— Appelle Dennis et demande-lui de venir te chercher. Il est sympathique et très fiable. Tu seras en sécurité avec lui.

Elle voulut regagner la cabine, en apercevant un joggeur qui arrivait sur le quai. Elle était fort peu vêtue. Qu'est-ce que les gens allaient penser, s'ils la voyaient porter l'un des T-Shirt de Mac ? Ils s'imagineraient qu'ils avaient passé la nuit ensemble. Une chaleur l'envahit, tandis qu'une foule d'images lui traversait la tête : les yeux de Mac, profonds et sombres quand ils la contemplaient, la sensation de ses mains lui caressant le corps, de la gorge aux cuisses...

Un frémissement la parcourut, et elle se retourna. Il lui lança un joyeux « au revoir », alors qu'il quittait le bateau. Elle réussit même à lui répondre, mais tout lui parvenait comme dans un rêve. Tout ce qu'elle imaginait, en cet instant, c'étaient les mains de Mac en train de la caresser.

Elle se dépêcha de rentrer et se planta dans la cabine, ses bras enroulés autour du corps. Elle ne s'était jamais sentie aussi troublée par le passé, ni assaillie par un tel désir. Bien qu'elle ait apprécié faire l'amour avec Tim au début, elle n'avait jamais désiré aussi passionnément son contact. Submergée par une soudaine poussée d'adrénaline, elle se rendit compte que si Mac lui faisait l'amour, ce serait très différent. Elle ne serait pas capable de se replier en elle-même — elle ne le voudrait pas, de toute façon. Si Mac lui faisait l'amour, elle serait incapable de rester sur ses gardes. Il libérerait ses passions, réveillerait ses désirs, et une fois que cela se serait produit, impossible de faire machine arrière.

Elle frémit. Oui, elle changerait pour toujours, deviendrait une tout autre personne, une femme qui non seulement éprouverait des émotions, mais aurait aussi besoin de les ressentir. Pourrait-elle affronter ça ?

Mac fut débordé dès qu'il arriva au travail. Il y avait eu un accident entre un camion et un bus de ramassage scolaire. Il y avait trente-trois blessés, et chacun avait besoin de soins rapides. Heureusement, Trish Baxter, l'une des infirmières les plus expérimentées, était de service ce jour-là, et elle s'occupa du tri. Les enfants les plus légèrement blessés — ceux qui n'avaient que des bleus et des entailles superficielles — devaient patienter, tandis que les autres étaient envoyés dans les box, ou dans les salles de soins. Heureusement, seuls deux enfants étaient blessés au point d'avoir besoin d'aller en réanimation, et Mac s'en occupa. Des jumeaux de douze ans, Emily et Ethan Harris, qui étaient assis pile à l'endroit percuté par le camion.

— Bonjour, je suis Mac et je suis médecin, leur expliqua-t-il, tandis que les brancardiers transportaient les enfants sur leurs tables roulantes respectives. Il écouta attentivement le tableau clinique de l'état des jumeaux. Emily était touchée au bras droit et souffrait beaucoup. Son frère, quant à lui, respirait avec difficulté. Ethan avait été projeté dans l'allée par la force de l'impact, puis piégé par un siège qui s'était délogé de son socle. Sans doute s'était-il fracturé une côte, ce qui pouvait amoindrir ses capacités respiratoires, si la plèvre avait été perforée. Le garçon avait besoin de soins en urgence. Mac se tourna vers Helen Robertson, l'interne de première année qui travaillait avec lui.

— Prends la fille. Elle a besoin d'une radio, et ensuite, nous verrons plus clairement ce qu'il faudra faire. Si son épaule s'est déboîtée, il faudra la remettre en place, avant que les nerfs ne soient abîmés. Vérifie aussi s'il n'y a pas une fracture de l'humérus, OK ?

Helen hocha la tête, visiblement déstabilisée d'être tout à coup en charge d'un patient. Il la regarda, tandis qu'elle courait au téléphone pour joindre le service de radiologie. Elle se débrouillerait très bien, mais il garderait tout même un œil sur elle. Car si elle voulait acquérir de l'expérience, elle devrait se jeter à l'eau, comme tout jeune médecin. Il se concentra de nouveau sur Ethan, et après avoir pris son pouls, mesura son niveau d'oxygène. Bailey Thomas, l'infirmière de réanimation, l'accompagnait, et il lui annonça qu'il souhaitait procéder à une aspiration.

— J'ai bien peur qu'il n'y ait du sang dans la cavité pleurale, pas vous ? Voyons si on peut le retirer, et permettre ainsi au patient de respirer un peu plus facilement.

Bailey attrapa ce dont ils avaient besoin, et Mac commença l'opération, introduisant l'aiguille à l'intérieur de la plèvre, entre les côtes du garçon. Il ne fut pas surpris de voir immédiatement du sang s'écouler.

— C'est bien un hémothorax, dit-il en regardant Bailey.

Du coin de l'œil, il vit la radiologue accrocher la radio d'Emily sur le moniteur. Même de là où il se trouvait, il constata que la jeune fille avait une fracture de l'humérus, mais ne dit rien. Il voulait que Helen pose le diagnostic elle-même.

— Voyons voir si nous pouvons faire mieux ici, reprit-il en se tournant vers Ethan.

Il aspira encore du sang, avant d'être satisfait de l'état de son patient. Les constantes d'Ethan étaient revenues à un état normal, et le jeune homme respirait à présent de manière régulière. On pouvait donc s'occuper de ses autres blessures. Il appela alors la radiologue, et lui demanda d'effectuer des radios du corps entier. Puis, tandis que sa collègue s'en occupait, il se rendit auprès de Helen.

— Alors, comment ça se passe ? demanda-t-il, pour qu'elle lui fasse part de ses constats.

— Comme vous l'aviez supposé, l'humérus est fracturé dans le coin supérieur.

Helen désigna la fracture, et il acquiesça.

— En effet, bien vu. Son épaule est également luxée, il faudra s'en occuper aussi.

— Que dois-je faire ? demanda Helen, d'un ton perplexe. Dois-je réduire la luxation, et remettre l'humérus en place ? Je ne me suis jamais occupée d'un cas semblable.

— Ce serait bien trop douloureux pour Emily, si nous faisions ça ici. D'autant que la présence de la fracture complique les choses, expliqua-t-il.

Mac aimait aider les jeunes docteurs : contrairement à certains de ses pairs, il ne considérait pas cela comme une perte de temps. Plus vastes étaient les connaissances de chacun, plus aisé serait le travail de l'équipe.

— Appelez le bloc, et réservez une place dès que possible. Ils s'occuperont de tout, sans même qu'Emily s'en rende compte. Il faudra juste demander à ses parents de signer l'autorisation d'opérer, et ensuite foncez. Voyez d'abord s'ils sont arrivés et si non, demandez à la police de les contacter. Dites-leur que c'est urgent. Il ne faut surtout pas perdre de temps, alors allons-y. C'est l'une des rares occasions où vous êtes autorisée à mentir à la police.

— Aucun problème ! répondit Helen en riant.

Et elle sortit de la salle.

Il sourit, et retourna à ses patients. De ce qu'il pouvait en voir pour l'instant, Helen avait tout pour faire un très bon médecin. Elle apprendrait beaucoup en travaillant ici. Cela le rendit soudain heureux d'être en charge d'un service d'urgences pédiatriques. Il avait eu des doutes, quand il s'était rendu compte que Bella travaillait ici, elle aussi. Après tout ce que Tim lui avait dit, c'était normal, même s'il avait peut-être fait preuve de précipitation dans son jugement. OK, il y avait eu un ou deux petits soucis, mais Bella et lui s'entendaient, somme toute, remarquablement.

La radiologue interrompit le cours de ses pensées pour lui annoncer que les clichés étaient prêts, et il se tourna vers le moniteur. Il aurait amplement le temps de repenser à sa relation avec Bella plus tard.

Son cœur battit plus vite. Depuis quand entretenait-il une « relation » avec Bella ? Certainement pas avant la nuit dernière. Tout au plus aurait-il qualifié leurs rapports d'« amicaux » — Bella et lui étaient amis, rien de plus. Cependant, il sentait au fond de lui que ce n'était plus le cas. Du moins, que les choses avaient évolué. Presque à leur insu, leur amitié venait de franchir un nouveau stade, leurs rapports étaient devenus une relation. Etait-ce une bonne chose ou non ? Il l'ignorait, mais n'avait certainement pas le pouvoir d'y changer quoi que ce soit.

Il inspira et regarda l'écran.

Bella regarda le taxi s'éloigner de l'hôpital. Elle allait récupérer ses clés auprès de Mac, et rentrer directement. Plus vite elle serait chez elle, plus vite elle se débarrasserait de l'envie obsédante de passer une nouvelle nuit dans son bateau. Certes, la nuit dernière lui avait été extrêmement bénéfique, mais elle devait se prendre en main elle-même. Elle ne pouvait pas attendre de Mac qu'il continue à la chouchouter.

Elle se rendit directement à la réception, et découvrit une multitude d'enfants dans la salle d'attente. Nul besoin d'être un génie pour comprendre que quelque chose de grave avait dû se produire. Elle se précipita donc à l'infirmerie. Trish Baxter ajoutait des noms au tableau. Elle grimaça en apercevant Bella.

— Nous n'avons plus de place.

— Que s'est-il passé ? demanda Bella en examinant la liste.

D'après ce qu'elle voyait, il y avait quinze enfants attendant d'être examinés, plus six en salle de soins, trois dans les box, et deux en salle de réanimation.

— Un camion a percuté un bus qui emmenait des ados au lycée, expliqua Trish. Ça a été pour le moins chaotique ce matin.

— J'imagine, répliqua-t-elle en ôtant sa veste. Qui est le prochain sur la liste ? Une certaine Freya Watson, à ce que je vois.

— Je pensais que tu étais de repos aujourd'hui, dit Trish, alors qu'elles se dirigeaient vers la réception.

— En effet. Mais je ne peux pas repartir, et vous laisser avec cette pagaille.

Elle récupéra la fiche de la fille, et jeta un coup d'œil dans la salle d'attente.

— Freya Watson ? appela-t-elle, en esquissant un sourire chaleureux à l'adresse de la grande rousse qui se leva, hésitante. Viens avec moi, nous allons nous occuper de toi.

Elle la guida vers l'un des box. D'après sa fiche, Freya avait seize ans, et entamait sa dernière année de lycée. Elle semblait extrêmement nerveuse et s'assit sur le lit, tandis que Bella continuait à lui sourire.

— Cela a dû être un grand choc pour toi. C'est tout à fait normal, que tu sois secouée. Je vais juste vérifier que tout va bien, et dès que tes parents seront là, tu pourras rentrer.

Freya ne répondit rien, gardant les yeux rivés sur le plancher. Bien que la fiche n'indiquât que de légères contusions, Bella soupçonnait que quelque chose d'autre clochait chez la jeune fille. Elle continua donc son examen sans rien dire. Si quelque chose n'allait pas, elle s'en rendrait rapidement compte. Freya avait de larges bleus sur les cuisses, apparemment douloureux au toucher, car elle grimaça quand Bella les effleura.

Elle observa les hématomes.

— Comment est-ce arrivé ? demanda-t-elle.

— Un sac est tombé du porte-bagages, et m'a atterri dessus, murmura Freya

— Je vois, ça a dû être douloureux, dis donc. Je peux vérifier ton ventre ? Je veux juste m'assurer qu'il n'y a pas d'autres bleus.

Elle était sur le point de déboutonner la veste trop large de Freya quand celle-ci la repoussa, le regard déformé par la peur.

— Je vais bien ! s'écria-t-elle en essayant de se relever.

Mais à peine eut-elle prononcé ces mots, qu'elle se recroquevilla, sous l'effet de la douleur.

Bella la rattrapa alors qu'elle s'effondrait.

— Il est évident que tu ne vas pas bien, Freya, je vais juste t'examiner, vérifier que tu n'es pas gravement blessée.

De grosses larmes commencèrent à couler sur les joues de la jeune fille, tandis que Bella déboutonnait sa veste. Dès qu'elle eut fini, elle comprit : Freya était enceinte, et d'après ce qu'elle pouvait voir, la grossesse touchait à sa fin. Elle choisit ses mots avec précaution, sachant à quel point il était important de gagner la confiance de la jeune fille.

— Sais-tu quand ton bébé va naître, Freya ?

— Non, pas vraiment. J'espérais que ce n'était pas vrai.

Elle leva les yeux, et à la vue de la peur qu'ils recelaient Bella sentit son cœur se serrer.

— Mes parents vont me tuer quand ils l'apprendront, poursuivit l'adolescente. Ils sont toujours en train de répéter que je dois me montrer prudente.

— Je suis sûr que ça ira, une fois qu'ils auront encaissé le choc, répliqua-t-elle.

Elle croisa les doigts mentalement.

Puis elle procéda à un rapide examen de l'adolescente, de plus en plus inquiète, en constatant que la tête du bébé était déjà engagée. Comme elle l'avait pressenti, la grossesse touchait à son terme, et Freya laissa échapper un gémissement. Il n'y avait plus de temps à perdre : le bébé était sur le point de naître. Courant vers le téléphone, elle appela la maternité, leur demandant d'envoyer une sage-femme en urgence. En attendant, elle allait se débrouiller comme elle le pourrait, bien que son dernier accouchement remonte à quelques années. Sortant la tête du box, elle appela Trish, qui finissait justement d'examiner un patient, puis une fois celle-ci près d'elle, baissa la voix pour ne pas diffuser l'information dans toute la salle. Même s'il y avait peu d'espoir que l'arrivée du bébé demeure un secret bien longtemps, au moins ses camarades de classe ne seraient-ils pas avertis tout de suite.

— On a un petit souci : Freya est enceinte, et le bébé est sur le point de naître. J'ai fait venir une sage-femme, mais j'ignore dans combien de temps elle sera là, donc il va nous falloir nous débrouiller avec les moyens du bord, en attendant. Est-ce qu'on peut la transférer en salle de réa, pour lui donner un peu d'intimité ? Ses parents ne savent pas qu'elle est enceinte.

— Mon Dieu ! s'exclama Trish. Je connais ses parents, et

crois-moi, ils vont faire une attaque. Ils sont très stricts, d'après ce que j'ai pu voir.

— Super, répondit Bella en soupirant. Je vais appeler les services sociaux, dès que j'aurai une minute de libre, mais ma plus grande préoccupation, pour l'instant, c'est de ne pas ébruiter la nouvelle dans toute son école. Est-ce que Mac a fini en réa ?

— Je vais vérifier. Je reviens tout de suite.

Trish fila dans le couloir, et elle revint dans le box. Freya gémissait en se tordant de douleur, apparemment en plein travail. Bella l'examina de nouveau et grimaça : son col était complètement dilaté à présent. Le bébé n'allait pas tarder.

— Ton bébé arrive, lui murmura-t-elle. Je sais que ça fait mal, ma belle, mais quand la sage-femme sera là, elle te donnera des antidouleurs. Tu sais ce qui se passe, quand un enfant naît ?

Freya acquiesça

— On a appris en cours de sciences comment le col se dilate et se raccourcit, pour laisser passer le bébé.

— C'est bien. Au moins tu as une idée de ce qui va se passer, ça ne peut que t'aider.

Bella jeta un coup d'œil à la ronde, quand elle entendit les rideaux s'ouvrir : Mac les rejoignait dans le box. Même s'il y avait à peine une heure qu'ils s'étaient séparés, elle avait l'impression de le voir avec des yeux nouveaux.

Elle respira profondément. Elle se devait d'affronter la réalité : au fond, elle avait toujours été sensible à son charme, elle avait simplement eu trop peur de le reconnaître.

5

Le bébé de Freya arriva vingt minutes plus tard. C'était une petite fille, absolument parfaite, en dépit du fait que sa mère n'avait pas été suivie durant sa grossesse. Mac plaça doucement le nourrisson dans les bras de l'adolescente, curieux de savoir ce qui allait se passer. Bella lui avait expliqué la situation : les parents de Freya allaient-ils aider leur fille, malgré le choc ?

Il soupira. Il lui suffisait de penser à ce qui était arrivé à sa mère, pour savoir que le *happy end* n'était pas garanti. Ses grands-parents maternels avaient refusé de revoir leur fille, après sa naissance. Et comme son père avait été élevé par l'assistance publique, sans le moindre contact avec sa propre famille, ses parents avaient dû batailler tout seuls. Même si son père avait fait du mieux qu'il pouvait, son manque de qualification l'avait condamné à des emplois sous-payés. Issue de la classe moyenne aisée, sa mère avait, quant à elle, eu du mal à s'adapter au changement de vie. Il laissa échapper un soupir. Rien d'étonnant à ce qu'elle les ait finalement abandonnés.

— La sage-femme sera là d'un instant à l'autre, déclara Bella, qui venait d'appeler la maternité. Visiblement, ils sont en sous-effectif, c'est pour ça qu'ils mettent tant de temps. Mais ils ont promis de nous en envoyer une au plus vite.

— Ils ne pourront pas faire grand-chose de plus, de toute façon, répliqua-t-il, laconiquement.

— En effet. Et je suis contente que tu aies été là. Cela faisait un bail que je n'avais pas participé à un accouchement. Je suis un peu rouillée, j'en ai bien peur.

— Ces dernières années, j'en ai fait plus souvent qu'à mon tour, dit-il, avec une pointe d'ironie. On doit se faire la main à pleins de trucs, quand on travaille à l'étranger.

— Eh bien, ça t'a été bien utile, aujourd'hui.

Il la dévisagea. Elle souriait, mais il y avait une certaine méfiance dans son regard. Quelque chose l'avait contrariée ? Avant qu'il ne puisse étudier la question, Trish passa sa tête rousse dans l'entrebâillement de la porte.

— M. et Mme Watson sont arrivés. Tu veux qu'on fasse comment, Bella ? Je les amène tout de suite ici, ou tu préfères leur parler d'abord ?

— Je vais commencer par discuter avec eux, répondit Bella avec un soupir. Je vais envoyer Jenny tenir compagnie à Freya, ajouta-t-elle en se tournant vers Mac. Tu dois avoir autre chose à faire.

— Je vais aller vérifier le nombre d'enfants encore en attente d'examens, répondit-il en la suivant vers la sortie. Ça va être un grand choc pour ses parents, reprit-il, en jetant un dernier regard sur Freya. Espérons qu'ils sauront le surmonter. Leur fille aura besoin de soutien dans les mois à venir.

— Oui, répondit Bella. Avoir un bébé à son âge, ce n'est pas rien.

— Tu m'étonnes. Mes parents devaient avoir seulement un ou deux ans de plus qu'elle, quand ils m'ont eu...

Il s'interrompit, regrettant aussitôt ses paroles. Quelle qu'en fût la raison, il était trop à fleur de peau pour se sentir à l'aise avec les confidences.

— Je l'ignorais, répliqua Bella, tandis qu'ils atteignaient la réception. Ça a dû être difficile pour eux, non ? Tes grands-parents les ont-ils aidés ?

— Non, mon père vient de l'Assistance. Quant à ma mère, ses parents ont décrété qu'elle avait fait son choix, et devrait donc en assumer les conséquences. Ils auraient voulu qu'elle avorte, mais elle a refusé, ajouta-t-il. Alors, à partir de là, ils ont coupé tout contact avec elle.

— Vraiment ? Ça a dû être affreux pour elle ! Et pour toi aussi, d'ailleurs, ajouta-t-elle, avec compassion.

— J'ai survécu, répliqua-t-il avec un sourire figé.

Il s'efforça de chasser l'émotion qui l'envahissait. Certes, c'était douloureux de savoir que ses grands-parents lui avaient tourné le dos, mais il était bien trop âgé pour se mettre à pleurer. Il se redressa, bien déterminé à ne pas montrer à Bella qu'elle avait touché une corde sensible. Il n'avait aucune envie de se ridiculiser !

— OK, je vais voir où nous en sommes. A plus.

— J'y compte bien.

Il perçut une légère mélancolie dans sa voix, mais refusa de s'interroger là-dessus.

Il alla vérifier le nombre de petits patients encore en attente : seulement une dizaine. Il se dirigea alors vers le box le plus proche. Tant que son esprit était occupé, il ne commencerait pas à ressasser.

Il soupira. Jamais il n'avait été confronté à ce problème auparavant. Il n'était pas du genre émotif, normalement. Mais à la minute où Bella lui avait manifesté de la compassion, il avait eu envie de pleurer. Que lui arrivait-il ? Il y avait eu les pensées de la nuit dernière — impliquant Bella et lui, dans un lit — et maintenant ce... truc. Il devait se reprendre. Peut-être l'amenait-elle à éprouver des choses inédites, mais quoi qu'il en soit, pour lui, elle était toujours unie à Tim. Pas question qu'il soit responsable d'une rechute de son ami ! Non, Bella était hors de portée, comme autrefois. Et comme toujours. Point à la ligne.

Il était presque midi quand Bella songea à partir. Les derniers patients avaient été examinés et renvoyés chez eux, et le service avait plus ou moins repris son cours ordinaire.

Bon, restait encore tout un tas de papiers à remplir, mais elle pouvait les laisser à Mac. Elle était tout de même censée être en congé, aujourd'hui, donc elle n'avait pas à se sentir coupable de rentrer chez elle. Aussi prit-elle ses affaires, et se mit-elle en route. Ce fut seulement en arrivant à sa voiture, qu'elle se rappela avoir oublié de demander ses clés à Mac.

Elle soupira en rebroussant chemin. Certes, elle aurait pu se débrouiller sans avoir à lui parler de nouveau. Ce qu'il lui avait révélé sur sa famille l'avait affectée bien plus qu'elle ne l'aurait cru. Cela avait dû être très dur pour lui de grandir en ayant été rejeté par ses grands-parents.

Elle se morigéna aussitôt. Elle devait arrêter de penser tout le temps à Mac. Bon, d'accord, elle prenait ses intérêts à cœur, mais elle ne pouvait non plus se laisser envahir à ce point. Elle devait intégrer au plus vite, qu'il n'était rien de plus qu'un collègue.

Elle allait rentrer dans l'hôpital quand Mac surgit, souriant tristement, tout en lui tendant ses clés de voiture.

— Ça pourrait te servir, non ? Désolé, j'aurais dû te les rendre plus tôt.

— Aucun souci.

Elle esquissa un sourire, pour masquer sa gêne. Pourquoi n'avait-elle encore jamais remarqué la magnifique nuance de bleu, qui illuminait ses yeux ? Et pourquoi découvrait-elle seulement maintenant à quel point il était grand, fin et musclé ? Emportée par ces pensées, elle mit du temps à comprendre qu'il lui avait posé une question.

— Désolé, balbutia-t-elle enfin. Qu'est-ce que tu as dit ?

— Je voulais savoir comment ça s'était passé avec les parents de Freya.

Elle frissonna au son de cette voix profonde. Surtout ne pas lui laisser voir à quel point elle en était troublée. Si elle n'avait pas remarqué ses yeux ou son physique jusqu'à maintenant, elle s'était encore moins aperçue de la beauté de sa voix. Elle prit une longue inspiration.

— Pas très bien, j'en ai peur. Ils ont commencé par douter

de mes paroles, et suggéré qu'on avait dû se tromper de nom. Ensuite, quand je les ai conduits auprès de Freya, ils se sont mis à lui crier dessus. A tel point que j'ai dû les prier de quitter la chambre, ajouta-t-elle en soupirant.

— C'est terrible. Comment Freya a-t-elle réagi ?

— Comme on pouvait s'y attendre. Elle était en larmes. J'ai eu du mal à la calmer, mais c'est normal, à son âge.

— Tout à fait. Que va-t-il se passer quand elle quittera l'hôpital ? Ses parents vont-ils l'héberger ?

Elle secoua la tête.

— Ça m'étonnerait, vu ce que j'ai entendu. J'ai parlé aux services sociaux, et ils ont promis de lui rendre visite. Ils vont essayer de lui trouver un logement, sauf si, par miracle, M. et Mme Watson changeaient d'avis.

— Je me demande ce qui est le pire : se retrouver seul dans un logement misérable, ou rentrer chez soi pour affronter des reproches constants.

— Moi aussi, mais la seule chose que nous puissions faire, c'est prier pour un miracle.

— Prier pour que le cœur des parents de Freya s'ouvre ? répliqua-t-il d'un ton sceptique. Crois-en mon expérience, ça arrive rarement.

— Tes grands-parents ne sont jamais revenus sur leur condamnation ? demanda-t-elle.

— Non. Ma mère a bien essayé de leur faire entendre raison, mais ils ne voulaient rien avoir à faire, ni avec elle ni avec moi. Je ne les ai jamais rencontrés, en fait.

— Comme c'est triste ! Et pas seulement pour ta mère et toi, mais aussi pour eux. Ils se sont privés du plaisir de te voir grandir.

— De toute évidence, cela ne les préoccupait pas trop. La honte d'avoir une fille-mère hors mariage était trop insurmontable.

Elle secoua de nouveau la tête, indignée.

— Je ne comprends pas les gens comme ça ! Bon, d'accord, mes parents se souciaient plus de leur carrière que de moi, mais je suis certaine qu'ils m'auraient aidée, si je m'étais retrouvée dans cette situation.

— Ils ne risquaient pas grand-chose, de toute façon.

— Qu'est-ce que tu veux dire ? demanda-t-elle, étonnée.

— Rien, laisse tomber. Je ferais mieux d'y aller. Merci encore pour ta voiture.

Elle le vit qui rebroussait chemin, mais elle ne pouvait le laisser s'en aller sans autre explication. Elle lui agrippa le bras, consciente de la chaleur qui embrasa aussitôt sa peau, c'était pourtant tout ce qu'elle pouvait faire pour l'empêcher de partir.

— Je veux savoir ce que tu sous-entendais, déclara-t-elle fermement.

Elle s'efforça de se reprendre, désireuse de faire taire ses sensations.

Elle lui touchait juste le bras, bon sang, elle ne faisait pas l'amour avec lui !

— Alors ? reprit-elle avec force.

— Tim m'a dit que tu ne voulais pas avoir d'enfants.

Leurs yeux se croisèrent, et la condamnation qu'elle lut dans les siens la pétrifia.

— Il en a beaucoup souffert, et je le comprends. Avoir un enfant, c'était exactement ce qu'il lui aurait fallu pour rester dans le droit chemin.

Elle le fixa, blessée, au-delà du concevable.

— C'est ce que Tim t'a raconté ou c'est une invention de ta part ? demanda-t-elle froidement.

Elle baissa les yeux. Une fois de plus, Mac lui reprochait ce qui s'était passé, et c'était pire, après la nuit dernière. Elle pensait qu'il avait commencé à admettre que l'échec de son mariage ne relevait pas de sa seule responsabilité, mais elle se trompait. Tout à coup, elle voulut le remettre à sa place, c'était tout ce qui comptait.

— Pas la peine de répondre. La vraie question, c'est : pourquoi ai-je refusé d'avoir un enfant ? Tim ne t'a pas expliqué, j'imagine. J'ai refusé, poursuivit-elle vivement, parce qu'il n'était pas question que je fasse naître un enfant non désiré. Tim ne t'a sans doute pas expliqué qu'il n'a voulu un enfant qu'à partir du moment où je lui ai dit que je le quittais. Il avait toujours refusé jusqu'alors.

Elle releva les yeux vers lui. Allait-il la croire ? Qu'il en ait ou non l'intention, elle lui dirait la vérité.

— Alors j'ai refusé à mon tour, reprit-elle. Point à la ligne. Et je me fiche bien de ce que tu en penses. Pas question que j'aie un enfant juste pour essayer de sauver notre mariage. Il était bel et bien terminé, crois-moi.

Sur ce, elle tourna les talons, ignorant le geste de Mac pour la retenir. Une fois installée au volant, elle démarra sans plus attendre, et quitta le parking. Et peu importait ce qu'elle ressentait exactement. Etait-elle plus furieuse que blessée, face à son refus de croire qu'elle n'était pas la seule fautive ? En tout cas, plus jamais elle ne s'imaginerait qu'il était de son côté. Elle avait pu en avoir l'illusion la nuit dernière, mais c'était précisément une illusion. Mac avait pris le parti de Tim. Elle ne comptait pas vraiment pour lui, malgré ce qu'il prétendait.

Mac se sentit affreusement mal pendant le reste de la journée. Il n'arrivait pas à s'ôter de l'esprit la souffrance de Bella, lorsqu'elle avait quitté le parking. Avant la fin de son service, il en était arrivé à la conclusion qu'il ne pouvait laisser les choses en l'état. Il devait arranger la situation. Si toutefois, cela était en son pouvoir…

Il prit sa moto pour se rendre dans le centre-ville. D'après son dossier à l'hôpital, elle vivait dans l'un des nouveaux immeubles construits à la place d'une vieille brasserie. Il avait entendu dire que les loyers y étaient prohibitifs, mais Bella devait en avoir les moyens. Encore une raison pour faire taire toute pensée fantaisiste à son endroit. En dépit de son salaire confortable, il ne jouait pas dans la même cour qu'elle.

Une fois arrivé, et après avoir garé sa moto, il se dirigea vers l'entrée de l'immeuble, et pressa le bouton de l'interphone. Il ne la blâmerait pas, si elle refusait de le voir, mais il avait vraiment besoin de s'expliquer avec elle.

— Bella, c'est moi, Mac. Il faut que je te parle.

— J'ai peur que ça ne soit pas le moment...

Il la coupa aussitôt :

— Je comprends que tu sois en colère, mais on doit s'expliquer, Bella. Une fois pour toutes.

Il avait la désagréable sensation que s'il ne tirait pas cette histoire au clair ce soir, il n'y arriverait jamais. Si Tim lui avait menti, il devait le savoir.

— Pourquoi ? répliqua-t-elle avec un petit rire douloureux. Quelle différence cela fait pour toi, si Tim t'a raconté des salades ? Ça ne t'empêchera pas de prendre fait et cause pour lui, ni de me rendre responsable de l'échec de notre mariage. De ton point de vue, j'aurais dû rester coincée avec lui, en dépit de tout...

— J'ai besoin de connaître la vérité, dit-il doucement.

Il secoua légèrement la tête, conscient de pénétrer en territoire dangereux.

Mais Bella méritait qu'il lui prête une oreille impartiale. Si elle consentait à lui parler.

— Je sais que c'est beaucoup te demander, mais s'il te plaît, laisse-moi entrer, qu'on discute de tout ça.

Il retint sa respiration, espérant malgré tout l'avoir convaincue. Il faillit crier son soulagement en entendant le déclic de la porte, et se rua sur l'ascenseur, de crainte qu'elle ne change d'avis. Il n'était pas certain de la manière dont il allait procéder. Peut-être vaudrait-il mieux attendre, et voir ce qui allait se passer. S'il l'interrogeait, il courait le risque de commettre un impair. Il soupira, quand l'ascenseur s'arrêta. En temps normal, il lui aurait simplement demandé sa version des faits. Mais dans le cas présent, la situation était complexe. Quelqu'un mentait, et il devait savoir qui.

Bella devait avoir entendu l'ascenseur, car elle ouvrit la porte, avant qu'il ait eu le temps de frapper. Sans dire un mot, elle s'effaça pour le laisser entrer. Il la suivit ensuite dans son salon, avant de s'arrêter, sidéré par la vue la plus spectaculaire qui soit : une baie vitrée, couvrant un mur entier, laissait voir les montagnes qui entouraient la ville.

— C'est fabuleux !

Il alla se planter devant la baie, pour mieux s'imprégner du panorama. Ce fut seulement en prenant conscience du silence, qu'il se souvint de la raison de sa venue. Se retournant lentement, il sentit son cœur se serrer devant l'air distant de Bella. Comme elle en avait l'habitude, elle se repliait sur elle-même, quand elle était blessée.

— Merci de m'avoir laissé entrer, balbutia-t-il.

Il s'efforça de réprimer son sentiment de culpabilité.

Il détestait lui avoir fait du mal, même si ce n'était pas intentionnel. Et il allait sans doute aggraver les choses, en continuant ses investigations, mais avait-il le choix ? Il avait besoin de la vérité.

Il rassembla le courage qui lui restait :

— Ce que tu m'as dit à propos de Tim, qui ne voulait pas avoir d'enfants jusqu'à ce que tu veuilles divorcer, c'était vrai ?

— Oui, mais je ne m'attends pas que tu me croies.

Il sentit son cœur se serrer encore. Elle le défiait, sans pour autant parvenir à masquer sa souffrance. A l'évidence, elle répugnait à discuter de ce qui s'était passé, et en d'autres circonstances, il n'aurait pas insisté. Mais s'assurer qu'il pouvait lui faire confiance était encore plus important que découvrir si Tim lui avait menti.

Il se figea. Cette pensée le stupéfiait, dans la mesure où elle réveillait des sentiments dont il pensait être venu à bout depuis des années. Après le départ de sa mère, il s'était dit qu'il était impossible de faire confiance à qui que ce soit. Il n'avait que sept ans alors, mais il se rappelait encore sa terreur, à l'idée que son père l'abandonne aussi.

Etait-ce pour cela qu'il fuyait toute forme d'engagement ? Qu'il mettait un terme à ses relations, avant qu'elles ne deviennent trop sérieuses ? Il ferma un instant les yeux. Il craignait de tomber amoureux, par peur de se faire quitter. Cette pensée en amena une autre, encore plus perturbante : était-ce la raison pour laquelle il voulait à tout prix s'assurer de pouvoir faire confiance à Bella ?

Il sentit la panique s'emparer de lui en comprenant à quel point sa situation était compliquée. Ses sentiments pour Bella étaient beaucoup moins simples qu'il ne l'avait cru. Ils semblaient évoluer de jour en jour, à vrai dire. Sa désillusion et sa colère face au comportement de Bella n'étaient plus aussi évidents, aujourd'hui.

Il sentit un filet de sueur couler dans son dos, quand il la dévisagea, et lui revinrent brusquement ses sentiments de la nuit dernière, sa soif de la toucher, de l'embrasser, de sentir son corps sous le sien. Rien à voir avec de la colère ou de la désillusion !

Bella ignorait les pensées de Mac, mais quelque chose dans le regard qu'il posait sur elle lui fit battre le cœur à toute allure. Elle se mordilla la lèvre, bien décidée à ne pas se laisser emporter par ses émotions. S'ils étaient là pour s'expliquer, elle devait rester calme. Elle lui avait donné sa version des choses, c'était désormais à lui de décider s'il la croyait ou non.

Elle se dirigea alors vers le chariot à alcool, et versa du cognac dans deux verres en cristal. Elle qui ne buvait quasiment jamais sentait qu'elle aurait besoin d'un peu de courage, pour affronter les minutes qui allaient suivre. Elle s'assit sur l'un des grands canapés de cuir noir, après avoir posé les boissons sur la table basse en acier et en verre. Elle avait loué cet appartement meublé, sans y changer quoi que ce soit. C'était un lieu où elle mangeait et dormait, et voilà qu'elle se retrouvait à se demander ce que Mac en aurait fait. A en juger par la chaleur de son bateau, cet endroit ne lui plaisait sans doute pas.

Bizarrement, elle trouva l'idée perturbante, mais refusa

de s'y attarder. Mac se moquait bien de ses goûts en matière d'ameublement, il voulait juste savoir si elle était honnête ! Elle fulmina en prenant une gorgée de cognac. Elle n'avait rien fait de mal, et il devrait bien l'admettre.

— Vu que tu sembles être venu ici pour me parler, je suggère qu'on commence, déclara-t-elle.

Elle le fixa sans ciller. Pas question que la situation s'éternise. Si elle s'était sentie très mal en regagnant son appartement, elle avait eu le temps de se calmer. Elle ne se laisserait plus déstabiliser ainsi, quoi qu'il pense. Elle savait qu'elle disait vrai, et c'était tout ce qui comptait.

Elle étouffa le doute qui menaçait de poindre, sachant d'avance qu'il n'en faudrait pas beaucoup pour qu'il devienne envahissant. Mac vint prendre place en face d'elle, mais sans esquisser le moindre geste vers son cognac, les yeux rivés sur le plancher. Le cœur de Bella fit un bond dans sa poitrine quand elle vit l'expression lugubre qu'il arborait, après avoir enfin relevé la tête.

— Pourquoi Tim m'aurait-il menti ? Je ne comprends pas.

Il riva son regard au sien, avec une intensité telle qu'elle dut se faire violence pour ne pas baisser les yeux.

— C'est à lui qu'il faudrait le demander.

— Ça ne te met pas en colère qu'il te rende responsable de tout ce qui s'est passé ? répliqua-t-il.

— Si.

Elle parvint à réprimer un frisson, en entendant la colère dans sa voix. Etait-il furieux parce que Tim lui avait menti ou parce qu'il ne la croyait pas ? Mystère, mais elle ne devait pas se laisser troubler pour autant, ni laisser se déchaîner les émotions tapies dans son cœur. Elle se redressa.

— Dans ce cas, reprit-il, comment peux-tu rester là, à ne rien faire ? Tu devrais essayer de régler la situation, non ?

— Et qu'est-ce que tu suggères ? Que je contacte toutes mes connaissances pour leur dire que Tim ment ? demanda-t-elle d'un ton mordant. Quelques personnes me croiront peut-être, mais bien peu, j'en ai peur. La plupart prendront le parti de Tim, parce qu'il est bien plus extraverti que moi. J'ai tendance à garder les choses pour moi, et ça n'aide pas, lorsqu'on veut que les gens soient de votre côté. Regarde, toi-même, tu as du mal à me croire, Mac. Or, tu me connais mieux que n'importe qui.

6

Mac sentit son pouls s'affoler. Elle pensait qu'il la connaissait mieux que quiconque ? Au vu des événements récents, c'était plus qu'il n'en pouvait supporter. Connaître Bella, corps et âme, était en effet son vœu le plus cher. Il s'éclaircit la voix :

— C'est bien pour ça que je veux savoir le fin mot de l'histoire !

Tant qu'il ne saurait pas qui disait vrai, il devait rester impartial. Or, il pourrait fort bien se laisser submerger par ses émotions s'il n'y prenait garde… Il se reprit, et se concentra pour chasser de son esprit tout ce qui n'avait rien à voir avec la raison de sa présence ici.

— Donc tu vas laisser les choses en l'état, sans essayer de te défendre ? reprit-il

— Pour faire bref, oui, répondit-elle en soupirant. Je ne vois pas l'utilité d'en faire un drame. Tim a clairement ses raisons pour me discréditer, et franchement, je n'ai pas envie d'un conflit public avec lui. Je sais ce qui s'est passé, cela me suffit.

— Tu prétends donc que tu te moques de l'opinion générale ? demanda-t-il en secouant la tête. Ça ne me semble pas juste. Pourquoi tout le monde devrait-il penser que c'était ta faute ?

Bella haussa les épaules.

— C'est comme ça que les choses fonctionnent, répliqua-t-elle

Elle le regarda en coin. Il ne fallait surtout pas qu'elle s'accroche à l'idée que Mac se souciait de son bien-être. Elle s'était bercée d'illusions la nuit dernière, et n'allait pas refaire la même erreur. Il devait agir ainsi par sens de l'équité, cela n'avait rien de personnel.

— Sans doute que Tim a trouvé ainsi un moyen de gérer la situation, ajouta-t-elle.

Elle se tut, refusant d'en dire davantage. Mac et elle n'avaient jamais été plus que des amis ; il serait stupide de s'imaginer que leur relation avait changé.

— Il a souffert, lui aussi, reprit-elle néanmoins, quand il a dû affronter son addiction. Tu sais comme moi à quel point c'est difficile.

— En effet, répondit-il d'un ton neutre. J'ai grandi dans un quartier où la drogue faisait partie du quotidien. Que Tim s'en soit sorti est à porter à son crédit, mais ça n'excuse en rien le fait qu'il aille raconter des mensonges à droite et à gauche. Il doit assumer ses responsabilités. Ça vous permettra peut-être de vous remettre ensemble.

— C'est exclu, dit-elle d'un ton ferme. Notre mariage est terminé, et nous n'essaierons pas de recommencer.

— Tu dois encore avoir des sentiments pour lui. Je sais, Bella, ça a été dur, sans doute plus pour toi que pour Tim, en fait, parce que lui devait surtout être obnubilé par sa consommation de drogue. Mais tu l'as aimé, jadis, ajouta-t-il en se penchant vers elle. Sans quoi, tu ne l'aurais pas épousé. Alors pourquoi vous refuser une seconde chance ?

— Comme je te l'ai dit, c'est impossible.

Elle se leva pour lui faire comprendre qu'elle n'avait pas l'intention de poursuivre dans cette direction. Tim et elle ne se remettraient jamais ensemble, pour la simple raison qu'elle ne l'avait jamais aimé.

Cette pensée était extrêmement douloureuse, révélant comme elle était déconnectée de ses émotions. Une vague de désespoir la submergea, alors qu'elle s'approchait de la porte. Comment pourrait-elle se fier de nouveau à son jugement ? Comment saurait-elle un jour qu'elle était retombée amoureuse ? Savoir qu'elle allait passer sa vie seule et dans l'incertitude était insupportable, surtout avec Mac dans les parages, lui qui semblait toujours si sûr de lui et de ce qu'il voulait.

Elle ouvrit la porte, et afficha un sourire figé :

— Merci d'être venu. On se voit au travail.

— Fin de la discussion ? J'ai dit ma phrase, toi la tienne, point à la ligne ?

Il fronça les sourcils, puis plongea ses yeux dans les siens.

Elle détourna la tête.

— Je ne vois pas ce qu'on pourrait rajouter, répondit-elle en haussant les épaules.

Sans doute était-ce stupide, mais elle avait toujours caressé le rêve de trouver l'homme de sa vie, et de tomber amoureuse. Peu de chances que cela se réalise, désormais.

— Tu connais ma version de l'histoire, à toi de décider qui croire.

— En d'autres termes, tu te fiches que je te voie comme une menteuse, s'exclama-t-il en riant. Je dois te reconnaître ce mérite, Bella : ta confiance en toi est stupéfiante !

— Tu te trompes. Je ne me sens pas du tout sûre de moi. Je n'ai aucune idée de ce que tu penses, Mac, mais qu'y puis-je ? Est-ce que je devrais essayer de te convaincre en te répétant les insultes ou les mensonges de Tim ? Ou en te racontant son aventure ? Non, ajouta-t-elle en secouant la tête. Pas question. Soit tu me crois, soit tu le crois. C'est aussi simple que ça.

— Une aventure ? De quoi tu parles ?

La stupeur de Mac lui fit recouvrer ses esprits. Elle regretta aussitôt d'avoir parlé. C'était sorti malgré elle.

— Peu importe...

— Bien sûr que si, c'est important !

Etait-ce un effet de son épuisement ? Toujours est-il qu'elle fut soudain incapable de se contenir davantage. Les larmes commencèrent à ruisseler sur son visage.

— Bella, je suis désolé ! s'écria-t-il. Je ne voulais pas te faire pleurer.

Ses larmes redoublèrent d'intensité quand il la prit dans ses bras et la pressa contre son corps solide. Cela faisait tellement longtemps que ça ne lui était plus arrivé.

— Chut ! Tout va bien, chérie, ne pleure pas. Tout ira bien, je te le promets.

Il resserra son étreinte, laissant glisser une main dans son dos pour la réconforter, et elle soupira. Elle sentait ses doigts descendre le long de sa colonne vertébrale. C'était doux, apaisant. Ayant atteint le creux de ses reins, sa main interrompit sa progression. Elle frémit. La tension devint soudain palpable, et ses larmes se tarirent aussitôt. Elle s'aperçut qu'elle retenait sa respiration dans l'attente de ce qui allait suivre.

Sa main remonta, reprenant la route qu'elle avait déjà suivie. Atteignant sa nuque, elle s'arrêta de nouveau, sous la masse de ses cheveux. Bella se mordit la lèvre, incapable de décider quelle attitude adopter : reculer et prétendre qu'elle réprouvait ce genre de contacts ? Ce serait un gros mensonge. Elle n'avait qu'une envie : que Mac la tienne et la caresse.

Une envie irrésistible.

Impuissante, elle releva les yeux vers lui, et sentit les battements de son cœur s'accélérer lorsqu'elle découvrit l'expression de Mac. Il comprenait visiblement à quel point elle était confuse, parce que lui-même ne semblait plus savoir où il en était. Cette seule pensée suffit à balayer ses hésitations, et sans plus réfléchir à ce qu'elle était en train de faire, elle attira sa tête à elle. Leurs bouches se rencontrèrent, se soudèrent. Jamais elle n'avait rien éprouvé de pareil. Il y avait du désir, dans ce baiser, mais bien davantage encore. Avec les lèvres de Mac sur les siennes, elle se sentait en sécurité, protégée. C'était comme si elle rentrait enfin chez elle, après un long voyage.

Impossible de savoir combien de temps dura ce baiser. Quelques secondes ou une éternité. Elle tremblait lorsqu'ils se séparèrent, mais Mac était dans le même état. Il passa le pouce sur ses lèvres enflées, les yeux brillant de tendresse, ce qui la réchauffa. Elle n'était pas la seule à avoir été profondément bouleversée par ce qui venait de se passer.

— Je n'avais rien prévu, Bella, mais je ne regrette pas. J'espère qu'il en va de même de ton côté...

Sa voix était rauque, profonde, si pleine de désir qu'elle en frissonna. Elle produisait donc un tel effet sur lui ? Elle baissa les yeux, sidérée, incapable de comprendre comment on pouvait la désirer autant.

— Pas le moins du monde. Je ne suis pas désolée du tout, répondit-elle à voix basse.

Quand il l'attira de nouveau dans ses bras, elle sut ce qui allait se produire. Ils n'avaient peut-être rien prévu, mais inutile de nier, ils avaient déjà pensé à ce qu'ils éprouveraient en faisant l'amour l'un avec l'autre. Ce soir, ils allaient juste passer à l'action.

Elle ne protesta pas, quand il la prit dans ses bras pour l'emporter dans la chambre. Pourquoi l'aurait-elle fait, alors qu'elle le désirait tant ?

— Tu es bien sûre que c'est ce que tu veux, Bella ? lui murmura-t-il en l'allongeant sur le lit.

— Oui, répondit-elle.

Et elle lui attrapa la main. Elle lui mordilla le pouce, sans même rougir de son audace. C'était Mac, et tout ce qui se passerait entre eux ce soir serait juste.

— Je suis sûre, Mac. Sûre et certaine.

Un son monta du fond de la gorge de Mac lorsqu'il entreprit de se dévêtir. Son corps était fin et musclé, des plus désirables. Elle ne parvenait pas à se détacher du spectacle de cette virilité, surtout quand ses yeux avides tombèrent sur sa splendide érection. Elle parvint néanmoins à relever la tête, et le vit rire avec tendresse.

— C'est difficile pour un homme de cacher ce qu'il ressent. Surtout quand il désire une femme comme je te désire, Bella.

— Ne t'excuse pas, répliqua-t-elle d'un ton gourmand.

La hardiesse dont elle faisait preuve l'aurait fait rougir autrefois, mais elle lui semblait à présent totalement naturelle. Elle sourit.

— C'est agréable de savoir que je ne suis pas la seule dans cet état.

— Ça, tu peux en être certaine !

Il s'allongea à côté d'elle et, après l'avoir prise dans ses bras, l'embrassa avec une passion qui lui donna des frissons dans tout le corps.

— Tu embrasses bien, Bella English, je n'ai pas à me plaindre sur le sujet, dit-il en souriant.

— Merci, répliqua-t-elle. J'espère que la suite ne te décevra pas non plus.

Il déposa un baiser sur son nez.

— J'aurais juste une petite remarque : tu es trop habillée pour ce que j'ai en tête...

Et joignant le geste à la parole, il posa les mains sur les boutons de son chemisier. Elle soupira. Sa modeste expérience ne l'avait pas préparée à une manière aussi détendue de faire l'amour. La passion était tempérée par l'humour, ce qui bizarrement aiguisait encore son excitation. Quand il lui ôta son chemisier, elle tremblait de désir, mais Mac n'avait visiblement pas l'intention de se presser.

Il ouvrit les pans de sa jupe avec une lenteur exquise, puis admira ses seins, à peine dissimulés par la dentelle blanche de son soutien-gorge. Les yeux de Mac étaient traversés d'émotions si nombreuses qu'elle en eut le souffle coupé. Etait-ce ainsi que cela devait se passer ? Aurait-elle dû avoir un mari qui la regardait comme si elle était la plus belle femme du monde ? Elle n'avait aucune idée de la réponse, mais une chose était certaine : elle se rappellerait cet instant jusqu'à la fin de ses jours. L'instant où elle avait découvert ce que signifiait être une femme.

— Tu es splendide, Bella ! Absolument divine.

Et le reste du monde fut englouti quand il prit l'un de ses tétons dans sa bouche. Elle ne put retenir un cri lorsque toutes les sensations explosèrent soudain en elle. La chaude moiteur de sa langue, la stimulation érotique de la dentelle humide sur sa chair, le souffle sensuel de Mac qui releva la tête, la firent trembler d'impatience. Quand il se déplaça vers son autre sein pour lui prodiguer les mêmes attentions, elle se demanda si elle pourrait le supporter. Son plaisir montait à chaque coup de langue, exigeant de plus en plus satisfaction. Alors, elle lui agrippa les cheveux pour l'obliger à relever de nouveau la tête.

— Mac, je ne sais pas si je vais pouvoir tenir plus longtemps, murmura-t-elle d'une voix rauque.

— Ma chérie !

Il lui retira ses derniers vêtements, et ses baisers se firent impérieux, affamés. Elle lut alors dans son regard un désir qui la fit frissonner de plus belle.

— Ce sera spécial, ce soir, Bella. Je te le promets. Donne-moi juste une seconde.

Il se glissa hors du lit pour enfiler un préservatif. Elle ferma les yeux au moment où il se rallongea, et la prit dans ses bras. Elle frémit, à l'instant où il la pénétra. Bien sûr qu'il avait raison. Ce serait une nuit spéciale. Pour tous les deux.

Mac était allongé sur le dos, une main sur les yeux. Il était près de minuit, la nuit était tombée depuis longtemps, et ils n'avaient pas allumé de lampe. Peut-être souhaitaient-ils préserver le statu quo. La lumière risquait de rompre le charme, de les amener à s'interroger sur le bien-fondé de ce qu'ils venaient de faire. Or, il n'en avait aucune envie, et il en allait sans doute de même pour Bella.

Il poussa un petit soupir. Il avait encore du mal à accepter avec quelle rapidité ses sentiments avaient changé. Plus de colère. Découvrir que son ami avait eu une aventure avait été un choc, mais, avant même de l'apprendre, il avait pris conscience de l'injustice de son jugement à l'encontre de Bella. La tenir dans ses bras, coucher avec elle, avait fait plus que satisfaire son désir pour elle. Il s'était ainsi rappelé qui elle était exactement : certainement pas le genre de femme à tourner le dos à quelqu'un dans le besoin. C'était le comportement de Tim qui l'avait forcée à divorcer, et il se sentait maintenant incroyablement coupable de l'avoir mal jugée. Pourvu qu'il n'aille pas lui compliquer la vie, à présent...

— A quoi pensez-vous, docteur MacIntyre ?

Sa voix était basse, mais il y perçut une hésitation certaine. Roulant sur le flanc, il l'attira à lui, et déposa un petit baiser sur ses lèvres. Ses doutes, il les garderait pour lui. Il ne voulait pas l'inquiéter sans raison.

— Je ne suis pas sûr que ce soit très intéressant, répondit-il.

Il sentit alors une puissante montée de désir envahir son corps. Il secoua légèrement la tête. Ils avaient fait l'amour non pas une fois, mais deux. Il n'aurait pas dû éprouver de nouveau cette faim.

— Je laissais juste mon esprit vagabonder.

— Tu ne regrettes pas ce qu'on a fait ?

Il soupira, incapable de lui mentir.

— Non, mais je me demande si on a bien fait. Je..., je ne voudrais pas que cela affecte notre amitié, Bella, ou que ça te complique encore l'existence.

— Moi, non plus.

Elle sourit, mais quelque chose dans son expression lui suggéra qu'il avait peut-être mal formulé sa pensée. Une discussion sur les complications liées à une éventuelle relation entre eux semblait inopportune, il n'empêchait qu'il aurait peut-être dû être plus clair. Avant qu'il ait pu reprendre la parole, Bella s'était levée. Il la contempla : l'aperçu était des plus séduisants, mais elle enfila un peignoir.

— Je vais prendre une douche et nous préparer du café. Il y a une autre salle de bains dans le couloir.

— Merci.

Mais il ne bougea pas, jusqu'à ce qu'elle ait disparu dans sa salle de bains. Après quoi, il ramassa ses vêtements et se dirigea vers l'autre salle de bains. Il avait l'impression de l'avoir blessée, et il détestait l'idée que c'était un effet de sa maladresse, mais qu'aurait-il dû faire ? Lui expliquer qu'il avait l'étrange impression d'empiéter sur le territoire de Tim ?

Bella avait beau déclarer qu'elle ne risquait pas de reprendre la vie commune avec Tim, elle pourrait changer d'avis. Chez certains couples de sa connaissance, le temps avait effacé les mauvais souvenirs, et remis les bons en lumière. Il ne voudrait pas être un obstacle dans ce cas. Mais pas non plus rester seul, le cœur brisé. Si l'amour de Bella pour Tim renaissait, que ressentirait-il ?

La peur de l'abandon resurgit dans sa tête. Tout en s'habillant, il fit de son mieux pour rationaliser. Il était un homme adulte, plus un gamin de sept ans, et s'il lui arrivait quoi que ce soit, il saurait réagir. Pourtant, ses efforts s'avéraient inutiles. Perdre Bella serait mille fois pire que tout ce qu'il avait connu. S'il s'autorisait à l'aimer, son cœur lui appartiendrait. Exclusivement.

Le café était prêt quand Mac apparut. Bella avait transporté tasses et cafetière dans le salon. Il se tenait devant la baie vitrée, mais ne semblait guère plongé dans la contemplation du clair de lune. Regrettait-il d'avoir laissé la passion prendre le pas sur la raison ? Se demandait-il si elle avait utilisé le sexe pour le convaincre de son innocence ? Elle se mordit nerveusement la lèvre. Alors qu'elle n'avait fait que céder à une faim dévorante !

Elle posa le plateau sur la table, avec un bruit qui obligea Mac à se retourner. Elle se sentit horriblement mal à l'aise en découvrant la tension qui crispait son visage. Visiblement, ses pensées n'avaient rien d'agréable. Elle remplit deux tasses de café, formant le vœu qu'un génie la fasse disparaître. Elle n'était pas prête à ça ! Elle ne pourrait lui expliquer pourquoi elle avait couché avec lui, quand il était évident que ses raisons étaient à mille lieues des siennes. Oh ! bien sûr, il avait eu envie d'elle ! Cependant cela ne signifiait rien, s'il regrettait à présent.

Elle reposa la cafetière, les mains tremblantes. C'était incroyablement douloureux de savoir que Mac aurait préféré n'avoir rien fait, cette nuit. Elle se sentait de nouveau rejetée, comme lorsque Tim avait eu son aventure. Qu'est-ce qui clochait chez elle ? Etait-ce son incapacité à montrer ses émotions qui repoussait les hommes ?

Tim lui avait jeté ce reproche à la figure au cours d'une de leurs terribles disputes. Il l'avait accusée d'être si froide qu'elle l'avait poussé dans les bras d'autres femmes. Même si elle savait qu'il se cherchait ainsi des excuses, elle n'en avait pas moins retenu ses mots. Lesquels refaisaient surface en cet instant.

Elle était incapable de montrer ses émotions, parce que quelque chose lui manquait. Pas étonnant que Mac ait des regrets concernant leur nuit. Après tout, quel homme voudrait être lié à quelqu'un comme elle, qui n'était pas une vraie femme ?

Mac but son café aussi vite qu'il le put. La boisson était brûlante, mais il l'avala coûte que coûte. Il devait s'éclipser au plus vite. Il n'avait jamais été du genre à filer en douce, il avait trop de respect pour ses conquêtes. Cependant, il aurait été prêt à sacrifier son bras droit pour s'épargner les explications. S'il commençait à dire à Bella pourquoi il avait une telle envie de s'enfuir, qui savait ce qu'il finirait par lui avouer ? La pensée de lui ouvrir son cœur l'affola tellement, qu'il se leva brusquement. Il devait partir. Là, maintenant. Peu importait ce que Bella penserait de lui !

— Je dois y aller.

Et joignant le geste à la parole, il se dirigea vers la porte, détestant la laisser ainsi, mais incapable de faire autrement. Il était tout près de tomber amoureux d'elle, et cette idée le terrifiait. Comment ferait-il pour continuer à vivre, s'il la perdait ? Rien que d'y penser, la tête lui tournait. Perdre Bella serait une épreuve qu'il ne pourrait surmonter, et il ne voulait pas courir ce risque.

Il s'arrêta en atteignant la porte d'entrée, s'obligeant à sourire en se tournant vers elle. Le courage faillit lui manquer en voyant la souffrance exprimée par son regard, mais il se reprit. Il devait se montrer fort. Pour eux deux. Car les sentiments de Bella comptaient encore davantage pour lui. Il ne supporterait pas qu'elle se sente coupable de ce qu'ils avaient fait, si elle décidait de retourner vivre avec Tim.

— Nous avons dépassé les bornes, cette nuit, Bella, marmonna-t-il. Mais ce n'est pas la peine de te sentir… mal à l'aise. Nous avons toujours été amis, et ça n'y changera rien.

— Si c'est ce que tu veux.

Sa voix exprimait le plus grand scepticisme, et il grimaça, comprenant parfaitement pourquoi elle avait du mal à le croire. En général, des amis ne partageaient pas des nuits d'amour passionné. Ils avaient bel et bien franchi une limite. Comment parviendrait-il à la voir de nouveau comme une amie ? Il haussa les épaules, optant pour une demi-vérité.

— Oui. J'y accorde beaucoup d'importance, Bella. Comme par le passé.

Sur quoi il se pencha, et lui donna ce qu'il espérait être un baiser amical sur la joue. Mais la réponse de son corps l'obligea à s'écarter brusquement. La soudaine tension qui l'habitait n'avait rien d'amical… alors qu'il ne lui avait donné qu'un petit baiser !

Il se dirigea vers l'ascenseur, marquant juste un arrêt pour la saluer de la main. La porte de l'appartement se referma, et l'ascenseur s'ébranla. Si seulement c'était la fin de leurs tracas, mais inutile de se faire des illusions : cette nuit allait avoir des conséquences bien plus graves pour tous les deux. Elle ne s'effacerait pas comme ça.

Il porta la main à son front. Qu'avait-il donc fait ?

7

Les jours filaient. Avec les vacances scolaires, la région connaissait un afflux de visiteurs, autrement dit, les urgences pédiatriques étaient plus occupées que jamais. Bella commençait tôt et finissait tard, mais ne s'en plaignait pas. C'était plus facile, quand elle travaillait. En revanche, la solitude lui était pénible. Sans rien pour l'occuper, son esprit revenait sans cesse à cette fameuse nuit. Mac et elle avaient fait l'amour, et même si elle savait que beaucoup de femmes auraient pris la chose sans sourciller, elle n'y parvenait pas. Cette nuit avait marqué un tournant dans son esprit. Elle n'avait pas seulement découvert ce qu'être une femme signifiait, elle s'était aussi rendu compte qu'elle n'était pas faite pour le rôle. Mieux valait donc oublier tout cela…

Un dimanche soir, trois semaines après la nuit fatale, elle s'aperçut qu'elle allait devoir travailler avec Mac. Jusqu'à présent, ils ne s'étaient croisés qu'en coup de vent. Si elle était de jour, il faisait les nuits. Toutefois, ce soir ils étaient tous deux de garde, et elle allait devoir faire avec. Quand elle arriva, il était déjà là, accoudé au comptoir de la réception, riant à une réplique de Laura Watson. Elle sentit aussitôt son cœur s'emballer, au souvenir du visage de Mac pendant qu'ils faisaient l'amour. La même expression douce. Là, elle aurait beau faire, elle aurait bien du mal à oublier.

Il tourna soudain la tête, et elle retint sa respiration lorsque son regard se posa sur elle. Même s'ils n'en avaient pas parlé, ils étaient l'un et l'autre bien conscients des règles. S'ils voulaient continuer à se comporter comme des amis, interdiction de revenir sur ce qui s'était passé. Ils devaient se focaliser sur le moment présent.

— On dirait que vous vous amusez bien, tous les deux, lança-t-elle, d'un ton faussement désinvolte.

— Laura vient juste de me parler d'un des enfants qu'elle a vus ce matin, expliqua-t-il.

Il recula pour lui faire de la place, même si elle le soupçonnait surtout d'éviter ainsi de la frôler. Elle sentit soudain la colère l'envahir. Il avait plutôt apprécié de la toucher, l'autre nuit, non ?

— Ah oui ? répliqua-t-elle néanmoins en souriant.

Ils avaient peut-être décidé de faire comme si de rien n'était, mais c'était un mensonge. Ils avaient fait l'amour, et pas qu'une seule fois. Que cette idée lui plaise ou non, il ne pouvait nier les faits.

— Que s'est-il passé ?

— Oh ! Pas grand-chose. Le gamin était juste un peu confus, c'est tout. Je prends, ajouta-t-il, quand le téléphone se mit à sonner.

Il se dirigea vers le combiné, la laissant folle de rage, même si elle n'aurait su dire exactement pourquoi. Après tout, il était plus simple de faire comme si rien ne s'était passé, surtout quand il n'y avait pas risque de récidive. Elle grimaça à cette idée. Non, pas question de recommencer. Une seule nuit avec Mac avait déjà causé suffisamment de dégâts.

Elle s'approcha de la liste des patients, et la consulta rapidement. Rien de grave pour l'instant, heureusement. Quelques coupures et hématomes, comme on pouvait s'y attendre avec tous ces enfants en vacances. Elle pansa quelques genoux écorchés, et envoya deux gamins faire une radio. A l'heure de sa pause, il ne restait plus qu'un enfant en attente. Mac, qui en avait terminé avec son patient, arriva à la réception en même temps qu'elle. Il s'empara du dernier dossier en haussant les épaules.

— Je m'en occupe, si tu veux prendre ta pause, Bella. Mieux vaut régler tout ça, pendant que c'est calme.

— En effet.

Elle se dirigea vers l'ascenseur. Elle n'avait pas faim, mais une tasse de thé serait la bienvenue. Mac avait emmené son patient vers les box, et la salle d'attente était déserte. Elle était sur le point de pénétrer dans l'ascenseur, quand la porte principale s'ouvrit. Deux policiers — un homme et une femme — entrèrent. Cette dernière portait un bébé, si bien que Bella attendit. Janet, la réceptionniste, lui fit signe de venir.

— Que se passe-t-il ?

— Nous avons reçu un appel : un bébé laissé sans surveillance, expliqua le policier. Nous avons trouvé la porte de l'appartement ouverte, le gosse à l'intérieur qui hurlait. Il ne semble pas blessé, mais nous avons besoin de vous pour le confirmer.

— Bien entendu, répondit-elle. Je vais vérifier ça.

Et elle les précéda jusqu'à la salle d'examen.

Elle défit les boutons-pression du pyjama de l'enfant, avant de lui ôter son body et sa couche. C'était une petite fille propre et bien nourrie. Elle l'examina attentivement, puis secoua la tête.

— Non, tout va bien. Elle est un peu déshydratée, mais rien de grave. Vous savez où est sa mère ?

— Aucune idée. Le voisin qui nous a appelés ne savait pas grand-chose, répondit le policier en soupirant. Visiblement, la mère n'est guère plus qu'une enfant. Nous avons contacté les services sociaux. Espérons qu'ils pourront nous aider.

Elle hocha lentement la tête.

— Vous connaissez son nom ? demanda-t-elle.

— Oui, le voisin a été en mesure de nous l'apprendre. Freya Watson, déclara le policier en consultant ses notes. Nous essayons de savoir si elle est d'ici, et de retrouver sa famille pour comprendre où elle a pu aller.

— Je vais vous donner leur adresse, dit-elle en ouvrant aussitôt le dossier de Freya dans l'ordinateur. J'aimerais penser qu'ils savent où elle est, mais ils étaient si furieux à propos du bébé, qu'ils ont coupé les ponts avec leur fille. Si celle-ci vit seule dans un appartement, j'ai bien l'impression qu'ils n'ont pas changé d'avis.

— En effet, répliqua le policier, tout en consignant les informations dans son calepin. Bien, je vais peut-être perdre mon temps, mais je vais envoyer quelqu'un parler aux parents de la fille. Il faut qu'on éclaircisse cette histoire au plus vite.

Les policiers sortirent, la laissant seule avec le bébé. Elle soupira en la berçant dans ses bras. Rien d'étonnant à ce que Freya ait eu du mal à faire face. S'occuper seule d'un enfant était très difficile pour une femme, même en étant plus âgée et plus fortunée que Freya. Franchement, elle-même n'aurait pas aimé se retrouver dans cette situation. Enfin, de ce côté-là, aucun risque. Mac avait pris toutes les précautions nécessaires pour qu'elle ne se retrouve pas enceinte, cette fameuse nuit...

Son cœur se serra légèrement, même si elle savait à quel point c'était stupide. Cependant, la prudence de Mac montrait clairement ce qu'il éprouvait pour elle : certes, il avait eu envie de coucher avec elle, mais il n'avait absolument pas l'intention que cela aille au-delà.

Mac fut surpris de découvrir la police, en revenant de sa consultation. Traversant la réception, il interrogea Janet.

— Ils ont amené un bébé laissé seul, sans surveillance, lui expliqua-t-elle en baissant la voix. D'après ce que j'ai entendu, il semblerait que ce soit celui de Freya Watson.

— Vraiment ? s'exclama-t-il.

Il jeta un coup d'œil autour de lui. L'émotion le submergea, quand quelques instants plus tard il vit Bella revenir avec un bébé dans les bras. Il n'avait jamais vraiment songé à avoir un enfant. Même s'il aimait les petits, sa phobie de l'engagement avait exclu la question. Aujourd'hui cependant, en voyant ce bébé dans les bras de Bella, il se rendit soudain compte du manque qu'il éprouvait à cet égard. Ce serait merveilleux d'avoir son propre enfant, un fils ou une fille à aimer et à chérir. Sa vue se troubla à mesure que la vision se faisait plus nette. Un petit bébé potelé, riant avec lui dans les bras de sa mère. Ce fut seulement quand les traits de cette mère commencèrent à se dessiner qu'il comprit ce qui se passait. Il ne devait surtout pas imaginer Bella comme la mère de son enfant ! C'était une erreur colossale. Peut-être aurait-elle des enfants un jour, cependant une chose était certaine : il n'en serait pas le père. Elle avait besoin d'un homme issu du même milieu qu'elle.

Bella fut soulagée de voir sa garde se terminer enfin. La nuit avait été stressante pour plusieurs raisons. La police continuait à chercher Freya Watson, et il était évident qu'ils étaient de plus en plus inquiets, à mesure que le temps passait. Le bébé avait été placé chez une mère d'accueil, et elle avait au moins l'assurance que la fillette était en bonnes mains. Toutefois, elle fut incapable de chasser un sentiment de tristesse en quittant l'hôpital.

Tim avait désiré avoir un enfant avec elle pour la dissuader de divorcer, mais jamais il n'en avait voulu auparavant. Et Mac, lui aussi, avait soigneusement veillé à se prémunir de la chose. Elle ne pouvait certes lui en vouloir de s'être montré responsable. Pour autant, elle n'arrivait pas à se départir de l'idée que son « handicap émotionnel » pesait lourd dans la manière dont ces deux hommes s'étaient comportés avec elle. L'avenir ne lui avait jamais semblé aussi désolé que maintenant, et elle comprit qu'il ne lui servirait à rien de rentrer chez elle. Elle était trop agitée, et ne parviendrait jamais à trouver le sommeil dans cet état.

Elle quitta l'hôpital pour se rendre au supermarché, en périphérie de la ville. Elle n'avait pas fait de courses depuis plusieurs semaines, et ses placards étaient vides. Elle remplit un chariot, qu'elle chargea ensuite dans son coffre. L'opération lui offrit un peu de distraction, mais sur le chemin du retour, les mêmes pensées revinrent l'assaillir : si elle n'arrivait pas à exprimer ses émotions, elle ne pourrait jamais être heureuse.

Ce fut peut-être un effet du stress, toujours est-il qu'elle se trompa de chemin, et se retrouva sur une route qu'elle n'avait jamais empruntée. Elle continua à rouler pendant quelques kilomètres supplémentaires, cherchant désespérément à se repérer. Son GPS ne lui indiquait qu'une route inexistante et rien d'autre. Quand le bitume se transforma en un chemin de terre, elle décida de faire demi-tour, plutôt que de risquer de se perdre complètement. Elle effectua une manœuvre prudente sur l'étroit chemin, et avait presque réussi, quand elle entendit un grand bruit à l'arrière du véhicule.

Elle se figea sous l'effet de la peur : l'une des roues arrière avait heurté un rocher, et s'était voilée sous le choc. Impossible de la changer elle-même, mais peut-être y avait-il une ferme dans les environs, où elle pourrait demander de l'aide .

Ayant empoigné son sac, elle se mit à marcher. Ce n'était que le début de la matinée, néanmoins, de lourds nuages noirs s'amoncelaient au-dessus de sa tête, masquant la cime des montagnes environnantes. Elle frissonna. La veste qu'elle portait ne lui serait d'aucune utilité s'il commençait à pleuvoir.

Elle avait parcouru un ou deux kilomètres quand elle décida de renoncer. Aucun signe de ferme dans les environs, il était inutile de s'obstiner. Elle rebroussa chemin, grimaçant, lorsqu'elle sentit les premières gouttes de pluie. Quelques secondes plus tard, des trombes d'eau se déversaient du ciel, et détrempaient ses vêtements. Elle accéléra le pas, mais le sol de plus en plus glissant entravait sa progression, et elle mit deux fois plus de temps pour regagner sa voiture.

Elle s'y réfugia, tremblante, et mit aussitôt le chauffage en marche. Elle allait appeler le garage le plus proche pour leur demander de venir la dépanner. Mais l'écran vierge de son appareil lui indiqua qu'elle n'avait plus de batterie. Rejetant la tête en arrière, elle gémit. Le parfait couronnement d'une nuit cauchemardesque !

Mac n'arrivait pas à refouler l'intuition que quelque chose n'allait pas avec Bella. Il comprenait parfaitement que travailler avec lui avait dû la mettre sous pression — ça n'avait pas été facile pour lui non plus. Cependant, il avait aussi l'impression tenace que quelque chose la perturbait. En quittant l'hôpital, il savait qu'il ne trouverait pas le repos tant qu'il n'aurait pas découvert ce que c'était. Même s'il doutait que Bella apprécie sa sollicitude... Si la nuit avait été pénible, elle préférerait sans doute ne pas le croiser.

Il conduisit néanmoins jusqu'au centre-ville, et s'arrêta devant l'immeuble qu'elle habitait. Aucune trace de sa voiture sur le parking. Il fronça les sourcils. Il aurait cru qu'elle rentrerait directement chez elle après sa garde de nuit, mais elle avait peut-être fait halte quelque part. Il décida de l'attendre.

Au bout d'une heure, il laissa tomber. Inutile de rester planté là, si elle était partie. Il réessaierait un peu plus tard.

Une fois chez lui, il se mit directement au lit, mais fut incapable de trouver le sommeil, en dépit de sa fatigue. Il ne cessait de se demander ce qui avait pu blesser Bella. La disparition de Freya, certes, mais était-ce l'unique raison de sa tristesse, ou y avait-il quelque chose de plus personnel ? Il eut beau chercher, aucune réponse ne lui vint, portant sa frustration à son comble.

Il renonça finalement à dormir et se leva. S'étant préparé une tasse de café, il grimpa sur le pont pour le boire. La pluie s'était mise à tomber, il y prit à peine garde. Etait-ce quelque chose qu'il avait dit ? Ou se faisait-il des illusions en supposant pouvoir la faire souffrir ?

Il soupira. La vérité, c'était qu'il ignorait les sentiments de Bella à son endroit. Peut-être devrait-il se réjouir qu'elle semble avoir relégué leur nuit aux oubliettes. Pourtant, s'il était honnête, il savait que cela ne le soulageait en rien. Il était envahi d'un désir bien plus perturbant, qu'il n'aurait pas dû s'autoriser : espérer que, tout comme lui, Bella n'oublierait jamais cette nuit était d'un égoïsme monstrueux.

Bella avançait péniblement. Même si la pluie avait diminué d'intensité, elle n'avait pas cessé, et de petites gouttes glaciales lui frappaient le visage, pendant qu'elle essayait de regagner la route. Elle avait décidé de marcher jusqu'à la nationale dans l'espoir d'intercepter une voiture qui voudrait bien la reconduire en ville. Mais elle ne s'était pas rendu compte de la distance qu'elle avait parcourue à l'aller. A ce rythme, il serait minuit, quand elle atteindrait la route goudronnée !

Eperonnée par cette pensée, elle accéléra le pas, avant de ralentir de nouveau, en atteignant un endroit où le flanc de la colline s'était affaissé. Lessivées par la pluie, la boue et la roche recouvraient à présent le chemin de terre. Elle franchit prudemment l'obstacle, mais des pleurs venant de sa gauche l'obligèrent à s'arrêter. Elle observa les environs afin de déterminer l'origine du bruit, et poussa un cri en découvrant une femme recroquevillée au pied de buissons. Elle se précipita dans sa direction, glissant dans la boue visqueuse. Ce fut seulement en atteignant la femme qu'elle la reconnut. Elle s'accroupit à côté d'elle.

— Freya ! Qu'est-ce que tu fais là ?

— Je me suis tordu la cheville.

Elle passa une main crasseuse sur son visage, pour essuyer ses larmes.

Bella glissa un bras autour de ses épaules.

— Ne t'inquiète pas, dit-elle doucement. On va se débrouiller, ça va aller. Laisse-moi regarder ta cheville.

Elle remonta la jambe du jean de Freya, réprimant une grimace en découvrant sa cheville. Elle était déformée par un énorme hématome, noir et violet par endroits.

— Tu peux bouger les orteils ? demanda-t-elle.

Il lui fallait déterminer s'il s'agissait d'une fracture ou d'une vilaine entorse.

— Non, je n'y arrive pas. C'est cassé, vous croyez ? demanda Freya d'un ton apeuré.

— On dirait, répondit-elle en dénouant son écharpe. Je vais

utiliser ça pour l'immobiliser temporairement. Je vais y aller très doucement, mais ça peut faire un peu mal.

Sans ôter la chaussure ni la chaussette de Freya, elle forma un 8 avec son écharpe autour du pied et de la cheville de l'adolescente.

— Ça devrait te soulager un peu, expliqua-t-elle, une fois qu'elle eut terminé. Comment cela est-il arrivé ? Et qu'est-ce que tu fabriquais ici, pour commencer ?

— Je me cachais d'un type qui m'avait dépannée, répondit Freya, d'un ton gêné.

— Je pense que tu devrais commencer par le commencement, dit-elle avec un petit soupir. Mais avant que tu t'y mettes, dis-moi, tu as un portable, qu'on puisse appeler les secours ? Ma batterie est à plat.

— Non. Avant, c'était mon père qui payait mon téléphone, mais il a cessé depuis que j'ai eu Ava, et je n'ai pas les moyens de m'en acheter un.

Elle cilla, sidérée que des parents puissent traiter ainsi leur enfant.

— Ne t'inquiète pas, on va trouver une solution, répliqua-t-elle vivement.

Elle secoua la tête. Jamais elle n'infligerait ça au sien. La pensée que cela ne risquait pas de lui arriver la frappa de plein fouet. Elle s'efforça de refouler cette sombre vision de son avenir.

— Alors, que s'est-il passé, ma chérie ? demanda-t-elle. Je sais que tu as quitté ton appartement, parce que la police a amené Ava à l'hôpital, pour qu'on l'examine. Elle va bien, ajouta-t-elle très vite, en voyant les yeux terrorisés de Freya. Elle est avec une mère d'accueil. Mais pourquoi as-tu quitté ton appartement ?

— Elle n'arrêtait pas de pleurer, expliqua Freya, les yeux de nouveau brillants de larmes. J'ai essayé tout ce que j'ai pu. Je l'ai nourrie, changée, bercée, je lui ai chanté des chansons ; il n'y avait rien à faire, elle ne s'arrêtait pas. Je sais que je n'aurais pas dû la laisser toute seule, mais je n'en pouvais plus.

— Ça doit être très dur, quand on n'a personne pour vous

aider, répondit Bella. D'après ce que tu viens de me dire, tes parents n'ont pas changé d'avis ?

— Non. Ils refusent même de me parler quand je leur téléphone, répondit l'adolescente en s'essuyant les yeux. Je sais que j'ai été stupide, mais ce n'est pas comme si j'avais assassiné quelqu'un !

Elle acquiesça avec conviction.

— Alors, que s'est-il passé quand tu es sortie de chez toi ? reprit-elle.

— J'ai sauté dans un bus, sans savoir où j'allais, parce que ça n'avait pas vraiment d'importance. J'avais juste besoin de prendre le large. Le problème, c'est que quand j'ai voulu rentrer, il était plus de minuit, et il n'y avait plus de bus. Alors j'ai commencé à marcher, jusqu'à ce qu'un type me propose de me ramener en voiture.

Bella frémit à l'idée de Freya grimpant dans la voiture d'un inconnu.

— Oui, répondit la jeune fille, les yeux de nouveau pleins de larmes. Il a prétendu qu'il allait me ramener chez moi, mais en fait, il m'a emmenée ici. J'ai eu si peur ! Je me suis débrouillée pour sauter de la voiture quand il s'est arrêté et je me suis cachée jusqu'à ce qu'il reparte. Il faisait nuit noire, et je n'avais pas la moindre idée de l'endroit où je me trouvais. Alors je n'ai pas bougé jusqu'au matin. J'essayais de regagner la route, quand mon pied a glissé et que je me suis tordu la cheville. Si vous n'étiez pas arrivée, je ne sais pas ce que je serais devenue, ajouta-t-elle dans un sanglot.

— Bon, maintenant que je suis là, inutile d'y penser, répliqua Bella en se relevant. On doit regagner la route principale. Tu penses que tu pourras sautiller, en t'appuyant sur moi ? Sinon, je vais devoir te laisser ici le temps de trouver de l'aide.

— Oh non ! ne me laissez pas ! s'écria Freya.

Bella la dévisagea avec compassion. Elle était visiblement terrifiée à l'idée de rester seule de nouveau.

Elle enroula alors le bras de Freya autour de ses épaules pour l'aider à se relever. La tâche n'allait pas être aisée, mais quel choix avait-elle ? Personne ne savait où elles se trouvaient, et personne n'allait partir à leur recherche. La pensée que Mac pourrait s'apercevoir de son absence lui traversa l'esprit, mais elle s'empressa de la chasser. Elle ne lui manquerait pas, il avait été parfaitement clair à ce sujet.

8

Mac était de plus en plus inquiet. Il avait essayé d'appeler Bella plusieurs fois, en vain. Il aurait pu en conclure qu'elle ne voulait pas lui parler, mais son portable semblait éteint. Etrange, si l'on songeait à la conscience professionnelle qui était la sienne. Comment l'hôpital pourrait-il la contacter si son portable était éteint ?

Il finit par retourner chez elle. Toujours aucun signe de sa voiture, mais cette fois, il sonna, à tout hasard. Peut-être était-elle tombée en panne, et rentrée par un autre moyen. Après six coups de sonnette infructueux, il finit néanmoins par renoncer. De toute évidence, elle n'était pas chez elle.

Il secoua la tête. Où avait-elle pu aller ? Elle avait peu d'amis, depuis qu'elle avait emménagé à Dalverston. Bien qu'elle soit appréciée de ses collègues, son attitude froide n'encourageait pas vraiment les liens — il ne l'imaginait pas s'arrêter chez quelqu'un, pour discuter autour d'une tasse de café. Non, tous ses amis vivaient à Londres. Etait-il possible qu'elle ait conduit jusque là-bas ?

Cela semblait peu probable, mais c'était sa seule piste. Il appela six de leurs amis communs, avant de renoncer. Apparemment, personne n'avait eu de ses nouvelles depuis des mois. Ne restait donc qu'une seule option, la moins agréable. Il composa le numéro de Tim. Il était tellement tendu qu'il parvint à peine à parler à son ami lorsque celui-ci décrocha. En arrivant à Dalverston, il était sûr et certain que Bella était responsable de l'échec de leur mariage. Il n'y croyait plus désormais, et ce n'était pas évident de demander à Tim s'il avait des nouvelles de Bella, comme si de rien n'était. Il avait eu tort de la blâmer, vraiment tort. Quand bien même il vivrait jusqu'à cent ans, il le regretterait toujours.

Tim n'en sachant pas davantage que ses précédents interlocuteurs, il retourna à sa moto, plus déterminé que jamais à retrouver Bella, même si cela devait lui prendre la journée.

La progression était atrocement lente. Elles durent s'arrêter quelques minutes, pour que Freya se repose. Bella jeta un coup d'œil à sa montre, et laissa échapper un soupir en constatant à quel point le temps avait filé. Elles avaient à peine parcouru un kilomètre, et il était déjà midi. Elle aida Freya à s'asseoir dans le creux d'une large roche et se posa à côté d'elle, essayant de déterminer la marche à suivre. Il avait recommencé à pleuvoir, ce qui ne ferait qu'aggraver leur situation. Le sol étant de plus en plus glissant, Freya risquait de faire une nouvelle chute. Elle tira rapidement la conclusion qui s'imposait :

— Freya, on n'y arrivera jamais. Je sais que tu ne veux pas rester seule, mais je dois aller chercher de l'aide.

Elle caressa la main de la jeune fille qui commença à pleurer.

— Je vais te laisser ici, poursuivit-elle, le temps que je retourne sur la route principale. Une voiture finira forcément par passer, et je demanderai au chauffeur d'envoyer des secours. Une fois qu'ils auront reçu l'appel, ce ne sera pas long.

Freya regarda les alentours en frissonnant.

— Vous allez revenir ? demanda-t-elle d'une toute petite voix. Et si vous ne vous souvenez pas d'où je suis ? Tout se ressemble par ici !

— Je vais utiliser ma blouse comme point de repère.

Elle quitta aussitôt sa veste et sa blouse. Attrapant une grosse branche noueuse par terre, elle y attacha le vêtement.

— Je vais enfoncer la branche dans une fissure de la roche, ce sera un point de repère, et on pourra te localiser.

— Espérons, répondit Freya, de toute évidence peu convaincue.

— Tout ira bien, Freya, je te le promets.

Elle embrassa la jeune fille, puis se dépêcha de s'éloigner avant de commencer à douter de son plan. Elle avait bien fait de laisser Freya, sans quoi elles auraient à peine avancé de la journée. A cette pensée, elle accéléra le pas. Une heure plus tard, elle atteignait la route principale. Pourvu qu'une voiture arrive ! Epuisée, elle grelottait. Tout ce qu'elle voulait, c'était rentrer chez elle et prendre un long bain chaud avant de se glisser dans son lit. Pendant une seconde, la pensée de Mac allongé à côté d'elle lui vint à l'esprit, mais elle la repoussa aussitôt. Ils ne dormiraient pas ensemble, ni ce soir ni à l'avenir. Et puis, était-elle folle de songer à cela en un moment pareil !

Mac parcourut toute la ville, mais aucune trace de Bella. Il soupira en se garant près d'un bar. Peut-être qu'une bonne dose de caféine lui redonnerait de l'énergie. Il commanda un triple expresso à emporter, y ajouta quelques sachets de sucre pour lui donner du goût, et tomba, nez à nez sur Helen Robertson, leur interne en première année. La jeune femme grimaça en voyant le brouet qu'il se concoctait.

— Tu dois être en manque de stimulants. Ça m'a l'air bien nocif, ce breuvage.

— Sans doute, répondit-il en buvant une gorgée, mais étant donné la situation, mon cerveau en a bien besoin.

— La nuit a visiblement été difficile, répliqua Helen en riant. J'ai croisé Bella tout à l'heure, au supermarché, elle aussi semblait épuisée.

— Tu l'as vue ! s'exclama-t-il en attrapant le bras de Helen. Quand ça ?

— Ce matin, répondit-elle, interloquée. David et moi, on était dans un club hier soir, et on est allés petit-déjeuner au supermarché en rentrant. C'est là qu'on a vu Bella, même si je ne pense pas qu'elle nous ait remarqués.

— Merci de l'info ! J'étais très inquiet, parce qu'elle n'était pas à son appartement et que son téléphone ne répond pas. Au moins, j'ai une vague idée de l'endroit où elle peut se trouver.

— Elle faisait des provisions pour soutenir un siège, ajouta Helen d'un ton léger.

— Sans doute, lança-t-il en la saluant.

Il se rua vers sa moto pour foncer au supermarché, croisant les doigts pour qu'elle y soit encore. Et si ce n'était pas le cas, que se passerait-il ? Il ne pouvait pas lancer un avis de recherche avec si peu d'éléments. Après tout, il n'avait aucune preuve que quelque chose lui était arrivé — rien, à part ce pressentiment dans ses tripes.

Il grimaça. Essayez donc d'expliquer ça aux autorités. On le prendrait pour un fou !

*

Bella attendit près d'une demi-heure avant qu'une voiture n'apparaisse. Elle se plaça au milieu de la route. Le vieux couple à l'intérieur ne cachait pas sa nervosité tandis qu'elle s'approchait de la vitre. Elle se pencha, armée de son sourire le plus chaleureux.

— Merci de vous être arrêtés. Avez-vous un portable que je puisse utiliser pour appeler les secours ? Un accident s'est produit, une jeune fille a été blessée, et elle a besoin d'aide.

L'homme lui tendit aussitôt son téléphone. Bella composa le numéro, après avoir vérifié leur localisation exacte avec le conducteur. Fort heureusement, l'homme était du coin, et put expliquer où ils se trouvaient. Quand le couple lui proposa d'attendre en leur compagnie les secours, elle accepta avec joie. Ne plus affronter la pluie, enfin, ne serait-ce que pour quelques minutes.

Les premiers secours arrivèrent quinze minutes plus tard, bientôt suivis du reste des troupes. Rapidement, elle les orienta vers l'endroit où elle avait laissé Freya. Son drapeau improvisé avait survécu au vent et à la pluie, et remplit admirablement sa fonction. Une fois Freya installée sur un brancard, ils se mirent en route. Epuisée, Bella avait des difficultés à suivre l'équipe de secours, aussi, fut-elle particulièrement heureuse quand elle aperçut la route en contrebas. Plus que quelques minutes, et tout irait bien. Mais lorsqu'elle découvrit la moto garée au milieu des autres véhicules, ainsi que l'homme debout à côté, son cœur s'emballa brusquement.

Qu'est-ce que Mac venait faire ici ?

C'était un pur hasard si Mac avait atterri ici. Après un passage au supermarché, il avait roulé dans les environs, essayant de décider où aller. La déclarer disparue était prématuré, pourtant le sentiment que quelque chose s'était passé le hantait de plus en plus. Et lorsqu'il vit des véhicules de secours se diriger vers la montagne, il ne put contenir sa peur. Bella était concernée, il en était sûr !

Il sauta de sa moto, les jambes tremblantes, pour aller discuter avec l'un des membres de l'équipe. Il était sur le point de lui demander s'il connaissait le nom des victimes, quand un cri se fit entendre, et il vit le reste du groupe marcher dans leur direction. Son cœur bondit lorsqu'il aperçut une silhouette allongée sur un brancard. Bella ? Etait-elle blessée ? Il se précipita, mais ce n'était pas elle, c'était Freya Watson. Devait-il en être soulagé ou inquiet ?

— Mac, que fabriques-tu ici ?

Le son de sa voix l'obligea à se retourner. Dieu soit loué, elle allait bien ! Son instinct prit aussitôt le dessus. L'attirant à lui, il la serra contre son cœur, comme s'il ne voulait plus jamais la laisser repartir. Peut-être était-ce le cas, d'ailleurs. Peut-être suivrait-il enfin son cœur et ne laisserait-il plus sa peur de l'abandon gâcher la situation. Il trouverait le courage de croire en elle et il aurait tout, dans ce cas : Bella dans ses bras et dans sa vie, pour l'éternité.

L'heure suivante se déroula comme dans un brouillard. Bella était encore bouleversée par ce qui venait de se passer. L'expression de Mac et la force avec laquelle il l'avait serrée dans ses bras la hantaient. Ce n'était pas logique. Il ne pouvait s'être inquiété à ce point pour elle.

La question fut reléguée au second plan, tandis que Freya et elle étaient transportées en ambulance à l'hôpital. Elles furent directement conduites aux urgences pédiatriques, où elles furent reçues par l'interne en chef. Bella lui expliqua rapidement ce qui s'était passé, approuvant sa décision d'envoyer Freya passer une radio. Une fois qu'ils sauraient si la cheville de la jeune femme était cassée, ils pourraient convenir d'un traitement approprié.

Freya partie, Bella consentit à contrecœur à être examinée une seconde fois. Même si elle était certaine d'être en forme, il y avait des procédures à suivre. Inutile de créer des problèmes. Comme elle le supposait, on ne lui trouva rien, et on la laissa repartir. Mais alors qu'elle sortait du box d'examen, elle vit Mac dans la salle d'attente. Quelle attitude adopter ? Avait-elle correctement interprété sa réaction ?

Elle sentit son ventre se nouer alors que cette interrogation libérait une foule d'autres questions. Voulait-elle qu'il ressente plus que de l'amitié ? De l'amour ? Mais même si c'était le cas, comment être sûre de ne pas tout gâcher avec son incapacité à montrer ses sentiments ? Un chagrin inattendu l'envahit. Très franchement, elle aurait du mal à supporter d'avoir échoué à être une vraie femme.

Mac sentait la tension contracter ses muscles, alors qu'il attendait le retour de Bella. Son comportement avait dû la rendre méfiante, et cette pensée lui faisait peur. Toutefois, s'il avait l'intention de la conquérir, il ne pouvait plus reculer. Il devait se battre pour elle. Bec et ongles.

— Ils ont dit que je pouvais rentrer quand je voulais.

Il frémit en se rendant compte qu'elle se tenait juste devant lui. Il bondit, renversant presque la chaise.

— Pas de soucis alors ?

— Non, tout va bien, répondit-elle en souriant, avant de se diriger vers la sortie.

Il la suivit. Il pleuvait toujours dehors ; or, elle avait déjà essuyé l'orage. C'était une mauvaise idée de la ramener à moto.

Il fouilla dans ses poches, en quête de son portable.

— Je vais t'appeler un taxi, annonça-t-il.

— Ta moto est en panne ?

Il leva les yeux. Son air était si ingénu qu'il déclencha une réaction fébrile chez lui.

— Non, murmura-t-il. Je pensais juste que tu préférerais ne pas te refaire tremper.

— Au point où j'en suis, un peu de pluie supplémentaire ne fera pas une grande différence, répliqua-t-elle en haussant les épaules.

Ses seins se soulevèrent sous le tissu humide de son gilet, et la libido de Mac gagna la bataille contre sa volonté. A plate couture.

— Si tu le dis.

Sa réaction animale l'étonnait. D'habitude, il fallait plus qu'un haussement de sourcil ou le frétillement d'un sein pour l'exciter. Il soupira en sortant le casque supplémentaire de son coffre. Qui essayait-il de tromper ? Bella n'avait qu'à le regarder, et il en frémissait. Il l'aida à mettre le casque, puis après avoir enfourché sa moto, se contracta lorsqu'elle se glissa derrière lui. Il sentait son corps se presser contre le bas de son dos. Pourvu qu'il parvienne à se maîtriser. Surtout, ne pas s'arrêter en chemin. Aucune halte sur une aire de stationnement. Il n'était plus un adolescent, mais un adulte qui avait, en principe, renoncé à ce genre de comportements depuis des années. Non, il allait conduire Bella chez elle, s'assurer qu'elle allait bien et repartir...

— On peut aller sur ton bateau ?

Il sursauta en entendant ces mots chuchotés à son oreille. La chaleur de son haleine sur sa peau le fit frissonner. Il eut besoin de toute sa volonté pour ne pas céder à ses pulsions.

— Tu ne veux pas rentrer chez toi ? demanda-t-il, la voix rauque.

— Non, je... je préférerais aller à ton bateau, si tu n'as rien contre.

Quelque chose dans sa voix le troubla terriblement. Il hocha la tête, incapable de parler, et quitta le parking, essayant de recouvrer ses esprits, mais peine perdue. Comment pouvait-il rester calme, quand son instinct lui soufflait que Bella, en manifestant le désir d'aller sur son bateau, avait tout simplement envie d'être avec lui ?

Sa tension grimpa au fil du trajet, à mesure qu'il sentait se réveiller tout ce qu'il s'était promis d'éviter par le passé. Jamais il ne s'était autorisé à tomber amoureux. Il avait vu le désespoir de son père, quand sa mère les avait quittés, et à dater de cet instant, s'était juré de fuir l'amour. Mais c'était fini maintenant. Parce que Bella était dans sa vie.

Sa respiration se bloqua lorsqu'il comprit. Comment ne pas tomber amoureux d'elle, alors qu'il la désirait avec une telle ardeur ?

Bella prit une profonde inspiration en descendant de moto. Avait-elle bien fait de demander à Mac de l'amener ici ? Elle savait ce qui allait se passer, inutile de prétendre le contraire. Ils referaient l'amour, parce que c'était ce qu'ils désiraient tous les deux. Mais cela compliquerait encore les choses.

— Viens, installons-nous à l'intérieur, avant que tu ne sois trempée jusqu'aux os.

Mac lui plaça une main dans le creux du dos, pour la guider

sur le bateau. Elle frissonna. La simple pression de ses doigts sur sa peau l'amenait à se sentir plus vivante. Elle se tourna vers lui, et lut le doute dans ses yeux. Avait-il des certitudes sur ce qui allait se passer ? Non, il n'en était pas plus sûr qu'elle.

Une fois dans la cabine, son stress monta encore d'un cran. L'hésitation de Mac ne faisait qu'augmenter son incertitude à elle. Elle aurait sans doute mieux fait de ne pas poser le pied sur ce bateau, et de rentrer directement chez elle. Peu importait ce qu'elle ressentait pour Mac, elle ne lui forcerait pas la main. Ce serait injuste. Il méritait une femme sans problèmes. Une femme qui comprenait ses propres sentiments, et était capable de les exprimer.

Cette pensée lui était insupportable. Elle savait qu'elle devait partir, avant que l'irréparable ne se produise. Elle se retourna si vivement qu'elle heurta Mac de plein fouet. Une seconde s'écoula, durant laquelle ils se tinrent tous deux immobiles, comme si le temps s'était arrêté. Et la seconde suivante, il la serrait contre elle.

— J'ai eu si peur de ne pas te retrouver !

Sa voix tremblait, véhiculant une foule d'émotions qui la bouleversèrent. Elle lui faisait vraiment éprouver ce genre de choses ? Leurs yeux se rencontrèrent, et elle sut qu'il voyait ce qu'elle ressentait — son trouble, sa stupéfaction, son ivresse.

— Je ne pensais pas que quelqu'un s'apercevrait de mon absence, lâcha-t-elle honnêtement.

— Eh bien, si : moi !

Il posa son front contre le sien, et elle sentit un tremblement la parcourir.

Si elle pouvait susciter autant de désir chez Mac, peut-être un futur était-il bel et bien possible pour eux.

Quand il se pencha pour l'embrasser, elle n'hésita pas. Elle voulait qu'il sache à quel point elle aussi le désirait. Son désir à lui était évident. La prenant dans ses bras, il la porta jusqu'à la petite chambre, et la déposa sur le lit. Ses yeux flamboyaient de désir.

— Je veux te faire l'amour, Bella, mais seulement si tu en as envie.

— Mais j'en meurs d'envie, répondit-elle en lui tendant la main. Je le désire plus que tout, Mac.

Il ne répondit rien, mais lui prit la main et la pressa contre ses lèvres. L'expression de son visage disait tout ce qu'elle voulait entendre. Il s'allongea à côté d'elle, et l'enveloppa de ses bras. Personne ne l'avait jamais regardée ainsi, comme si elle détenait la clé de son avenir. A cet instant, elle sut : peu importait ce qui se passerait, elle ferait tout pour ne pas le blesser. Elle l'aimait tellement — beaucoup trop pour causer son malheur. Peut-être l'avait-elle toujours aimé, à la vérité. Simplement, elle avait eu trop peur de l'admettre.

Ils firent l'amour avec un appétit vorace, qui les transporta. Chaque baiser, chaque caresse, les affolaient davantage. Mac se consumait du désir d'être en elle, mais il réussit à se maîtriser. Il voulait que ce soit formidable pour elle aussi.

— Mac, s'il te plaît.

Le désespoir qu'il perçut dans sa voix le fit basculer, et il la pénétra d'un puissant coup de reins. Il n'aurait pu se retenir plus longtemps, même s'il l'avait voulu. Bella était aussi affamée que lui, son corps s'arquant, tandis qu'il les emmenait tous les deux jusqu'à l'orgasme. Ils tremblaient encore en redescendant sur terre, frappés par l'intensité de leur étreinte. Il savait qu'il revenait d'un sommet jamais atteint jusqu'à présent, et qu'il ne retrouverait plus sans Bella. Elle était la seule avec qui il puisse expérimenter une telle fusion, une plénitude aussi forte. Parce qu'il l'aimait.

Il avait envie de lui avouer ce qu'il ressentait, mais quelque chose l'arrêta, cette peur de l'abandon qui l'avait hanté toute sa vie. Il se haïssait d'être aussi méfiant, mais il savait qu'il devait s'accorder avec ses propres sentiments, avant de passer à l'étape suivante.

Roulant sur le flanc, il lui sourit, adorant la façon dont son visage s'illumina lorsqu'elle lui rendit son sourire. Si ce n'était pas une preuve de ses sentiments pour lui, alors qu'est-ce qui l'était ?

— Maintenant que je viens d'être coquin avec vous, docteur English, j'imagine qu'il faudrait que je vous nourrisse. Serais-tu tentée par du bacon et des œufs ? demanda-t-il.

— Ce serait merveilleux, répondit-elle en s'étirant. A tout hasard, offres-tu le petit déjeuner au lit à tes invités ? Parce que je me sens bien trop alanguie pour me lever.

— J'imagine que je pourrais faire exception, mais juste pour cette fois, répondit-il d'un air de martyr.

— Oh ! Il y aura donc d'autres occasions ?

Elle sourit, ses yeux verts pétillaient, et il ne put résister. Il se pencha et l'embrassa, sentant son corps réagir immédiatement. L'attrapant par la taille, il la souleva au-dessus de lui.

— Je pense bien. J'irai même jusqu'à dire que je sais quand va se produire la prochaine.

Il fit courir une main le long de son dos, tandis que leurs lèvres entraient en contact. Il l'embrassa longtemps, passionnément, sans même s'étonner de l'intensité de son désir. Même s'il lui faisait l'amour une dizaine de fois, il la voudrait toujours autant.

Et ce fut une fois encore un bonheur intense. Il s'obligea ensuite à se traîner hors du lit. Bella devait avoir faim, et il voulait la nourrir, satisfaire ses moindres désirs. Cette pensée le remplit de tendresse, tandis qu'il enfilait ses vêtements et allait lui préparer à manger. Bella avait décidé de prendre une douche, et il sourit en entendant l'eau couler. Il pourrait s'habituer à vivre avec elle. Très facilement, d'ailleurs.

Il secoua légèrement la tête. C'était la première fois qu'il envisageait ce genre de choses ! Jamais il n'avait vécu avec ses innombrables petites amies. Cela lui était toujours apparu comme une démarche précipitée, alors qu'il savait intuitivement que vivre avec Bella répondait à son vœu le plus cher. Il désirait l'intimité découlant d'une vie commune, il brûlait de connaître toutes les petites choses qui la faisaient réagir, ses plats favoris, les programmes qu'elle aimait regarder à la télévision. La tête commença à lui tourner : s'il s'engageait sur cette route, que trouverait-il au bout ? Le mariage ?

Si seulement il pouvait savoir ce qu'il voulait ! Mais il n'y parvenait pas. Pas encore. Un dernier vestige de sa peur de jadis traînait encore dans un coin de sa tête, et tant qu'il ne s'en serait pas débarrassé, il ne pourrait prendre de décision définitive. Il soupira. Pourvu qu'il réussisse à se décider au plus tôt. Avant de perdre Bella, en tout cas.

9

— Je suis repue.

Bella poussa un soupir en reposant couteau et fourchette. Elle avait trop mangé, mais comment résister, quand Mac la nourrissait ? Elle lui sourit, et prit plaisir à voir ses yeux s'illuminer lorsqu'il lui sourit en retour. Un indice de ses sentiments à son égard ? Elle s'efforça de chasser cette pensée.

— Essayez-vous de m'engraisser, docteur MacIntyre ? demanda-t-elle.

Elle se mordilla la lèvre. D'accord, ils avaient fait l'amour ; d'accord, cela avait été merveilleux, mais elle ne devait rien tenir pour acquis.

— Parce que tu risques d'y réussir, si tu me prépares des repas pareils.

— Pour autant que je sache, ce n'est pas vraiment un danger qui te menace.

Il lui sourit encore, et elle se sentit rougir en comprenant qu'il était en train de repenser à elle pendant l'amour. Elle fut soudain assaillie par le souvenir de son corps puissant. Bizarrement, ce n'était jamais le physique d'un homme qui l'avait stimulée, autrefois. Même adolescente, elle n'avait jamais accroché aux murs de sa chambre les posters de quelque idole masculine. Cela n'avait jamais marché sur elle, mais aujourd'hui, l'image du corps de Mac, élancé, et en même temps si puissant, la troublait terriblement. Attrapant sa tasse, elle plongea le nez dedans, priant pour qu'il n'ait pas deviné le cours de ses pensées. Ce genre d'idées ne devrait pas tourmenter une femme de son âge !

— Bella ?

Sa voix était si douce qu'elle réagit comme s'il l'avait touchée. D'une main tremblante, elle reposa sa tasse et vit le regard préoccupé qu'il posait sur elle.

— Tu n'es pas chagrinée par ce que nous avons fait, chérie ? demanda-t-il, une main posée sur la sienne.

— Non, répondit-elle d'une voix ferme.

Non, elle ne regrettait pas d'avoir refait l'amour avec lui, même si elle ne pouvait s'empêcher de s'interroger sur la suite des événements. Mac attendait-il qu'ils restent des amis, couchant occasionnellement ensemble ? Pourvu que non ! Mais même elle n'était pas certaine de ce qu'elle désirait au fond.

— Alors qu'est-ce qui ne va pas ? demanda-t-il en pressant sa main. Dis-moi. Je voudrais savoir ce qui te tracasse.

— Rien, tout va bien.

Elle lui adressa un sourire éclatant, répugnant à laisser paraître sa peur, quand ses sentiments étaient aussi ambivalents. Voulait-elle de Mac pour toujours dans sa vie, ou juste dans un futur proche ? Elle l'aimait, de cela elle était certaine, mais c'était long, une vie entière, et elle ignorait si c'était trop demander.

La situation lui sembla soudain trop compliquée. Elle se leva et commença à ramasser les assiettes. Elle avait besoin de temps pour réfléchir, pour déterminer ce qu'elle désirait vraiment... Elle tressaillit quand, en se retournant pour porter les assiettes dans l'évier, elle croisa le regard de Mac. Elle le désirait, mais en avait-elle le droit, sans être sûre de pouvoir combler ses besoins ?

— Je vais prendre une douche, déclara-t-il en se levant.

Ramassant leurs tasses, il les plaça sur le comptoir, en profitant pour lui déposer un baiser dans le cou au passage. Elle eut un petit frisson, en sentant ses lèvres sur sa peau. Difficile de se comporter de manière raisonnable quand de telles sensations vous envahissaient !

— Bella.

Prononcé par ces lèvres, son prénom sonnait comme une caresse. Aussi se blottit-elle sans hésiter dans les bras qui se refermaient sur elle. Elle ignorait peut-être tout de l'avenir, mais savait ce qu'elle voulait là, tout de suite. Elle lui rendit son baiser, en quête de confirmation. Le désir qu'ils éprouvaient l'un pour l'autre était forcément un bon présage, non ?

Ils refirent l'amour, et ce fut une nouvelle fois une expérience d'une intensité inégalée. La peau satinée de Bella stimulait Mac, comme rien auparavant. Il ne pouvait que s'émerveiller de la différence. C'était quelque chose de spécial. De pleinement épanouissant. Il ne s'agissait pas juste de sensations sexuelles, son esprit aussi était concerné. Il avait l'impression de se trouver lui-même dans ses bras, de découvrir son être véritable, derrière l'image sociale. Il ne s'était jamais rendu compte de la distance qu'il avait mise entre le monde et lui, mais il le savait désormais. Avec Bella, il pouvait être lui-même. La pensée était si poignante qu'elle balaya les derniers reliquats de peur. Lui prenant le visage entre ses mains, il plongea dans ses yeux.

— Je t'aime, Bella.

Il dut s'interrompre, incapable d'aller plus loin. C'était tout de même la première fois qu'il prononçait ces mots, car par le passé, ils n'auraient jamais été vrais. Aujourd'hui, en revanche, c'était bel et bien la vérité. Il aimait Bella de tout son cœur, de toutes les cellules de son être.

— Je..., commença-t-elle, avant de s'interrompre.

Il s'aperçut de sa stupéfaction et comprit. L'instant était crucial pour tous les deux. Il eut un rire nerveux, et déposa un petit baiser sur le bout de son nez.

— Je sais, je suis moi aussi assez abasourdi, mon amour.

Nous avons besoin tous les deux de quelques minutes pour nous faire à cette idée, tu ne penses pas ?

Il se leva, submergé par la tendresse en voyant l'expression de son visage, mélange de stupéfaction et d'excitation croissante. Visiblement, sa déclaration ne lui avait pas fait l'effet d'une surprise désagréable. Tout en se dirigeant vers la salle de bains, il sentait le bonheur se répandre dans ses veines. Parler de ses sentiments à Bella avait été un pari risqué, mais le jeu semblait en valoir la chandelle. Il était évident qu'elle avait des sentiments pour lui ; il ne lui restait donc plus qu'à l'amener à admettre qu'elle l'aimait, elle aussi. Ainsi, pourraient-ils envisager l'avenir.

Il sourit en versant du gel douche dans la paume de sa main. Peut-être mettait-il la charrue avant les bœufs, mais Bella et lui semblaient bel et bien être destinés à faire la route ensemble !

Bella lava la vaisselle et rangea tout dans les placards. Mac prenait grand soin de son bateau, et elle ne voulait surtout pas qu'il la considère comme une source de désordre.

Elle s'assit sur le canapé, les jambes soudain flageolantes. Rien d'étonnant à cela, après l'aveu de Mac. Il avait dit être amoureux d'elle. Etait-ce possible ?

Un frisson la parcourut quand elle revit son expression au moment de sa déclaration. Soit il était un comédien hors pair, soit il avait dit vrai... Tout à coup, elle sut avec certitude quelle option elle choisissait. Elle voulait que Mac fasse pour toujours partie de son avenir !

Elle laissa l'idée faire son chemin. Vivre avec Mac, jour après jour, ce serait comme un rêve devenu réalité. Il serait toujours là pour elle, pour la soutenir. Sa loyauté et sa constance étaient des qualités qu'elle avait toujours admirées chez lui. Même si l'écart entre leurs origines sociales différentes l'avait quelque peu inquiétée au départ, elle avait toujours su qu'il serait là pour elle. C'était pour cette raison, qu'elle avait tant souffert en apprenant qu'il la rendait responsable de l'échec de son mariage. Elle avait pensé qu'il comprendrait pourquoi elle avait dû y mettre un terme. Etait-il persuadé désormais que ce n'était pas sa faute ? Elle l'espérait. Car s'ils voulaient avoir une vie heureuse ensemble, ils devaient se faire entièrement confiance.

Un petit doute subsistait néanmoins, telle une tache sombre sur une toile, sans cela impeccable. Elle savait qu'elle devait lui en parler, avant qu'ils n'aillent plus loin. Elle refit du café, pendant qu'il finissait de prendre sa douche, de plus en plus nerveuse à chaque seconde. Si Mac n'était pas persuadé de son innocence, ce serait le début et la fin de leur histoire.

— Oh ! du café ! s'exclama-t-il en pénétrant dans la cabine.

Il sourit, et la prit par la taille.

— Tu n'es pas seulement belle et sexy, tu sais aussi lire dans mes pensées. Rien d'étonnant à ce que je t'aime, Bella English.

Il l'embrassa, agaçant ses lèvres jusqu'à ce que la tête lui tourne. Elle répondit à son baiser, sentant ses derniers doutes s'évanouir. Mac n'éprouverait pas ce genre de choses s'il ne l'aimait pas. Et aucun sentiment au monde n'égalait le bonheur de savoir l'amour de Mac authentique. Quand il releva la tête, elle sut que le moment était venu de lui parler de ce qu'elle ressentait. Elle l'aimait elle aussi, et maintenant que tous les doutes étaient balayés, elle voulait que ce soit clair.

— Mac, je...

Elle fut interrompue par la sonnerie du téléphone de Mac. Poussant un juron, il jeta un coup d'œil à l'appareil, posé sur la table.

— Bon sang ! pourquoi ces trucs sonnent-ils toujours aux pires moments ?

Il l'attrapa, et elle vit son expression changer quand il lut le nom de l'appelant sur l'écran.

— Salut, Tim, lança-t-il d'un ton égal. Oui, je l'ai retrouvée, elle va bien... Bien sûr, elle est là.

Elle sentit son cœur se serrer quand il lui tendit le téléphone.

Pourquoi Mac paraissait-il si distant tout à coup ? Il ne pensait tout de même pas qu'elle avait envie de parler avec son ex, après ce qui venait de se passer entre eux ?

Elle raconta les événements à Tim, d'un ton sec qui confinait à l'impolitesse. Elle n'évoqua ni Freya ni rien d'autre, pressée d'en finir aussi vite que possible.

Tout en parlant elle observait Mac, qui se tenait à présent près de l'évier, et sentit les battements de son cœur s'accélérer devant son air lugubre. Il pensait visiblement qu'elle était heureuse d'entendre Tim, alors que rien n'aurait pu être plus éloigné de la vérité. Cette partie de sa vie était terminée, et elle ne se remettrait jamais avec Tim. Il fallait qu'elle le fasse comprendre à son ex. Aussi accepta-t-elle le rendez-vous qu'il lui proposa. Elle ne pourrait aller de l'avant tant qu'elle n'aurait pas tiré un trait sur son passé.

— Il appelait pour vérifier que j'allais bien, expliqua-t-elle après avoir raccroché.

Mac ne répondit rien. Aussi, afin que les choses soient claires, s'empressa-t-elle d'ajouter :

— Il souhaite me voir, et j'ai accepté.

— Oui, j'avais entendu, répliqua-t-il froidement. Je devrais sans doute te féliciter. Vous êtes visiblement venus à bout de vos divergences. Je vous souhaite tout le bonheur possible.

— Non, ce n'est pas vrai ! Je...

Il l'interrompit vivement :

— Pas la peine de m'expliquer. Tim t'aime encore, c'est évident. Et toi aussi, puisque tu es d'accord pour le revoir, après tout ce qui s'est passé, ajouta-t-il avec un haussement d'épaules méprisant. Je suis content d'avoir pu vous aider, dans la faible mesure de mes moyens. De toute évidence, coucher avec moi t'a permis de comprendre ce que tu attendais de la vie, et ce n'est certainement pas une aventure avec moi.

Elle le dévisagea, atterrée. Elle n'en croyait pas ses oreilles. Bien entendu, elle comprenait ce qu'il disait, mais la théorie de Mac selon laquelle coucher avec lui l'aurait incitée à retourner vers Tim dépassait son entendement. S'il l'aimait comme il le prétendait, il l'aurait sue incapable d'un tel comportement.

Tout à coup, elle en eut assez de rester là, à l'écouter proférer toutes ces accusations injustes. Empoignant son sac, elle gravit quatre à quatre l'escalier menant au pont. Elle l'entendit crier son nom, mais continua à courir. Pourquoi lui aurait-elle obéi ? Il avait dit tout ce qui devait l'être, révélé la vraie nature de ses sentiments. Il avait peut-être cru l'aimer, mais c'était faux, sans quoi il ne l'aurait jamais pensée capable de revenir vers Tim, après la nuit qu'ils avaient passée, elle et lui. Encore une fois, la pensée que tout dépendait d'elle refit surface pour la tourmenter. Si elle avait montré ses sentiments à Mac, l'avait persuadé que c'était lui qu'elle voulait et personne d'autre, il en serait peut-être allé autrement.

Les larmes ruisselaient sur ses joues, tandis qu'elle courait le long du quai. Des larmes de tristesse pour son bonheur si éphémère et si vite perdu. Cela faisait mal, bien plus que quand son mariage avait sombré, mais c'était à prévoir. Cette fois-ci, elle avait donné son cœur, et on le lui rendait en lambeaux. C'était le rejet le plus douloureux qui fût.

Après le départ de Bella, Mac s'effondra sur son lit. Il aurait pu lui courir après, mais se savait incapable de faire quoi que ce soit pour l'instant. Elle avait l'intention de retourner avec Tim. Etait-ce vraiment possible ? Mais dans le cas contraire, pourquoi aurait-elle accepté de le rencontrer ?

La tête lui tournait sous l'afflux de questions. Il devait y répondre au plus vite, sans quoi il allait devenir fou, et perdre pied. Mais il n'y avait plus trace de Bella quand il se précipita sur le pont dans l'espoir de la rattraper. Le cœur lourd, il se demanda où elle avait bien pu aller. Ce fut seulement en apercevant un bus qui disparaissait à l'horizon qu'il eut au moins une réponse à ses trop nombreuses questions. Pour toutes les autres, eh bien, il devrait attendre. Bella était la seule à connaître la vérité.

Il se dirigea vers sa moto et démarra l'engin, l'estomac noué, alors que sa vieille peur de l'abandon refaisait surface. Certes, il voulait des réponses, mais il devait prier, afin d'être assez fort pour les entendre.

— Petit garçon de quatre ans, dans le box 3 : Oscar Starling. Sa mère pense qu'il a avalé du détergent. Qui s'en occupe ? Mac ou toi ?

— Moi.

Bella s'empara du dossier du gamin, tournant le dos pour échapper au regard surpris de Trish. Pas question qu'elle lui explique pourquoi elle était si pressée de prendre le patient. Mac avait essayé de la voir en privé durant toute la matinée, mais elle refusait de discuter avec lui. C'était également pour cela qu'elle ne lui avait pas ouvert sa porte, quand il s'était présenté chez elle, hier, après qu'elle avait quitté le bateau. Qu'avait-elle à lui dire, au fond ? Qu'elle n'avait aucune intention de retourner avec Tim ? Comment l'aurait-il crue, alors qu'elle était, à l'évidence, si peu convaincante dans l'expression de ses sentiments ?

Elle écarta le rideau, choisissant de se focaliser sur les besoins de son patient, plutôt que sur ses propres problèmes. Le petit garçon était assis sur la table d'examen. Il afficha un grand sourire en la voyant arriver.

— J'ai eu un nouveau tracteur, lui annonça-t-il avec le plus grand sérieux.

Et il brandit un engin étincelant, d'un vert éclatant.

— Tu en as de la chance, dis-moi, il est magnifique, répondit-elle.

Elle lui prit le jouet, avant d'imiter un bruit de moteur, puis elle se tourna vers sa mère :

— Bonjour, je suis le Dr English. D'après ce que j'ai entendu, Oscar pourrait avoir avalé du détergent, c'est bien ça ?

— Oui, répondit Louise Starling en soupirant. Il jouait dans la cuisine avec son tracteur. D'habitude, il ne s'approche jamais du placard où je range ces produits, mais aujourd'hui, si. Je suis montée à l'étage, et quand je suis redescendue, l'emballage était par terre. J'utilise le produit en capsules, et l'une d'elles était ouverte. C'est un liquide bleu vif ; or, les lèvres d'Oscar étaient tachées de bleu, elles aussi.

— Je vois, répondit Bella en se tournant vers le petit garçon. Tu as avalé beaucoup de détergent, Oscar ?

— Non, répondit-il en secouant la tête. Parce que ça avait un drôle de goût. J'ai tout craché par terre, ajouta-t-il, en observant son tracteur avec un sourire.

— Tu as bien fait.

Elle lui ébouriffa les cheveux. Il était vraiment adorable. Ça devait être merveilleux d'avoir un enfant aussi vif et joyeux. Il n'en fallut pas plus pour la ramener à sa propre situation, et elle réprima un soupir. Il y avait peu de chances que ça lui arrive, si elle repoussait tous les hommes qu'elle rencontrait. Elle tenta de chasser cette pensée en demandant à Louise Starling si elle avait apporté l'une de ces capsules avec elle.

— J'ai la boîte, répondit Louise en la lui tendant avec une grimace. J'avais vu un truc à la TV, comme quoi il fallait apporter l'emballage quand votre enfant avalait quelque chose qu'il n'aurait pas dû.

— Vous avez bien fait, lui dit Bella en esquissant un sourire. Même les parents les plus attentifs ne peuvent prévoir quelle idée va passer dans la tête de leurs enfants. Bon, je vais téléphoner au centre antipoison, et prendre conseil auprès d'eux. Cela étant, je ne pense pas qu'il faille trop s'alarmer. D'après ce qu'Oscar nous a dit, il n'a pas ingéré beaucoup de produit.

Elle passa son coup de fil. Le centre antipoison disposait de la liste des produits ménagers, et l'on put la conseiller sur la meilleure manière de procéder. Heureusement, ces fameuses capsules n'étaient pas très toxiques, et étant donné la faible quantité ingérée, ils convinrent qu'Oscar n'était pas vraiment en danger. Ayant annoncé la bonne nouvelle à la mère, Bella mit en place le traitement, impliquant notamment l'ingestion d'un grand verre d'eau. Le petit garçon s'exécuta sans protester, lui adressant même un grand sourire.

— C'est très bien, Oscar. Je veux que tu boives un autre verre, quand tu rentreras à la maison avec maman. Tu me feras ce plaisir ?

Oscar acquiesça, plus intéressé par son tracteur que par ce qui se passait. Bella éclata de rire, en le faisant descendre de la table d'examen.

— Viens avec moi, je vais voir si je te trouve un autocollant, tu as été un si gentil garçon.

Il lui prit joyeusement la main pour la suivre hors du box. Ils conservaient une pile d'autocollants derrière le comptoir de la réception, où Bella fouilla jusqu'à en trouver un de tracteur. S'étant accroupie, elle le colla sur le T-shirt du petit garçon.

— Et voilà. Ça dit : « Je suis un super patient ! », et c'est la vérité.

Elle sourit en voyant Oscar, tout excité, montrer l'autocollant à sa mère. Elle recommanda à Louise de leur ramener son fils à la moindre alerte, puis remplit le dossier après leur départ. Il était près de midi quand elle en eut terminé. Elle allait se rendre à la cantine, pour se forcer à manger quelque chose. Elle n'avait pas réussi à avaler quoi que ce soit ce matin, à part une tasse de café, mais elle ne pourrait tenir comme ça toute la journée. Si elle voulait travailler correctement, elle devait faire attention à elle. Car si elle se voyait privée de la famille dont elle avait toujours rêvé, il ne lui resterait plus qu'à se focaliser sur sa carrière. C'était un piètre substitut, même si elle adorait son travail, mais elle devait être réaliste. Elle avait eu des rêves, en effet, et il était difficile d'y renoncer. Son cœur se serra lorsqu'elle songea à l'avenir radieux qui s'offrait à Mac et à elle, mais plus elle s'y accrochait, plus douloureuse serait la chute. Ils avaient eu leur chance, et n'avaient pas su la saisir. Mieux valait qu'elle l'accepte au plus vite.

A mesure que la pause déjeuner s'écoulait, Mac avait de plus en plus de mal à contenir sa frustration. Bella avait repoussé chacune de ses tentatives d'explications. Oui, il avait essayé — un nombre incalculable de fois —, mais elle s'était débrouillée pour s'esquiver. Le reste de l'équipe n'allait pas tarder à s'apercevoir que quelque chose n'allait pas. Il n'y pouvait rien. Et si les gens se mettaient à cancaner, Bella serait la seule à blâmer.

Il s'en voulut aussitôt, conscient qu'il se montrait injuste. C'était lui qui avait lancé les accusations. Il avait passé sa nuit d'insomnie à se repasser le film des événements, et au petit matin, avait compris qu'il avait eu tort de tirer des conclusions aussi hâtives. Bella n'aurait jamais essayé de l'utiliser ainsi, ce n'était tout simplement pas dans sa nature. Il avait laissé sa peur d'être blessé dénaturer son jugement, et il lui devait des excuses. Une grande question demeurait cependant : les accepterait-elle ? Au vu de son attitude avec lui ce matin, il en doutait fort.

Il était au plus bas en renvoyant son premier patient de l'après-midi, et regagna le bureau pour faire une pause. Il découvrit alors Bella devant l'ordinateur. Il n'y avait personne alentour. Le moment était idéal. L'idée de la perdre, si elle retournait avec Tim, était affreuse, mais ce serait encore pire de se quitter en aussi mauvais termes. Il devait lui présenter ses excuses et tenter de sauver ne serait-ce qu'un peu de leur relation. Il s'approcha à pas rapides, mais fut obligé de s'arrêter en entendant sonner le téléphone d'urgence. Il eut l'impression d'être coupé en deux. Une partie de lui voulait ignorer le téléphone et parler à Bella, tandis que l'autre l'incitait à répondre à ses impératifs professionnels.

Finalement, son sens du devoir triompha. Il attrapa le combiné, écoutant attentivement l'opérateur lui donner les informations. Un accident avait eu lieu sur un passage à niveau, au sortir de la ville. Un train avait heurté une voiture, restée coincée sur les rails, et plusieurs personnes avaient été gravement blessées, notamment des enfants. Mac confirma qu'ils envoyaient une équipe, et raccrocha tout en pressant l'alarme pour faire venir le reste du service. Dès que tout le monde fut réuni autour de son bureau, il expliqua la situation.

— Bella, Laura et moi, nous nous occuperons de l'accident, puisque nous sommes formés pour. Ce qui nous laisse Helen, Trish et Bailey pour s'occuper du service. Peux-tu appeler Adam ? demanda-t-il à Janet. Dis-lui de venir. Il avait une réunion ce matin, mais elle devrait être terminée maintenant.

Une fois tout le dispositif mis en place, il se dirigea vers la salle où ils entreposaient leur équipement. Ils passèrent des tenues imperméables, empoignèrent des sacs à dos contenant tout ce dont ils pourraient avoir besoin : des pansements de base aux instruments chirurgicaux. Impossible de prévoir ce qu'ils allaient découvrir, mieux valait donc être préparés au pire. Une voiture les attendait à la sortie de l'hôpital. Bella ne lui adressa pas un regard en grimpant à l'arrière, et invita Laura à s'asseoir à côté d'elle.

Il prit donc place à l'avant. Il avait laissé passer sa chance de s'expliquer et d'arranger la situation, et il risquait de ne plus en avoir l'opportunité. Peut-être devrait-il songer à résilier son contrat, et signer pour une nouvelle mission humanitaire. Il avait prévu de rester en Angleterre pendant quelque temps, mais travailler avec Bella, si elle se remettait avec Tim, serait un enfer. La voir au quotidien, en sachant qu'elle en aimait un autre, lui serait une douleur insupportable. Franchement, il ne pensait pas être capable de faire face.

Il ferma les yeux lorsque le véhicule démarra avec gyrophare et sirène, essayant de chasser le tableau sombre et solitaire de son avenir. Sans Bella dans sa vie, il n'avait plus grand-chose à attendre.

10

Ce n'était pas le premier accident auquel Bella assistait, mais c'était le plus grave. La plupart des wagons du TGV avaient déraillé. Les équipes de secours et les pompiers travaillaient le long des rails, recherchant des passagers blessés, et le temps qu'ils arrivent, une centaine de personnes au moins gisaient sur la voie. Affronter autant de gens ayant besoin de leur aide était impressionnant. Mac, bien mieux qu'elle, surmontait manifestement son appréhension.

— On doit chercher à localiser les enfants. Cela semble peut-être injuste d'ignorer les adultes, mais d'autres équipes médicales s'en occuperont.

Elle approuva, sentant sa panique initiale refluer devant le calme de Mac.

— Que veulent-ils que l'on fasse ? demanda-t-elle.

Son cœur se remplit de joie alors qu'il lui souriait, mais elle s'obligea à la retenue. Il était facile d'imaginer que ce sourire signifiait quelque chose. Pourtant, Mac avait prouvé qu'il ne l'aimait pas, et elle ne devait jamais l'oublier.

— Je vais interroger l'officier responsable. Les secours ont dit qu'il y avait deux enfants gravement blessés, sans pouvoir exclure qu'il y en ait d'autres. Mais on peut déjà commencer avec eux.

— Très bien, Laura et moi, nous irons vérifier ce groupe là-bas, répliqua-t-elle d'un ton neutre.

Le cœur lourd, elle se dirigea avec Laura vers un groupe

d'adolescents assis près des rails. Il y avait trois garçons et deux filles, tous, à l'évidence, profondément choqués. L'un des garçons avait une large entaille sur le front. Bella la nettoya, avant d'y appliquer un pansement de suture pour en maintenir les bords soudés. Le jeune homme devrait aller à l'hôpital, pour qu'on écarte l'hypothèse d'un traumatisme crânien. Les autres membres du groupe ne souffraient que de blessures superficielles. Ils pouvaient attendre qu'on les autorise à rentrer chez eux. Comme ils avaient tous des portables, elle supposa qu'ils n'attendraient pas longtemps.

Les effets secondaires de ce qu'ils venaient de subir étaient impossibles à prédire. Certains continueraient leur vie comme si de rien n'était, tandis que d'autres seraient traumatisés à vie. Cela dépendait de leur personnalité. Ainsi, elle avait passé son enfance à tenir les autres à distance, et c'était donc doublement ironique de voir ses émotions bafouées, maintenant qu'elle avait réussi à leur consentir une place. Cette pensée était pour le moins déprimante, mais elle n'avait pas le temps de s'y appesantir, car Mac arrivait pour la prendre à part.

— Les enfants blessés sont toujours dans le train. L'équipe qui les a trouvés a jugé qu'il était trop risqué de les bouger.

— Ça se présente mal, répliqua-t-elle d'un ton morose. Connais-tu le numéro du wagon ?

— Un membre de l'équipe va nous y conduire. Tu te sens assez forte ? Je sais comme ce genre de situations peut être difficile, alors n'hésite pas à me faire part de tes appréhensions.

— Ça ira, merci.

Elle se redressa, bien décidée à empêcher ses nouvelles émotions de la submerger.

Mac ne l'aimait pas, et si elle se le répétait assez souvent, peut-être qu'elle finirait par y croire, et arrêterait de réinterpréter chacune de ses paroles.

— Parfait.

Il haussa les épaules, mais elle vit de la douleur dans ses yeux, et dut se retenir pour ne pas ajouter quelque chose. Il n'avait pas besoin d'être rassuré. Il n'avait besoin de rien venant d'elle. Cette pensée l'accompagna, tandis qu'ils suivaient l'un des pompiers. Ils arrivèrent à hauteur des deux premiers wagons, juste après la locomotive, et elle grimaça. Les wagons en question avaient basculé sur le côté dans un désordre chaotique, le long de la pente, et il était dur d'imaginer que quelqu'un avait pu s'en sortir.

— Il va falloir être très prudent, lui expliqua le pompier. Il y a beaucoup de verre brisé et de métal à l'intérieur. On a essayé de stabiliser les wagons autant que possible, pour les empêcher de dévaler la pente, mais si on vous ordonne de sortir, obéissez sur-le-champ. L'un des enfants est dans le premier wagon, l'autre dans le deuxième, et vous devrez entrer par ici. Deux de nos gars attendent avec eux.

Elle acquiesça, économisant son souffle, tandis qu'elle tentait de se déplacer à l'intérieur du wagon. Ils avaient du chemin à faire et peu de matériel, ce serait difficile.

— Prends appui sur moi, je vais t'aider à monter.

Mac plaça ses mains en coupe et, après une brève hésitation, elle y posa le pied. Il la propulsa vers le haut, pour qu'elle atteigne la main du pompier, lequel la hissa sur le wagon, attendant que Mac les rejoigne pour les guider à l'intérieur. C'était désorientant de marcher sur les murs du wagon, en évitant les tablettes et fauteuils, qui s'étaient décrochés. Elle fut soulagée lorsqu'ils atteignirent leur première patiente, une fillette d'une dizaine d'années.

— Reste avec elle, je vais voir l'autre enfant, annonça Mac, dont les yeux s'étaient assombris. Fais attention à tes gestes, Bella. C'est très facile de provoquer soi-même un accident dans ce genre de situations.

Elle acquiesça, incapable de parler tant sa gorge était sèche. Elle s'accroupit et commença à examiner la petite, se concentrant sur ce qu'elle faisait. Ce serait une erreur de chercher à interpréter le regard de Mac, pourtant son cœur s'était mis à marteler sa poitrine, parce qu'elle n'avait aucun moyen de s'en empêcher. En dépit de tout, elle appréciait que Mac s'inquiète à son sujet.

Elle inspira profondément, mais la vérité était tenace. Elle voulait qu'il ressente toutes sortes de choses en la regardant, notamment de l'amour.

Mac fit de son mieux, mais les blessures du garçon étaient trop graves. Il mourut quelques minutes plus tard, et tout ce qui restait à faire à présent, c'était d'informer ses parents. Ils avaient été blessés eux aussi, et évacués à l'hôpital.

Le cœur lourd, il gagna la sortie. Annoncer pareille nouvelle à des proches était toujours difficile, tout particulièrement lorsqu'il s'agissait d'un enfant. Il ne pouvait imaginer la douleur d'une tragédie pareille. S'il avait eu un enfant, il en aurait aimé chaque fibre, mais Bella étant la seule femme avec qui il aurait voulu avoir un enfant, cela ne se produirait jamais.

Pas facile de dissimuler à quel point il était dévasté par cette pensée. Quand il s'arrêta à côté d'elle, il dut se retenir de lui crier tout ce à quoi il venait de penser. C'était injuste de la soumettre à une telle pression, de la culpabiliser, parce qu'elle aimait Tim et pas lui. Les gens ne choisissent pas la personne dont ils tombent amoureux. Pourtant lui, s'il avait eu le choix, il aurait choisi Bella sans hésiter. Dès qu'ils s'étaient vus, il avait su qu'elle était la seule femme pour lui. Il sentit sa gorge se serrer.

C'était dur de contenir ses émotions, mais il parvint à se contrôler.

— Tu as bientôt fini ?

— Oui, son état est stable, et elle est prête à être transportée. Et l'autre enfant ?

Il secoua la tête, les larmes aux yeux, cette fois. Il était à fleur de peau, et il ne lui en faudrait pas beaucoup pour craquer.

— Il n'a pas survécu.

— Oh ! Je suis tellement désolée ! s'exclama-t-elle en lui touchant la main.

Ce ne fut qu'une caresse légère, le plus bref des contacts, mais il sentit comme une brûlure sur sa peau.

Il se retourna, terrifié. Il ne devait pas la supplier de rester avec lui, ne devait pas la forcer. Elle devait le désirer autant qu'il la désirait, sinon, cela n'en valait pas la peine. Elle finirait par le quitter, et il ne supportait pas cette idée... Toutefois, était-ce pire que ce qu'il vivait maintenant ? Pourrait-il se sentir aussi dévasté qu'en ce moment, en sachant qu'il l'avait perdue ?

La question tourbillonnait dans sa tête tandis qu'il s'éloignait du train. Il devait trouver l'officier responsable, et l'informer du décès du petit garçon. Toutefois, il n'avait franchi plus de quelques mètres quand il entendit un cri. Il se retourna aussitôt. Son cœur s'arrêta de battre lorsqu'il vit ce qu'il restait du wagon glisser le long de la pente. Il y eut un crissement de métal qui se rompt, des bruits de verre brisé, puis le silence.

Il resta planté là, incapable de bouger tant la peur le paralysait. Bella était prisonnière à l'intérieur de cet amas de métal !

Bella était sur le point de se relever quand elle entendit quelqu'un hurler, puis, dans la seconde qui suivit, elle sentit le wagon bouger. Cramponnée à une table, elle comprit qu'il prenait de la vitesse en dévalant le talus. Des morceaux de verre et de métal volaient en tous sens, et elle poussa un cri lorsqu'un éclat d'acier se ficha dans son cou. Un filet de sang tiède se mit à couler de sa blessure, mais elle était trop effrayée pour y porter la main, et vérifier de quoi il retournait. Heureusement, Katie, la fillette dont elle s'occupait, était coincée entre deux sièges retournés qui la protégeaient. Toutefois, Bella put lire une peur immense dans son regard, et sa réaction fut instinctive.

— Tout va bien, ma chérie, le wagon a juste glissé un peu, il va bientôt s'arrêter.

Elle pressa la main de la fillette, priant pour ne pas avoir été trop optimiste. La pente était raide à cet endroit, et filait droit vers la rivière. Mieux valait ne pas imaginer ce qui se passerait, s'ils la dévalaient jusqu'au bout. Aussi fut-elle immensément soulagée quand la carcasse s'immobilisa enfin. Elle se relevait avec précaution, mais elle sentit le wagon se balancer. Un coup d'œil par la vitre lui glaça les sangs : la voiture avait été arrêtée par quelques troncs d'arbres rabougris, et ceux-ci, à l'évidence, ne supporteraient pas leur poids très longtemps.

— On va devoir vous évacuer, déclara derrière elle le pompier qui les avait guidés dans le wagon. Ces arbres sont sur le point de céder. On va vous faire sortir tout de suite, la fillette et vous.

— Je comprends, répondit-elle calmement, tout en faisant de son mieux pour cacher l'inquiétude que lui inspirait Katie.

Elle vérifia que les attelles placées autour des hanches et des jambes de Katie étaient solidement attachées. La fillette avait une fracture du bassin et des deux fémurs, et il était primordial de les stabiliser, avant d'essayer de la déplacer. Une fois certaine d'avoir fait tout ce qui était en son pouvoir, elle se releva.

— Allez-y, évacuez-la.

Les pompiers extirpèrent doucement la fillette d'entre les sièges. Une civière était prête, où ils la couchèrent avant de la transporter à travers les débris. Bella les suivit, crispant la mâchoire sous la douleur qui lui vrillait le cou. Le sang avait arrêté de couler, mais il lui faudrait sans doute des points de suture. Ils atteignirent enfin la porte, et le pompier se tourna vers elle.

— Vous sortirez la première, comme ça vous serez là, si elle a besoin de quelque chose. Ça va être coton de sortir, ajouta-t-il en baissant la voix. Alors préparez-vous, docteur.

Elle hocha la tête. Non seulement l'équipe devait porter la civière jusqu'à l'ouverture, mais il fallait la soulever de manière qu'elle passe par cette même ouverture. Pourvu que les antidouleurs qu'elle avait donnés à la fillette fassent effet. En d'autres circonstances, elle aurait insisté pour qu'ils attendent qu'elle augmente la dose, mais ce n'était pas possible maintenant. Le wagon pouvait reprendre sa course d'un instant à l'autre, et mieux valait ne pas en envisager les conséquences. Elle laissa l'un des pompiers la soulever vers l'ouverture, suffoquant lorsqu'elle découvrit que Mac était au-dessous, pour l'aider à descendre. Il agrippa solidement ses mains, et elle put lire un immense soulagement dans son regard.

— Ça va ? demanda-t-il, la voix tremblante d'émotion.

— Je... je crois que oui.

Il pressa ses doigts, avant de la reposer au sol où un autre pompier attendait pour la conduire vers le poste de secours. Quelques secondes plus tard, elle avait atteint le sommet du talus. Elle se laissa tomber dans l'herbe, alors que sa tête se mettait à tourner. Etait-ce le stress de ces derniers jours ou la quantité de sang qu'elle avait perdue ? Un vertige s'empara d'elle. Plaçant la tête entre ses genoux, elle s'obligea à respirer lentement et profondément, mais son état ne fit qu'empirer. Au moment où elle perdit connaissance, elle entendit encore la voix affolée de Mac, qui criait son nom.

11

Mac avait toutes les peines du monde à contenir son angoisse en roulant vers l'hôpital de Dalverston. Il aurait volontiers vendu son âme au diable, si cela lui avait permis de monter dans l'ambulance qui conduisait Bella et Katie vers l'hôpital, mais il lui était impossible de laisser Laura se débrouiller seule. Il avait dû rester, même si c'était la chose la plus difficile qu'il ait jamais eu à faire. Bella était blessée, et il avait besoin d'être à ses côtés, même si ce n'était pas ce qu'elle désirait.

Cette pensée l'accablait, quand il atteignit les urgences pédiatriques. Nick Rogers, l'un des internes les plus expérimentés, était de garde, et il sourit en voyant Mac arriver.

— Ça a été pour le moins agité, aujourd'hui, dit-il. On a tiré à la courte paille, et j'ai dû rester ici. C'est l'histoire de ma vie ! Je n'ai jamais le travail intéressant.

Mac savait que Nick plaisantait, et travaillait avec le même sérieux que tous ici, mais il répliqua pourtant :

— Tu ne dirais pas ça, si tu avais vu tous ces blessés, dans le train.

— Pardon, marmonna Nick.

Mac soupira, conscient d'avoir réagi trop vivement.

— Non, c'est moi. Ne fais pas attention. Mais bref, vous avez Bella dans le service. Je peux la voir ?

— Bien sûr, elle est dans le box numéro 4... Non, attends, elle vient juste de descendre en radiologie.

— « En radiologie » ? répéta Mac, avec angoisse. On lui fait une radio ?

— Oui, l'entaille est assez profonde, dans son cou, et j'ai voulu vérifier qu'il n'y restait aucun résidu.

— J'avais espéré qu'elle s'en tirerait avec quelques points de suture, répondit-il, l'estomac noué.

Si quelque chose s'était logé dans la plaie — un morceau de verre ou de métal, par exemple —, Bella aurait besoin d'une opération, et il ne supporterait pas de la voir traverser une épreuve pareille.

— Ce sera sans doute le cas, précisa Nick, mais mieux vaut prendre toutes les précautions nécessaires.

— Je... Oui, bien sûr.

Il fit de son mieux pour reprendre ses esprits, tout en remerciant son collègue. Il savait qu'il exagérait, mais rien n'y faisait. Il s'agissait de Bella, et il était incapable de garder la tête froide quand son sort était en jeu. Il se rua vers l'ascenseur qui descendait au service de radiologie. L'accueil était vide. Pestant, il appuya sur la sonnette, de plus en plus impatient à mesure que son attente se prolongeait. Quand la porte d'une des cabines de radiographie s'ouvrit, il se retourna vivement, et se figea, en découvrant Bella assise dans un fauteuil roulant.

— Mac, qu'est-ce que tu fais là ? s'exclama-t-elle en l'apercevant à son tour. Je pensais que tu serais encore sur les lieux de l'accident.

— Tous les enfants qui n'ont pas été transférés à l'hôpital sont rentrés chez eux, expliqua-t-il en s'approchant d'elle. Nick m'a dit qu'on allait te faire une radio du cou.

— Oui, et Dieu merci, il n'y a rien dans la plaie. Dès qu'on m'aura recousue, je serai sur pied.

Elle lui adressa un sourire, mais il y lut de la méfiance. Bien sûr, elle n'était pas certaine de la suite à donner à leur relation. Alors tout à coup, il ne put attendre ou tergiverser davantage, Il l'aimait, bon sang ! Il la voulait ! Et il voulait qu'elle le sache.

Son cœur battait à tout rompre quand il annonça au

brancardier qu'il ramènerait lui-même le Dr English aux urgences pédiatriques. Dès que l'homme se fut éclipsé, il poussa Bella jusqu'à un coin reculé, où ils ne seraient pas dérangés. S'étant accroupi devant son fauteuil, il planta son regard dans le sien, sachant qu'il s'agissait du plus gros pari de son existence. Lui avouer son amour lui avait déjà semblé difficile, l'autre jour, mais ce n'était rien en comparaison avec ce qu'il s'apprêtait à faire aujourd'hui. C'était si énorme que la peur lui nouait le ventre. Pourtant il ne pouvait reculer, s'il voulait se donner une chance d'atteindre ce qu'il désirait si ardemment — Bella et une vie de bonheur à ses côtés.

S'étant emparé de ses mains, il les approcha de sa bouche, sentant la panique refluer au contact de sa chaleur contre ses lèvres. Il pouvait le faire.

— Je t'aime, Bella. Je sais, je te l'ai déjà dit, mais j'ai tout gâché par ma réaction ridicule, quand Tim a téléphoné. Je n'ai pas d'excuse pour ce que j'ai dit. J'ai eu tort, et je le regrette amèrement.

— Je n'aurais jamais couché avec toi juste pour voir quels étaient mes sentiments envers Tim, murmura-t-elle.

— Je sais.

Il se força à articuler ces mots, alors qu'il sentait une immense tristesse dans sa voix. Il savait qu'elle disait vrai, et la conscience de lui avoir causé une telle angoisse ne fit qu'accentuer son sentiment de culpabilité.

— Je suis tellement désolée, mon amour. Peux-tu me pardonner ?

— Oui. Si je suis persuadée que tu me crois, répondit-elle sans le lâcher du regard. Je n'y arriverai pas, si tu continues à douter de moi tout le temps. Je dois être sûre que tu crois en moi, Mac. Notre relation ne fonctionnera pas si tu doutes en permanence.

— Je sais, répéta-t-il.

Il eut un petit soupir, avant de se pencher vers elle, pour l'embrasser sur la bouche.

Il recula aussitôt, car immédiatement son corps réagissait à ce contact. Il était trop tôt pour ça. Ils devaient d'abord régler toutes les questions en suspens avant d'aller plus loin. S'ils décidaient d'aller plus loin. Cette pensée le stimula.

— Je m'en veux de t'avoir fait du mal, Bella. Mais la vérité, c'est que j'ai toujours eu une difficulté à accorder ma confiance aux gens. Cela remonte à mon enfance, tu sais, à cause du départ de ma mère.

Il esquissa un sourire, mal à l'aise face à cet aveu de ce qu'il considérait comme une faiblesse.

— Je sais que j'aurais dû surmonter cette peur depuis des années, mais parfois, cela revient me hanter.

— Nous sommes tous le produit de notre histoire, Mac.

Elle porta sa main à ses lèvres, et déposa un baiser dans sa paume. Sa voix était si douce, si tendre qu'un nœud se forma dans sa gorge.

— Tu crois ? murmura-t-il d'une voix rauque.

— J'en suis sûre, répliqua-t-elle en souriant. Regarde-moi. Mes parents sont des gens réservés, qui ne m'ont jamais encouragée à montrer mes sentiments. Et cela explique pourquoi j'ai tant de difficultés dans mes relations avec les autres : j'ai tendance à tout garder pour moi, plutôt que de montrer ce que je ressens réellement.

— Vraiment ? demanda-t-il, un petit sourire sur les lèvres. Je n'aurais jamais deviné, vu la façon dont tu réagis quand nous faisons l'amour.

— C'est différent ! s'exclama-t-elle en rosissant.

— Ah bon ? Pourquoi ça ? lui répliqua-t-il, taquin, effleurant ses lèvres du plus léger des baisers.

Il la sentit aussitôt répondre, et son cœur s'emplit de joie.

Tout à coup, il ne put plus attendre. Emprisonnant son visage entre ses mains, il plongea le regard dans le sien. Quelle que soit la réponse de Bella, les secondes à venir allaient déterminer le reste de sa vie.

— Tu m'aimes, Bella ? Je sais que je ne devrais pas te mettre la pression comme ça, mais j'ai besoin de le savoir, avant de devenir dingue !

Bella entendait son cœur tambouriner. Si fort, qu'elle n'arrivait presque plus à penser, et encore moins à répondre à la question de Mac. Puis lentement, dissipant la confusion qui régnait dans son esprit, une pensée remonta à la surface. Bien sûr qu'elle l'aimait. Elle n'avait aucun doute là-dessus.

— Bien sûr que je t'aime ! dit-elle vivement. Je pensais que c'était clair, pourtant.

— Pas pour moi.

La voix de Mac n'était plus qu'un mélange d'étonnement et de joie. Elle sentit son indignation fondre, aussi vite qu'elle était apparue. Prenant le visage de Mac dans ses mains, elle lui sourit, sidérée de le voir aussi vulnérable. Il avait toujours été si solide, si maître de lui-même — du moins était-ce l'image qu'elle avait de lui. Découvrir tout à coup un aspect de lui complètement différent était une révélation. Elle sut alors qu'elle ferait tout ce qui était en son pouvoir pour se montrer digne de sa confiance. Il s'était ouvert à elle, et elle ne le trahirait jamais.

Elle l'embrassa tendrement sur la bouche, laissant ses lèvres lui montrer, sans doute possible, l'intensité de ses sentiments. Elle l'aimait tellement qu'elle ne voulait rien tant que passer le reste de sa vie à le lui prouver...

S'il l'y autorisait.

Elle recula, sentant le doute s'insinuer de nouveau, et grignoter son bonheur. Mac lui avait demandé si elle l'aimait. Il avait besoin de le savoir, mais s'était abstenu de lui préciser pourquoi. Elle prit une grande inspiration.

— Je t'aime, Mac, mais es-tu certain de m'aimer ? Tu as été très prompt à penser que je t'avais utilisé pour clarifier mes sentiments envers Tim. Si tu m'aimais vraiment, cela ne t'aurait pas traversé l'esprit. Tu aurais compris que je n'aurais pas pu coucher avec toi pour ce genre de raisons.

Elle se mordit nerveusement la lèvre. Elle n'avait jamais rien fait d'aussi difficile, jamais fouillé ainsi dans ses émotions, et était effrayée de le faire maintenant, alors que l'enjeu était si important. Quelle que soit la réponse de Mac, cela déterminerait le reste de sa vie. Et elle n'était pas certaine de pouvoir supporter la réponse.

Elle se leva brusquement, si terrifiée soudain, qu'elle ne pouvait plus rester assise à écouter ce qu'il avait à lui dire. Si Mac ne voulait pas d'elle, il n'y avait rien qu'elle pourrait faire. Elle devrait accepter sa décision de façon stoïque, sans se ridiculiser en le suppliant de reconsidérer la question. Les larmes roulaient le long de ses joues quand elle voulut le dépasser, mais il la devança. L'ayant attrapée par la manche de son pull, il l'obligea à s'arrêter, refermant les bras autour d'elle afin qu'elle ne puisse plus bouger, lui échapper ou fuir la vérité.

— Bella, arrête ! Je sais que tu as peur, parce que j'ai peur, moi aussi, mais tu ne peux pas t'enfuir.

Il déposa un baiser sur ses lèvres, et elle sentit un frisson courir de son corps au sien. Relevant la tête, il la regarda droit dans les yeux.

— Nous allons devoir faire preuve de courage tous les deux, si nous voulons que ça fonctionne. Je t'aime, et je veux passer ma vie avec toi. Je pense... J'espère... qu'il en va de même pour toi. Qu'en penses-tu, ma chérie ? M'aimes-tu assez pour vivre avec moi pour l'éternité ? Parce que je te préviens, c'est ce que je veux, moi. Je ne me contenterai pas de moins que ça.

Elle eut un petit vertige. On y était. Sa réponse déciderait de son avenir. Voulait-elle vivre avec Mac pour le restant de ses jours ? Voulait-elle passer chacune de ses journées à le rendre heureux ? Bien sûr que oui !

Se penchant en avant, elle l'embrassa, laissant ses lèvres formuler sa réponse. Il lui fallut du temps pour reprendre ses esprits, quelques secondes pendant lesquelles il sembla hésiter, comme s'il n'était pas certain de se trouver dans la réalité. Puis il lui rendit son baiser, l'embrassant avec une faim qu'il ne cherchait plus à dissimuler. Ils tremblaient encore quand ils interrompirent leur baiser, secoués par la profondeur de leurs sentiments. Mac lui prit le visage dans ses mains.

— Je ne savais pas qu'on pouvait éprouver ce genre de choses, Bella. Qu'on pouvait vouloir quelqu'un à ce point.

— Moi non plus, répondit-elle, bouleversée.

Lui dire ce qu'elle ressentait, laisser libre cours à ses émotions lui apparaissait désormais comme la chose la plus naturelle au monde.

— Je te veux tellement, que ça me fait mal, Mac. Je désire passer ma vie avec toi, et en passer chaque seconde à t'aimer. Et même ainsi, cela ne sera pas suffisant. Rien ne saura étancher ma soif.

— Tu en es sûre ? Sûre que c'est moi que tu veux, et pas Tim ? Après tout, tu as bien accepté de le rencontrer.

Elle posa un doigt sur ses lèvres, lui intimant le silence.

— Oui, sûre et certaine, répondit-elle doucement. Et si j'ai accepté de le revoir, c'est justement parce que je t'aime. Je voulais tirer un trait définitif sur mon passé et, si possible, faire la paix avec Tim. Je veux que l'avenir — notre avenir ensemble — soit parfait, et non souillé par le passé.

— Oh ! Mon amour !

Il l'embrassa de nouveau. Une tendresse à faire fondre avait remplacé sa faim, et elle sentit les larmes lui monter aux yeux. Il sourit en les essuyant du bout des doigts.

— Ne pleure pas, chérie. Sinon je risque de verser une ou deux larmes moi aussi.

— Cela ruinerait ton image de macho, balbutia-t-elle à travers ses larmes.

— Pas question, répliqua-t-il. Je devrais plutôt me frapper la poitrine à grands coups de poing. Parce qu'au bout du compte, je viens juste de gagner la femme. Je devrais donc fêter l'événement, avant de la ramener dans ma grotte.

— Bien. On va peut-être arrêter là avec le thème macho,

alors, répliqua-t-elle en riant. Je suis une femme moderne, après tout, et j'apprécie mon indépendance.

— Et tu as bien raison. Ne change rien, Bella. Je veux que tu restes exactement telle que tu as toujours été.

— Je ne crois pas que ce sera possible ! J'ai beaucoup changé ces dernières semaines, et en mieux. Grâce à toi, je comprends mes sentiments, maintenant. Et j'espère que ça va encore s'améliorer au fil du temps.

— Pour moi, tu incarnes la perfection, depuis que je t'ai rencontrée.

Sa voix devint rauque, et les yeux de Bella s'emplirent de larmes une fois de plus, parce qu'il était évident qu'il disait vrai. Mac l'aimait exactement comme elle l'aimait, et c'était merveilleux de savoir qu'il la voulait pour ce qu'elle était. Elle l'embrassa pour lui montrer, sans le secours des mots, comme elle l'aimait, et avec quelle intensité elle le désirait. Il trouvait peut-être qu'elle était parfaite, mais à ses yeux à elle, c'était lui qui incarnait la perfection !

Épilogue

Un an plus tard...

Mac reposa le bébé dans le berceau. Il était 2 heures du matin, et le reste de la ville dormait. Avec un peu de chance, Isobel Grace MacIntyre, âgée de trois semaines, ne tarderait pas à l'imiter.

— Elle s'est enfin endormie ?

— Pas encore.

Il se tourna. Il lui sembla que Bella n'avait jamais été plus belle qu'en cet instant. Ils s'étaient mariés dès qu'ils avaient appris sa grossesse. Ils l'auraient fait, de toute façon, mais il s'était découvert des aspects vieux jeu, et refusait que leur enfant naisse hors mariage. La cérémonie, toute simple, qui avait eu lieu à l'hôpital, s'était avérée parfaite, un sceau ultime apposé à leur bonheur, même s'il n'avait nul besoin de preuve supplémentaire. Il aimait Bella de toutes les fibres de son être, et c'était réciproque. Tout le monde pouvait témoigner de leur amour.

— A mon avis, elle est juste en train de réfléchir, pour savoir si elle va accorder un peu de répit à ses pauvres parents.

Il s'allongea près de Bella, et la prit dans ses bras, inhalant la douce odeur qui émanait de son corps. Elle avait décidé d'allaiter Isobel, et il aimait la regarder faire, la façon dont son visage s'illuminait d'amour pour leur enfant. Elle semblait tellement comblée, avec leur bébé à son sein. L'amour, il s'en était aperçu, était infini et se développait chaque jour.

Il déposa un baiser sur ses lèvres, reculant en sentant son corps réagir aussitôt. Il était trop tôt pour qu'ils refassent l'amour, Bella devait avoir le temps de cicatriser après l'accouchement. Mais peu importait, l'attente ne faisait qu'accroître son désir, si cela était encore possible.

— Il me semble que je peux lire dans ton esprit, murmura-t-elle, reculant elle aussi, afin de pouvoir le regarder dans les yeux.

Il gloussa.

— C'est donc si évident que ça ?

— Oui, répliqua-t-elle en se pelotonnant contre lui. Et tu n'es pas le seul à avoir ce genre de pensées.

— Ce n'est pas grave. Encore deux semaines, et nous pourrons « reprendre nos relations », comme ils disent...

— Je n'en peux plus d'attendre, murmura-t-elle, avant de s'écarter. Je t'ai raconté que j'avais discuté avec Freya, ce matin ? Visiblement, les résultats de ses examens sont bons, et on lui a proposé une place à Lancaster. Elle va devenir une excellente infirmière, tu ne crois pas ?

— Si, et puis, je suis ravi que ses parents aient enfin retrouvé la raison. Elle a besoin de leur aide pour réussir ses études à la fac.

Il l'embrassa et sourit.

— Encore des grands-parents à s'être fait avoir par un bout de chou...

Elle se blottit contre lui.

— Tu veux parler de mes parents, j'imagine, répondit-elle. Mon père a appelé, cet après-midi, pour m'annoncer qu'ils nous rendraient visite ce week-end.

— Encore ? demanda-t-il en riant. C'est la troisième fois en trois semaines. Pourquoi ai-je l'impression qu'ils sont en train de devenir gagas ?

— Je me demande bien pourquoi, en effet. Mais ne critique pas. Papa a suggéré qu'ils pourraient faire du baby-sitting, avec maman, si nous avions envie de sortir dîner. La proposition me semble assez séduisante…

— Oui, à moi aussi. Du moment que tout va bien pour Isobel, ajouta-t-il en jetant un coup d'œil dans le berceau.

— Ce sera le cas, reprit Bella en se blottissant encore contre lui. Mais pour le moment, pourquoi ne profiterions-nous pas du répit qu'elle semble nous avoir laissé, finalement ?

Il lui jeta un coup d'œil amusé.

— Intéressant. Et qu'est-ce que tu suggères ?

— Je ne sais pas trop. A toi de voir.

Il éclata de rire, tout en l'attirant dans ses bras pour l'embrasser passionnément. Ils ne pouvaient peut-être pas faire l'amour, mais il y avait tant de manières de s'aimer. Il suffisait de se montrer créatif…